1956年，毛泽东主席与钱学森亲切交谈

1965年，邓小平总书记视察

1989年，江泽民总书记视察

严肃认真 周到细致 稳妥可靠 万无一失

2006年，胡锦涛总书记视察

## 强大的总装集成能力

中国航天科技
集团公司总经
理马兴瑞视察
火箭总装车间

火箭总装测试

生产总装的型号产品参加建国60周年庆典阅兵式

低温、常温贮箱
铝合金自动化焊接

贮箱箱底自动化焊接

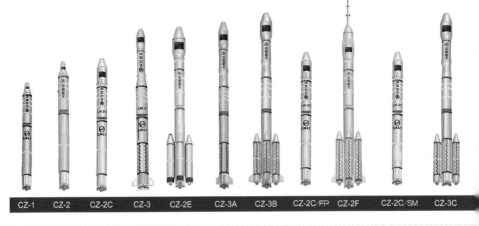

| CZ-1 | CZ-2 | CZ-2C | CZ-3 | CZ-2E | CZ-3A | CZ-3B | CZ-2C/FP | CZ-2F | CZ-2C/SM | CZ-3C |

公司生产总装的运载火箭型号

中国运载火箭技术研究院院长李洪视察发动机生产

火箭大喷管自动化焊接

火箭氢氧发动机装配

## 大型非标装备设计制造能力

自主研发的新一代运载火箭直径5米箱体总装环缝焊接系统

自主研发的新一代运载火箭箱底环缝焊接系统

舱外航天服躯干结构

# 蓬勃发展的航天技术应用产业

中国运载火箭技术研究院党委书记梁小虹（左四）
出席天津航天液压装备有限公司开业典礼

高端精密产品冷拔-珩磨管

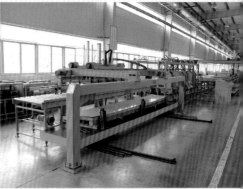

自主设计制造的冰箱侧板自动化生产线

新建员工住宅楼

生活区一角

纪念公司创建100周年运动会开幕式

# 大 道 远 行

首都航天机械公司　编

中国宇航出版社

·北京·

图书在版编目（CIP）数据

大道远行／首都航天机械公司编．-- 北京：中国宇航出版社，2011.6

ISBN 978 - 7 - 80218 - 957 - 7

Ⅰ．①大… Ⅱ．①首… Ⅲ．①航空航天工业—工业企业—企业文化—中国 Ⅳ．①F426.5

中国版本图书馆 CIP 数据核字（2011）第 082462 号

| 策划编辑 | 易　新 | 责任校对 | 王　妍 |
| 责任编辑 | 易　新 | 封面设计 | 03 工舍 |

出　版
发　行　　**中国宇航出版社**

社　址　北京市阜成路8号　　　　邮　编　100830
　　　　（010）68768548
网　址　www. caphbook. com
经　销　新华书店
发行部　（010）68371900　　　　（010）88530478（传真）
　　　　（010）68768541　　　　（010）68767294（传真）
零售店　读者服务部　　　　　　　北京宇航文苑
　　　　（010）68371105　　　　（010）62529336
承　印　北京中新伟业印刷有限公司
版　次　2011年6月第1版　　　　2011年6月第1次印刷
规　格　880×1230　　　　　　　开　本　1/32
印　张　9.5　彩插8面　　　　　字　数　250千字
书　号　ISBN 978 - 7 - 80218 - 957 - 7
定　价　35.00元

# 序

2010 年 9 月 6 日，首都航天机械公司迎来了创建 100 周年纪念日。从清朝宣统年间创建，百年沧桑，首都航天机械公司创造了中国军工企业的一个奇迹。《大道远行》的编辑与出版，把这个中国军工制造业老字号的发展历史与文化展现了出来。

做百年企业，是每一个有理想、有抱负的中国企业家和志士仁人的理想，首都航天机械公司的先驱们及其后继者做到了。他们怀着对事业的敬重，虔诚地履行使命，航空报国，航天强国，艰苦创业，执著追求，努力攀登制造技术的高峰，把公司打造成了共和国最大的运载火箭总装制造企业。

百年企业靠文化。首都航天机械公司做百年企业，最简单和最重要的一点，就是百年如一日地坚持理想与信念，百年如一日地执行好企业每个阶段的战略方针与行动计划。读这本书，我震惊于首都航天机械公司从修理飞机到制造飞机，从制造飞机到制造运载火箭的一次次转身竟如此华丽；震惊于她何以创造了如此众多的中国第一。在历史与未来之间，《大道远行》完成了一次继承历史、超越历史、创新历史的文化旅程，带领我们寻找到这辉煌背后的力量。这力量，就是爱国精神，就是中国航天文化。

发展到今天，她已经转化为企业持续发展的资本，不仅锻造了首都航天机械公司的历史辉煌，也决定着企业的今天与明天。

首都航天机械公司是国有大型军工骨干企业，具有中国大型军工企业的独特气质，沉默是她行事的重要原则。《大道远行》成功地打开了一扇门，用公司的发展历史，让我们看到了中国军工企业、中国航天企业的群像，看到了中国军工企业、中国航天企业的未来。读这本书，我们可以在分享她荣耀的同时，去领悟她百年发展的规律，体验她文化的深厚，认识她生命力的强大。

当然，对我而言，这本书提供的不只是一个国有大型军工企业的历史，更重要的是让我们从感性事件中，理性认知到了中国国有大型军工企业的生存方式，特别是中国航天企业的发展密码。我推崇这种生存方式，它使企业踏实并伟大；坚信这种发展密码，它使企业坚强而智慧。我也希望这种生存方式与发展密码，能够被更多的有志为国有大型企业作出贡献的人们所认同并拥有。

中国文化中的百年，不单是一个时间跨度，还有着更深刻的含义。人们以"百年"寄托心愿，表达追求，希望幸福吉祥，好运长久。借此机会，我向为中国军工事业作出贡献的人们致敬，并祝愿祖国航天事业腾飞，祝愿首都航天机械公司开启发展的新纪元。

马兴瑞

2011 年 1 月

# 目录

## 足迹篇

百年历程——航空 ……………………………………… 3

百年历程——航天 ……………………………………… 9

首都航天机械公司创造的部分中国第一 ……………… 19

屡上《人民日报》 ……………………………………… 24

首都航天机械公司生产总装的长征火箭发射记录 …… 26


## 传奇篇

航空报国——从飞机修理到飞机制造 ………………… 35

航天强国——腾飞铸箭人的光荣与梦想 ……………… 41

引领制造——树中国航天品牌 ………………………… 48

锤炼品质——塑造中国航天形象 ……………………… 54

搏击市场——航天技术应用产业阔步前行 …………… 60

温暖的"家"——构建和谐企业 ……………………… 67

## 记忆篇

张开帙：航空史的一块基石 ………………………………… 75

冬　春：穿越仿制"1059"的年代 ………………………… 78

陶然如：质量工作容不得一粒沙 …………………………… 81

张中华：坚守质量　航天人的习惯 ………………………… 85

刘长滨：沐浴改革春风 ……………………………………… 88

王瑞图："七五"四星高照　企业升级达标 …………………… 91

尚育如：技术领先背后的航天精神 ………………………… 95

陈　钶：从严治企实现转变　加快改革振兴首航 ………… 98

李思光：家园越来越美好 …………………………………… 103

孙柱宗：为了圆梦飞天的日子 ……………………………… 106

李　力：搞活民品　为企业创效益 ………………………… 108

郭凤仁：战略引领航天制造 ………………………………… 111

王国庆：敢为人先　善为人先 ……………………………… 115

张为民：担当我们这一代的使命与责任 …………………… 119

罗北庆：做好人的工作 ……………………………………… 123

陶　钢：打造火箭的"制造超市" …………………………… 127

李松岭：建和谐之家 ………………………………………… 131

李岭波：正在崛起的航天技术应用产业 …………………… 134

孟凡新：技术创新铺就发展快车道 ………………………… 137

张寒生：为企业和谐快速发展护航 ………………………… 140

马惠廷：迎战高密度发射 ················· 143

张艳春：练内功增后劲 ··················· 146

张玉国：让人力资本增值 ················· 149

胡新平："数字首航"领跑发展 ············· 152

陈钟盛：航天角色就是航天人格 ··········· 155

高凤林：弧光照亮航天人生 ··············· 158

## 品格篇

价值观体系 ···························· 163

行为文化 ····························· 166

  工作就意味着责任 ···················· 166

  优秀员工生产优质产品 ················· 191

  视成本控管为己任 ···················· 220

班组文化管理案例 ······················ 247

  崇拜技术　挑战极限——高凤林班组管理理念 ········· 247

  理想是奋斗的力量　追求是成功的希望——火箭总装车间
  装配二组管理理念 ····················· 252

  胜在团结　赢在执行——部段焊接车间箱体装配组管理
  理念 ····························· 256

  加固木桶　打造九九团队——基建行政处技术室管理理念 ······ 260

  创新　创优　创效——箭体结构件机加车间工艺组管理理念 ··· 265

文化基因与文化故事 …………………………………… 270

　与责任相关的文化基因 …………………………………… 270

　与作风相关的文化基因 …………………………………… 273

　与市场和客户相关的文化基因 ………………………… 276

　与员工相关的文化基因 …………………………………… 279

　与创新相关的文化基因 …………………………………… 283

　与质量相关的文化基因 …………………………………… 287

　与管理相关的文化基因 …………………………………… 291

后记 ……………………………………………………… 295

# 足迹篇

　　中国航空的发源地，中国导弹的诞生地，中国运载火箭的摇篮。

　　从航空到航天，首都航天机械公司百年沧桑，在航空救国、航天强国的历程中印下了自己的足迹。如今，首都航天机械公司已成为我国最大的运载火箭总装制造基地，唯一的氢氧发动机制造企业，支撑起中国航天高科技产业的一片天地！

# 百年历程 —— 航空

## 一、公司前身 —— 南苑飞机修造厂诞生 (1910 年~1913 年)

1910 年 9 月（清宣统二年八月），留学日本的刘佐成、李宝焌由清政府驻日公使资送回国，并由军谘府拨款，在北京南苑庑殿毅军操场建筑厂棚，修建简易飞机跑道，购进一架法国沙麦式飞机，创建了南苑飞机修造厂（史料中还有飞机试行工厂、飞机试验厂、航空工厂、飞行研究所等称谓）。飞机修造厂专司培养飞行人员和制造维护飞机。这是中国官方首次筹办航空。刘佐成、李宝焌是南苑飞机修造厂的创始人。

刘佐成 　　　　　　　　　　李宝焌

刘佐成、李宝焌也是在我国本土最早制造飞机的人。1911 年（宣统三年），由军谘府拨款，利用购自日本的材料，李宝焌制成"飞机 1 号"，因准备不足没有试飞；刘佐成制造出"飞机 2 号"，试飞时因发动机曲轴损坏坠落失败。

## 二、军阀混战时期的南苑飞机修理厂（1913 年~1928 年）

1913 年 3 月，袁世凯把南京的飞行营调到北京，划归驻南苑的陆军第三师节制，附设随营航空教练班和修理厂。该修理厂是在飞机修造厂的基础上改建的。同年 6 月，北洋政府拨款 6 万银元，在南苑陆军营房以南、练兵场以西，建造办公用房、课堂、宿舍百余间，搭起两座飞机厂棚，建了一座飞机修理厂，还有油库、弹药库、打铁房、翻砂厂、医疗所等。同年夏，从法国订购高德隆式飞机 12 架以及航空设备用修理器材，并聘请飞行教官、技师各两名。为培养飞机装配、修护技术员工，从德州、巩县兵工厂以及南口火车修配厂等单位挑选优秀的铁、木工各数十名，经法国技术人员指导训练，承担飞机的装配和维修工作。

1913 年秋，南苑航空学校及飞机修理厂修建竣工，订购的飞机安装完毕，正式成立了航空学校。北洋政府参谋本部拟定了学校的规章制度，开始进行教学工作。南苑航空学校是中国成立的第一所正规航空学校，主要培养驾驶和制造飞机的航空人才，并组织辅助作战。

这一时期，南苑航空学校、飞机场、修理厂渐入正轨，实现正规化，标志着中国航空事业进入发展的新时代。

南苑飞机修理厂主要负责飞机的保养、修理和装配。1913 年 10 月，潘世忠（先后任机械教官和修理厂厂长）装配了一架飞机并试飞成功；1914 年又装配了一架发动机在后部的法尔曼式飞机。这架飞机除发动机进口以外，其他零件均由工厂自造，飞机的头部装有一挺机枪，称为"枪车"，也称"枪车 1 号"。同时，厉汝燕（时任飞行教官）还制造了一架水上飞机，因无合适的水面，没有试飞。

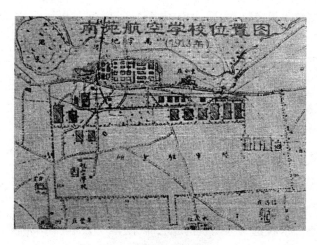

**南苑飞机修理厂位置图**

南北政府对峙及军阀混战时期，南苑航空学校、飞机场、修理厂毫不例外地身陷其中。

1920年春，段祺瑞下令将隶属参谋本部的南苑航空学校改组为航空教练所，原航校所属的修理厂独立成为航空工厂，直属北京政府航空事务处。1921年，航空事务处扩充为航空署，将航空工厂迁至清河，改为清河航空工厂，扩大编制，一批飞机设备、器材陆续购齐到工厂。

1923年曹锟上台，又将航空教练所改为南苑航空学校。1926年，清河航空工厂回归南苑航空学校。时至1928年，各路军阀基本将工厂瓜分，并纷纷建立自己的空军系统。1928年5月，北伐军攻占北京，中国历史上第一个航空机关及所属航空机构被国民党政府接收。

### 三、南京国民政府时期的南苑飞机修理厂（1928年~1937年）

1928年，随着北洋政府的消亡、国内新军阀战争地域重心位置的逐步南移，南苑飞机修理厂的军事作用逐渐被淡化。1921年，北洋政府在南苑运作开通北平—济南—徐州航线，将南苑机场定为一等航空站。1930 年 10 月，由中国交通部与美商中国飞运公司合资成立的中国航空公司，开辟了南京—北平航线、上海—北平快班航线。中德合资的欧亚公司也在南苑机场设航空站，开辟了北平—洛阳等航线。据 1936 年统计，全国设有修理厂、气象站、夜航设备和交通运输工具的大型航空站约有 9 个，南苑机场名列其中。

## 四、抗日战争时期的南苑飞机修理厂（1937 年~1945 年）

卢沟桥事变后，南苑是日本侵略军最先攻占的地点。华北沦陷后，南苑便成为日本空军的后方基地，日军开始专心经营。机场进行了扩建，东西宽七八里、南北长十余里，外围设铁丝网和高压电网两道防线，加设宽阔的水泥跑道，后来又修一条跑道（但日本投降时尚未完工）。为了补给的方便，日军修了北平至南苑的铁路支道，原有的公路也改为水泥路面，以后又修建了机场周边钢筋水泥掩体、机库等。这些设施使南苑机场成为日军一个完善的后方中心基地，直到日本投降。

1937 年至 1945 年，是中国人民抗战的艰难岁月。南苑机场集飞行、培训、修理于一体，具有重要的战略地位，因此受到日本侵略者的高度重视，不仅利用机场的原有资源，还装配许多先进机器设备，把南苑机场作为华北地区的空军基地。从另一角度看，当时南苑机场的所有资源，场站位置、跑道规模，特别是飞机修理能力，在我国的航空事业发展中具有重要的战略意义。

## 五、解放战争时期的南苑飞机修理厂（1945 年~1948 年）

1945 年 8 月 15 日，日本宣布无条件投降。9 月 3 日，国民党空军第十地区司令部进驻南苑机场，负责办理接收华北日本空军设备的工作。10 月 16 日，在南苑机场举行受降仪式。国民党空军部队和美军进驻南苑机场，南苑机场成为国民党华北空军的重要基地。

抗战胜利后，国民政府交通部和航空委员会分别制订了战后民航发展计划，其中南苑机场属甲等航站之一。央航、中航分别开辟了大量航空站或办事处，南苑机场仍是重要组成部分。

## 六、解放后的南苑飞机修理厂（1948年~1958年）

1948年12月17日，东北野战军三纵七师二十一团解放了南苑飞机场。1949年2月4日，组建飞机修理厂，定名为中国人民解放军华北军区航空处南苑修理厂。

南苑飞机修理厂的飞机修理工作，从1948年年底就已经开始，至1949年9月，共修理飞机约29架、各类发动机约220台、汽车近60辆，其中的一批P-51飞机装备了解放军飞行中队。

参加开国大典阅兵的17架飞机中，有13架出自南苑飞机修理厂（7架P-51、2架C-46、2架TP-19、1架L-5、1架蚊式飞机）。

1949年4月，朱德总司令视察南苑飞机修理厂。他在发动机股，同宣统年间就在修理厂工作的杨殿甲等老工人亲切握手、交谈，特别嘱咐厂领导要尊敬他们，照顾他们。

1949年3月，南苑飞机修理厂隶属于新成立的华北航空处，1950年定名为空军十一厂。

1951年5月，南苑飞机修理厂移交重工业部航空工业管理局，定名为国营二一一厂。

1952年，随着国家成立第二机械工业部，国营二一一厂隶属第二机械工业部四局，确定为米格喷气式飞机修理厂。1953年12月，中央决定将该厂改扩建为年修700架喷气式歼击机的现代化大型飞机修理厂。改扩建工程列为国家第一个五年计划期间的156项重点工程项目之一，也是苏联援助我国的141项重点建设工程项目之一。这次改扩建工程是新中国成立后该厂的第一次大规模改扩建工程。

1954年10月，工厂全称为第二机械工业部第四局米格十五型喷气式歼击机修理厂；同月，改扩建工程破土动工，至1956年基本完成，初步具备了大型喷气式飞机修理厂的规模，随后大量接受空军

正在修理的米格十五飞机

飞机修理任务，包括米格十五、米格十五型比斯和乌米格十五型飞机。

1957 年 6 月，第二厂名定为国营京都机械厂。

1958 年，工厂由飞机修理厂向飞机制造厂转变，成功制造了乌米格十五喷气教练机和首都一号多用途轻型运输机。同年 2 月，第二厂名更名为国营首都机械厂。6 月，工厂划归国防部第五研究院，成为中国第一家导弹武器生产总装企业。

（作者 刘颖 王有彬）

# 百年历程 —— 航天

## 一、成为中国第一家导弹武器生产总装企业 (1958 年~1964 年)

1958 年 6 月，工厂划归国防部第五研究院，承担东风一号导弹（"1059"）的仿制任务，成为中国第一家导弹武器生产总装企业；1959 年 2 月，划归国防部第五研究院一分院建制。

1960 年 11 月 5 日，归属国防部五院不到两年半时间，工厂生产总装的仿制导弹——东风一号试验成功。祖国的地平线上飞起了我国自己生产的第一发导弹，这是我国军事装备史上一个重要的转折。工厂在导弹制造领域迈出了关键的第一步，标志着工厂从飞机修理制造到导弹武器生产制造成功转型。1964 年 6 月 29 日，仅用了 4 年时间，我国自行设计、工厂生产总装的第一发近程导弹东风二号发射成功。中国从此走上自主研制航天产品的道路。工厂通过摸索、总结生产制造特点与规律，初步形成了我国第一支导弹武器研制生产队伍和一套完整的研制生产体系，为新型导弹、火箭的生产奠定了物质、技术和组织基础。

1958 年 3 月，国防部批准第五研究院 "8102" 工程项目设计任务书，这是工厂第二次大规模改扩建工程。1964 年 12 月，改扩建工程项目先后建成投入使用，工厂初具规模。

## 二、掌握运载火箭和氢氧发动机制造技术 (1965 年~1984 年)

1965 年至 1984 年，刘少奇、周恩来、朱德、邓小平等党和国家领导人多次视察工厂。期间虽然经历了 10 年 "文化大革命"，但是全体员工坚持生产。

1966 年 10 月 27 日，工厂生产总装的"两弹结合"试验的导弹东风二号甲发射成功，标志着我国掌握了导弹核武器技术。发射试验前，周恩来总理提出的"严肃认真，周到细致，稳妥可靠，万无一失"方针，成为航天人的座右铭，也成为工厂建设企业文化、培育工作作风的重要指南。在中国运载火箭技术研究院的领导下，工厂圆满完成了型号生产任务，导弹武器产品形成了系列。

1965 年，工厂生产总装的运载火箭发动机试车成功，这是我国自行研制的第一台可贮存液体推进剂运载火箭发动机。1965 年 12 月至 1975 年，工厂设计制造了近 200 项工装和多台设备，建立了发动机喷嘴生产线，为当时液体火箭发动机的生产作出了贡献。1974 年，承担了 YF－73 氢氧发动机的生产总装任务。1984 年，YF－73 氢氧发动机研制成功，使我国成为继美国、法国之后，第三个掌握氢氧发动机制造技术的国家，奠定了工厂成为我国唯一的氢氧火箭发动机制造基地的基础。

长征一号运载火箭

这期间，工厂步入运载火箭生产新领域，先后生产总装了长征一号、长征二号和长征三号 3 种型号的运载火箭。1970 年 4 月 24 日，工厂生产总装的长征一号运载火箭，成功将我国第一颗人造地球卫星东方红一号送入预定轨道，使中国成为世界上第五个独立研制和发射人造卫星的国家。这也是中国航天事业发展史上第一个里程碑，标志着我国从此进入了空间探索时代。当年 5 月 1 日，毛泽东主席在天安门城楼接见了工厂的员工代表。1975 年 11 月 26 日，工厂生产总装的长征二号运载火箭，成功发射了我国第一颗返回式遥感卫星，标志着我国掌握了发射返回式卫星的技术，为大型运载火箭的生产奠定了基础。1984 年 4 月 8 日，长征三号运载火箭成功发射了地球同步通信卫星东方红二号，标志着我国具备了发射高轨道卫星的能力，运载火箭技术达到了世界先进水平。该火箭新增的三子级和三级氢氧发动机为工厂制造，工厂从此掌握了低温火箭制造技术，我国低温火箭制造技术进入世界先进行列。

1973 年 5 月，工厂研制的电解加工机床及电解加工控制系统获得成功，实现了整体转子加工过程的自动化，在 1978 年全国科学大会上获得科技进步奖。1980 年 6 月至 1982 年 6 月，工厂成功研制出高真空烧结气淬炉，该炉烧结的粉末高速钢填补了我国刀具材料的空白。

1981 年 12 月，工厂第一个全面质量管理（QC）小组在部段焊接车间成立，这也是中国运载火箭技术研究院第一个 QC 小组。该小组利用数理统计的方法，计算出贮箱制造各工序的生产能力指数，提高了贮箱制造质量，获航天工业部三等奖。

1982 年，作为航天工业部全面整顿试点单位和国家重点整顿企业之一，工厂进行了全面整顿，企业管理水平得到了进一步提高。

### 三、中国最大的运载火箭生产总装集成企业和唯一的氢氧发动机制造基地 (1985 年~1999 年)

工厂先后完成了对外卫星发射服务、载人航天工程、国家高新工程的生产任务。载人航天工程以及国家高新工程任务的研制生产，带动了工厂制造技术的迅速提升，工厂的综合制造技术达到国内同行业先进水平，成为中国最大的运载火箭生产总装集成企业和唯一的氢氧发动机制造基地。1993 年 2 月，第二厂名更名为首都航天机械公司。

1989 年 9 月 6 日，中共中央总书记江泽民、国家主席杨尚昆、国务院总理李鹏等来公司视察，听取汇报，并作了重要指示。之后，国务院副总理吴邦国到公司视察。

1990 年 4 月 7 日，工厂生产总装的长征三号运载火箭成功地将亚洲一号通信卫星准确送入地球同步转移轨道，从此我国长征火箭正式进入国际卫星商用发射市场，工厂经历了市场经济的严峻考验。

长征三号甲运载火箭

　　1990 年 7 月 16 日，长征二号 E 火箭首次发射成功，把搭载的巴基斯坦卫星送入预定轨道。该火箭首次采用捆绑技术，使我国运载火箭近地轨道运载能力达到了 8 吨，为我国实现载人航天打下了坚实基础。1992 年，工厂全面动员，用 100 天完成了长征二号 E 火箭遥三的生产总装测试，创造了火箭总装测试的奇迹。8 月 14 日发射"澳星"获得圆满成功。

　　1994 年 2 月 8 日，公司生产总装的长征三号甲运载火箭首飞成功，将实践四号科学探测卫星和模拟星送入预定轨道。长征三号甲运载火箭提升了长征火箭发射高轨道卫星的运载能力，使其地球同步转移轨道卫星运载能力覆盖了 2.6 吨至 5.5 吨。1997 年 8 月 20 日，长征三号乙运载火箭成功发射马部海卫星。长征三号乙是三级液体推进剂捆绑式运载火箭，主要用于发射地球同步转移轨道重型卫星，也可进行轻型卫星的一箭多星发射，或发射其他轨道卫星。1998 年，长征三号甲、长征三号乙运载火箭荣获国家科技进步奖特等奖。

**长征二号 F 运载火箭**

1998 年 12 月，公司攻克长征二号 F 火箭逃逸系统铝合金栅格翼制造工艺难关，填补了国内空白，达到了国际先进水平，满足了载人航天工程的要求。1999 年 11 月 20 日，长征二号 F 运载火箭成功发射了神舟一号无人试验飞船，运载火箭的可靠性达到了世界先进水平。

1994 年，公司成功生产总装 YF－75 氢氧发动机，提高了长征火箭发射高轨道卫星的运载能力。

1995 年，按照一厂两制、四业并举的格局进行机构改革调整，成立民品集团、动力分厂、首机科工贸集团，实现军民分线管理，自主经营，自我约束，自我发展。2000 年，民品、三产的管理上升为中国运载火箭技术研究院管理。

1996 年，公司军品、民品分别通过了中国新时代质量体系认证中心按照 GJB/Z9002 和 GB/T9001 标准进行的质量体系认证。

## 四、引领航天制造业 (2000 年~ )

2000 年 7 月，首都航天机械公司召开第七次党代会，明确了"振兴航天制造业"这一光荣而艰巨的使命。2004 年 8 月，首都航天机械公司第八次党代会提出了把企业建设成为"具有国际竞争力的航天产业化制造基地"的奋斗目标。2007 年，综合国际国内航天制造业未来发展及自身承担的责任，进一步把企业的使命明确为"引领航天制造业"。同年 12 月，中华全国总工会授予公司"全国五一劳动奖状"，这是公司首次获此殊荣。2004 年，公司被中国机械工业企业管理协会授予"中国机械 500 强"称号。到 2010 年，公司连续 7 年获此称号。

这一时期，公司的任务激增，多型号并举，研制与批产并重，型号任务异常繁重。公司着力整合生产能力，转换生产模式，加强技术改造、技术进步，生产总装了长征二号丙、长征二号 F、长征三号甲、长征三号乙、长征三号丙等运载火箭，运载火箭发射连续成功，出色完成了以载人航天工程和探月工程为代表的型号研制和批生产任务。

全国五一劳动奖状

　　2003 年 10 月 15 日，公司生产总装的长征二号 F 遥五火箭成功发射神舟五号载人飞船，将我国首位航天员送入太空，实现了中华民族的千年飞天梦想，使中国成为世界上第三个能够独立开展载人航天活动的国家。2004 年，公司荣获载人航天工程国家科学技术进步奖特等奖。2005 年 10 月 12 日和 2008 年 9 月 25 日，长征二号 F 遥六、遥七火箭又成功发射了神舟六号、神舟七号载人飞船。2009 年 2 月，公司被人力资源和社会保障部、工业和信息化部、总装备部授予"中国载人航天工程突出贡献集体"。

"中国载人航天工程突出贡献集体"奖

2004 年 1 月，公司投产 19 枚长征三号甲火箭，开始了批生产。2006 年 10 月至 2007 年 10 月一年间，长征系列火箭完成了 10 次发射任务，标志公司运载火箭批生产可靠性达到了新高度。2007 年 6 月 1 日，公司生产总装的长征三号甲运载火箭，成功地将鑫诺三号卫星送入太空，长征系列运载火箭取得了第 100 次发射圆满成功，这是中国从航天大国迈向航天强国的重要标志。在长征系列运载火箭的 100 次发射中，有 80 次是用公司生产总装的火箭进行的。2007 年 10 月 24 日，公司生产总装的长征三号甲遥十四火箭，成功发射了嫦娥一号卫星，这是我国进行的第一次绕月探测飞行，是中国航天事业发展的又一个里程碑。同年 12 月 12 日，人事部、国防科工委、国资委、总装备部和中科院授予公司"首次月球探测工程突出贡献单位"。2010 年 10 月 1 日，公司生产总装的长征三号丙火箭，成功发射了嫦娥二号卫星，标志着探月工程二期任务迈出了成功的第一步。

"首次月球探测工程突出贡献单位"奖

新一代运载火箭等新型号预研工作进展顺利。2004 年，新一代运载火箭首台氢氧发动机试车成功。2006 年，新一代运载火箭第一台大推力氢氧发动机喷管延伸段实现自动化焊接，并向批量生产转化。2006 年以来，公司设计制造了机电一体化直径 5 米箱底瓜瓣纵缝拼焊系统、箱底环缝焊接系统、箱体总装环缝焊接系统等大型装备，用于新一代运载火箭生产，属国内首创。2009年12月19日，新一代运载火箭首件产品——直径5米的贮箱箱底试验件，在天津航天产业化基地成功完成焊接装配。

2006年2月14日，公司竞标舱外航天服躯干结构研制项目获得成功；同年8月25日，首件产品通过验收；2007年12月5号，交付正样产品。公司先后攻克了7项关键技术，获得专利申请号15个，正样产品关键指标合格率达到100%，填补了国内舱外航天服制造的空白，达到了国际先进技术水平。航天服躯干结构的成功研制，集中体现了公司强大的系统集成能力、雄厚的综合制造能力和先进的组织管理水平。

先进焊接技术广泛应用于火箭制造。2009年，公司实现了2.25米、3米、3.35米3种规格贮箱箱底自动化焊接；完成了国内首件直径5米贮箱箱底的自动化焊接。同年12月9日，成功完成了首件直径3.35米的铝合金叉型环的轧制。

2006年12月28日，4C厂房竣工，连同1996年建成的4B厂房和20世纪60年代建设的4A厂房，火箭总装测试面积共约5万平方米，确保了火箭高密度发射总装测试的需要。2007年10月30日，天津航天产业化基地在天津滨海新区奠基。一期建设主要满足新一代运载火箭研制的需要，于2010年基本完成。2008年11月成立的天津航天长征火箭制造有限公司，由首都航天机械公司控股管理。至此，形成了北京南苑、北京远郊、天津航天产业化基地三地协同的科研生产新格局。

2001年6月，公司成立创新委员会，下设技术创新分会和管理创新分会。同年11月15日，召开第一次创新大会。2005年11月，公司成为国防科技工业先进技术研究应用中心焊接自动化应用依托单位，而后成为国防科技工业精密铸造、锻造、高效数控加工等先进技术应用中心成员单位。公司还是中国宇航学会飞行器制造工艺专业委员会主任单位，全国特种加工学会常务理事单位。2007年11

月，召开第二次创新大会。2008 年 3 月，公司计量理化所取得国家实验室认证资格。2001 年以来，公司完成工艺技术创新研究课题272 项，其中"舱外航天服躯干结构制造技术研究"等 9 项成果获国防科学技术进步奖；完成管理创新课题 26 项，其中"军工企业基于工伤事故分析的系统安全管理"课题，获得第 15 届国家级企业管理现代化创新成果二等奖。2005 年和 2008 年，公司因参加重点工程研制两次荣获国家科学技术进步奖特等奖。历史上，公司共 4 次获得国家科技最高奖励——国家科学技术进步奖特等奖。

2000 年，公司着手规划企业信息化工作。2003 年 1 月，信息化主干网建成。信息化建设获得软件著作权两项，荣获 2008 年中国制造业信息化工程管理创新奖和第 16 届国家级企业管理现代化创新成果二等奖。

（作者　莫凤霞　李志峰）

# 首都航天机械公司
# 创造的部分中国第一

### 第一家飞机修造厂

1910 年，清朝政府在南苑庑殿毅军操场创建了南苑飞机修造厂。这是中国官方首次筹办航空企业。留学日本研习航空的刘佐成、李宝焌应召回国，成为南苑飞机修造厂的创始人。

### 第一次在本土制造飞机

1911 年，李宝焌、刘佐成相继制造出"飞机 1 号"与"飞机 2 号"。

### 第一个正规飞机修理厂

1913 年，北洋政府成立了航空学校，扩建了飞机修理厂。这是中国第一个正规的飞机修理厂。留法学习航空归国的潘世忠，先后担任机械教官和修理厂厂长。在他的经营下，工厂逐步拥有中国自身的航空修造技术。

### 第一架自制飞机成功

1913 年 10 月，南苑飞机修理厂制造了由潘世忠设计的飞机，并由他试飞成功。除发动机进口外，飞机的其他零件均由工厂制造。这是在本土自制飞机的第一次成功飞行。潘世忠被称为中国第一位航空工程师和"第一飞行家"。

### 第一架武装飞机制造成功

1914 年，南苑修理厂制造了由潘世忠设计的第一架装备武器的飞机，并由潘世忠亲自驾机在南苑机场试飞成功。飞机的头部装有一挺机枪，被称为"枪车"。

### 第一架民航飞机装配成功

1919 年，南苑飞机修理厂装配了第一架英国进口的亨德利·佩治民用航空飞机。1920 年，该机首次成功试飞北京—天津航线。

### 第一架仿制教练机

1922 年，南苑飞机修理厂仿制的法国高德隆教练机，首次在天津举办的直隶工业观摩会上展出。

### 第一家导弹武器生产总装厂

1958 年，工厂归属国防部第五研究院，由飞机修理生产厂转为导弹武器生产总装厂。工厂调整了生产组织，进行了技术改造和扩建工程。1959 年，工厂划归国防部第五研究院一分院。

### 第一发仿制导弹

1960 年 11 月 5 日，工厂生产总装的第一发仿制导弹东风一号（"1059"），在酒泉发射基地发射成功。这是我国自己制造的第一发导弹，是我军装备史上一个重要的转折。

### 第一发自行设计的导弹

1964 年 6 月 29 日，工厂研制生产总装我国自行设计的东风二号近程地地导弹首次发射成功，揭开了我国导弹、火箭发展史上崭新的一页。

### 第一发"两弹结合"试验的导弹

1966 年 10 月 27 日，工厂研制生产总装"两弹结合"试验用的东风二号甲导弹发射成功，核弹头在预定的距离和高度爆炸，中国从此有了导弹核武器。

### 第一枚发射卫星的运载火箭

1970 年 4 月 24 日，工厂研制生产总装的长征一号运载火箭，成功将我国第一颗人造地球卫星——东方红一号送入预定轨道，揭开了中国航天活动的序幕。这是中国航天事业发展史上第一个里程碑。

### 第一枚发射返回式卫星的运载火箭

1975 年 11 月 26 日，工厂研制生产总装的长征二号运载火箭，成功发射了我国第一颗返回式遥感卫星。

### 第一枚采用低温制造技术的运载火箭

1984 年 4 月 8 日，工厂研制生产总装的长征三号运载火箭，将东方红二号试验通信卫星准确送入预定轨道。该火箭三子级首次采用低温制造技术，尤其是氢氧发动机历经 10 年研制成功，标志我国运载火箭低温制造技术实现重大突破，进入世界先进行列。迄今，工厂是国内唯一的火箭氢氧发动机及低温贮箱制造企业。

### 第一枚进入国际发射市场的运载火箭

1990 年 4 月 7 日，工厂研制生产总装的长征三号运载火箭，成功地将亚洲一号通信卫星准确送入同步转移轨道。我国长征火箭从此正式进入了国际卫星商用发射市场。

### 第一枚捆绑式运载火箭

1990 年 7 月 16 日，工厂新研制的长征二号 E 火箭首次发射成功，将搭载的巴基斯坦卫星送入了预定轨道。该火箭首次采用捆绑技术，标志我国运载火箭技术又上了一个新台阶。

### 第一枚发射试验飞船的运载火箭

1999 年 11 月 20 日，公司研制生产总装的新型运载火箭长征二号 F 遥一在酒泉发射基地成功将我国第一艘试验飞船神舟一号发射升空，揭开了中国航天发展史上新的一页。

### 第一枚发射载人飞船的运载火箭

2003 年 10 月 15 日，公司研制生产总装的长征二号 F 遥五火箭，成功发射了神舟五号载人飞船，将我国首位航天员送入太空。这是中国航天发展史上第二个里程碑标志事件。2005 年 10 月、2008 年 9 月，长征二号 F 火箭又成功发射了神舟六号、七号载人飞船。公司被授予"中国载人航天工程突出贡献集体"。

### 第一枚发射探月卫星的运载火箭

2007年10月24日，公司研制生产总装的长征三号甲遥十四火箭，成功发射了嫦娥一号卫星。这是中国航天事业发展的又一个里程碑。公司荣获"首次月球探测工程突出贡献单位"称号。

### 第一个舱外航天服躯干结构

2006年2月，公司成功竞标舱外航天服躯干结构研制项目；同年8月，首件产品通过验收；2007年12月，交付正样产品。舱外航天服躯干结构研制成功，填补了国内舱外航天服制造的空白，达到了国际先进技术水平，为"神七"任务圆满成功作出了重大贡献。

### 第一个新一代运载火箭5米级产品

2009年12月，新一代运载火箭首件产品——直径5米的贮箱箱底试验件，在天津航天产业化基地成功完成焊接装配。用于箱底瓜瓣纵缝全自动拼焊系统，是公司自主研发的国内目前唯一的大型铣焊结合复合设备。

### 第一台大型高温钎焊炉

1964年5月，工厂自行设计制造的大型高温钎焊炉投入使用，填补了国内空白。后来工业电炉向民用延伸，发展成7大系列、30多种型号和规格，远销美国、新加坡等多个国家。

### 第一条瓦楞纸板自动化生产线

1982年5月，1.2米瓦楞纸板自动化生产线经过两年多的设计制造，全线试车成功，属国内首创。而后工厂又设计制造了从轻型到重型系列瓦楞纸板生产线，技术上达到国际同类产品的水平，居国内领先地位，销往20多个省市和地区，出口俄罗斯等国家。

### 第一条家电产品金属侧板自动化生产线

1989年，工厂成功开发了国内第一条冰箱侧板自动化生产线，而后又成功开发了洗衣机壳体自动成型焊接生产线，以及系列化的薄板辊轧成型机、箱体折方机、自动点焊机等钣金生产设备，先后为 10 余家知名家电企业，设计制造了 70 多条冰箱、洗衣机钣金自动化生产线，并出口至墨西哥、伊朗等国家。

## 第一条货架钣金自动化生产线

2000 年，公司成功设计制造了搁板成型焊接自动生产线和仓储货架立柱、横梁辊轧线，填补了国内空白。

# 屡上《人民日报》

新中国成立后，作为国防军工企业，首都航天机械公司无论是从事飞机修理还是火箭研制，都受到各新闻媒体的密切关注，并多次见诸《人民日报》。

《人民日报》对首都航天机械公司的报道首先是产品。1957年10月10日，《人民日报》第四版以《北京牌公共汽车》为题对北京牌公共汽车进行了报道。1958年10月3日，《人民日报》第七版以《北京制成两种新飞机》为题刊登了新华社9月30日消息，报道了工厂试制两种飞机的情况。出于保密方面的考虑，这篇报道当时没有直接引用工厂的全称，而是用了"北京工厂"的提法。1993年1月11日，《人民日报》第三版刊登了"我国首条小口径金属软管生产线建成"的消息。

《人民日报》还多次报道了首都航天机械公司的典型人物。1980年1月4日，该报第一版刊登了新华社《陈钟盛闯出铸铁冷焊新路子，荣获全国劳动模范光荣称号》的报道。1981年2月1日，公司发动机零部件焊接车间青年工人高云涛和北京市皮件厂退休工人田继跃，因奋力抢救落水小学生英勇牺牲。《人民日报》对此进行了连续报道，先是在2月13日的第四版转载《北京日报》的报道《为了一个落水的小女孩——记首都群众同心协力抢救吴爱莉的事迹》，2月17日又在第四版刊登了新华社记者写的通讯《两代人的风貌》，2月18日又刊登了新华社《高云涛田继跃追悼会在京举行》的消息。

《人民日报》还报道了首都航天机械公司其他方面的工作。1958年12月4日，《人民日报》第二版刊登了新华社《出色的劳动，多彩的礼物，首都妇女向全国妇女积极分子代表会议献礼，用在各个战线上创造的成果接受大会的检阅》的消息；同年 12 月 10 日，《人民日报》刊登的新华社《妇女积极分子畅谈办好集体生活福利》的报道再次提到联合制面机一事，公司女工为了食堂机械化，经过一个月的苦干巧干，制成了首都妇女一号联合制面机。1997 年，《人民日报》对公司通过 ISO 质量体系认证进行了报道。

另外，1980 年 4 月，《人民日报》以《首都机械厂整顿家属工厂》为题，报道了工厂整顿家属工厂，对年老体弱家属实行退休制度，将其待业子女优先吸收入厂的消息。1991 年 8 月 17 日，《人民日报》第三版刊登了《首都机械厂积极培养两用人才》的报道。报道说，首都机械厂 8 年来持续不断地走共建共育，定向培育军地、警地两用人才之路。1987 年 7 月 29 日，《人民日报》第四版刊登了《首都机械厂服务队上门拥军》，1984 年 7 月 30 日《人民日报》第四版刊登了《首都机械厂开展拥军义务服务讲求实效》的报道。

（作者　孙欣荣）

# 首都航天机械公司生产总装
# 的长征火箭发射记录

| 序号 | 运载火箭 | 发射日期 | 有效载荷 | 轨道 | 发射基地 | 结果 |
|---|---|---|---|---|---|---|
| 1 | 长征一号 | 1970-04-24 | 东方红一号卫星 | LEO | 酒泉 | 成功 |
| 2 | 长征一号 | 1971-03-03 | 实践一号科学实验卫星 | LEO | 酒泉 | 成功 |
| 3 | 长征二号 | 1974-11-05 | 返回式卫星 | LEO | 酒泉 | 失败 |
| 4 | 长征二号 | 1975-11-26 | 返回式卫星 | LEO | 酒泉 | 成功 |
| 5 | 长征二号 | 1976-12-07 | 返回式卫星 | LEO | 酒泉 | 成功 |
| 6 | 长征二号 | 1978-01-26 | 返回式卫星 | LEO | 酒泉 | 成功 |
| 7 | 长征二号丙 | 1982-09-09 | 返回式卫星 | LEO | 酒泉 | 成功 |
| 8 | 长征二号丙 | 1983-08-19 | 返回式卫星 | LEO | 酒泉 | 成功 |
| 9 | 长征三号 | 1984-01-29 | 东方红二号试验通信卫星 | GTO | 西昌 | 部分成功 |
| 10 | 长征三号 | 1984-04-08 | 东方红二号试验通信卫星 | GTO | 西昌 | 成功 |
| 11 | 长征二号丙 | 1984-09-12 | 返回式卫星 | LEO | 酒泉 | 成功 |

**续表**

| 序号 | 运载火箭 | 发射日期 | 有效载荷 | 轨道 | 发射基地 | 结果 |
|---|---|---|---|---|---|---|
| 12 | 长征二号丙 | 1985-10-21 | 返回式卫星 | LEO | 酒泉 | 成功 |
| 13 | 长征三号 | 1986-02-01 | 东方红二号<br>试验通信卫星 | GTO | 西昌 | 成功 |
| 14 | 长征二号丙 | 1986-10-06 | 返回式卫星 | LEO | 酒泉 | 成功 |
| 15 | 长征二号丙 | 1987-08-05 | 返回式卫星 | LEO | 酒泉 | 成功 |
| 16 | 长征二号丙 | 1987-09-09 | 返回式卫星 | LEO | 酒泉 | 成功 |
| 17 | 长征三号 | 1988-03-07 | 东方红二号甲<br>通信卫星（01 星） | GTO | 西昌 | 成功 |
| 18 | 长征二号丙 | 1988-08-05 | 返回式卫星 | LEO | 酒泉 | 成功 |
| 19 | 长征三号 | 1988-12-22 | 东方红二号甲<br>通信卫星（02 星） | GTO | 西昌 | 成功 |
| 20 | 长征三号 | 1990-02-04 | 东方红二号甲<br>通信卫星（03 星） | GTO | 西昌 | 成功 |
| 21 | 长征三号 | 1990-04-07 | 亚洲一号通信卫星 | GTO | 西昌 | 成功 |
| 22 | 长征二号 E | 1990-07-16 | "澳星"模拟星<br>巴基斯坦科学试验卫星 | LEO | 西昌 | 成功 |
| 23 | 长征二号丙 | 1990-10-05 | 返回式卫星 | LEO | 酒泉 | 成功 |
| 24 | 长征三号 | 1991-12-28 | 东方红二号甲通信卫星 | GTO | 西昌 | 失败 |
| 25 | 长征二号 E | 1992-08-14 | 澳大利亚 B1 通信卫星 | LEO | 西昌 | 成功 |
| 26 | 长征二号丙 | 1992-10-06 | 返回式卫星<br>瑞典弗利亚科学实验卫星 | LEO | 酒泉 | 成功 |

续表

| 序号 | 运载火箭 | 发射日期 | 有效载荷 | 轨道 | 发射基地 | 结果 |
|---|---|---|---|---|---|---|
| 27 | 长征二号 E | 1992-12-21 | 澳大利亚 B2 通信卫星 | LEO | 西昌 | 失败 |
| 28 | 长征二号丙 | 1993-10-08 | 返回式卫星 | LEO | 酒泉 | 成功 |
| 29 | 长征三号甲 | 1994-02-08 | 实践四号科学实验卫星 夸父一号模拟星 | GTO | 西昌 | 成功 |
| 30 | 长征三号 | 1994-07-21 | 亚太一号通信卫星 | GTO | 西昌 | 成功 |
| 31 | 长征二号 E | 1994-08-28 | 澳大利亚 B3 通信卫星 | LEO | 西昌 | 成功 |
| 32 | 长征三号甲 | 1994-11-30 | 东方红三号通信卫星 | GTO | 西昌 | 成功 |
| 33 | 长征二号 E | 1995-01-26 | 亚太二号通信卫星 | LEO | 西昌 | 失败 |
| 34 | 长征二号 E | 1995-11-28 | 亚洲二号通信卫星 | LEO | 西昌 | 成功 |
| 35 | 长征二号 E | 1995-12-28 | 艾科斯达一号通信卫星 | LEO | 西昌 | 成功 |
| 36 | 长征三号乙 | 1996-02-15 | 国际通信卫星 708 | GTO | 西昌 | 失败 |
| 37 | 长征三号 | 1996-07-03 | 亚太一号 A 通信卫星 | GTO | 西昌 | 成功 |
| 38 | 长征三号 | 1996-08-18 | 中星七号通信卫星 | GTO | 西昌 | 失败 |
| 39 | 长征三号甲 | 1997-05-12 | 东方红三号通信卫星 | GTO | 西昌 | 成功 |
| 40 | 长征三号 | 1997-06-10 | 风云二号气象卫星 （A 星） | GTO | 西昌 | 成功 |
| 41 | 长征三号乙 | 1997-08-20 | 菲律宾马部海通信卫星 | GTO | 西昌 | 成功 |
| 42 | 长征二号丙改 | 1997-09-01 | 美国铱星模拟星（双星） | LEO | 太原 | 成功 |

**续表**

| 序号 | 运载火箭 | 发射日期 | 有效载荷 | 轨道 | 发射基地 | 结果 |
|---|---|---|---|---|---|---|
| 43 | 长征三号乙 | 1997-10-17 | 亚太二号R通信卫星 | GTO | 西昌 | 成功 |
| 44 | 长征二号丙改 | 1997-12-08 | 美国铱星（双星） | LEO | 太原 | 成功 |
| 45 | 长征二号丙改 | 1998-03-26 | 美国铱星（双星） | LEO | 太原 | 成功 |
| 46 | 长征二号丙改 | 1998-05-02 | 美国铱星（双星） | LEO | 太原 | 成功 |
| 47 | 长征三号乙 | 1998-05-30 | 中卫一号通信卫星 | GTO | 西昌 | 成功 |
| 48 | 长征三号乙 | 1998-07-18 | 鑫诺一号通信卫星 | GTO | 西昌 | 成功 |
| 49 | 长征二号丙改 | 1998-08-20 | 美国铱星（双星） | LEO | 太原 | 成功 |
| 50 | 长征二号丙改 | 1998-12-19 | 美国铱星（双星） | LEO | 太原 | 成功 |
| 51 | 长征二号丙改 | 1999-06-12 | 美国铱星（双星） | LEO | 太原 | 成功 |
| 52 | 长征二号F | 1999-11-20 | 神舟一号试验飞船 | LEO | 酒泉 | 成功 |
| 53 | 长征三号甲 | 2000-01-26 | 中星22号通信卫星 | GTO | 西昌 | 成功 |
| 54 | 长征三号 | 2000-06-25 | 风云二号气象卫星（B星） | GTO | 西昌 | 成功 |
| 55 | 长征三号甲 | 2000-10-31 | 北斗导航试验卫星（01星） | GTO | 西昌 | 成功 |
| 56 | 长征三号甲 | 2000-12-21 | 北斗导航试验卫星（02星） | GTO | 西昌 | 成功 |
| 57 | 长征二号F | 2001-01-10 | 神舟二号试验飞船 | LEO | 酒泉 | 成功 |
| 58 | 长征二号F | 2002-03-25 | 神舟三号试验飞船 | LEO | 酒泉 | 成功 |

**续表**

| 序号 | 运载火箭 | 发射日期 | 有效载荷 | 轨道 | 发射基地 | 结果 |
|---|---|---|---|---|---|---|
| 59 | 长征二号 F | 2002-12-30 | 神舟四号试验飞船 | LEO | 酒泉 | 成功 |
| 60 | 长征三号甲 | 2003-05-25 | 北斗导航卫星（03 星） | GTO | 西昌 | 成功 |
| 61 | 长征二号 F | 2003-10-15 | 神舟五号载人飞船 | LEO | 酒泉 | 成功 |
| 62 | 长征三号甲 | 2003-11-15 | 中星 20 号通信卫星 | GTO | 西昌 | 成功 |
| 63 | 长征二号/SM | 2003-12-30 | 探测一号卫星 | 高轨道 | 西昌 | 成功 |
| 64 | 长征二号丙 | 2004-04-18 | 试验卫星一号纳星一号 | SSO | 西昌 | 成功 |
| 65 | 长征二号/SM | 2004-07-25 | 探测二号卫星 | 极轨道 | 太原 | 成功 |
| 66 | 长征二号丙 | 2004-08-29 | 返回式卫星 | LEO | 酒泉 | 成功 |
| 67 | 长征三号甲 | 2004-10-19 | 风云二号气象卫星（C 星） | GTO | 西昌 | 成功 |
| 68 | 长征二号丙 | 2004-11-18 | 试验卫星二号 | SSO | 西昌 | 成功 |
| 69 | 长征三号乙 | 2005-04-12 | 亚太六号通信卫星 | GTO | 西昌 | 成功 |
| 70 | 长征二号丙 | 2005-08-02 | 返回式卫星 | LEO | 酒泉 | 成功 |
| 71 | 长征二号 F | 2005-10-12 | 神舟六号载人飞船 | LEO | 酒泉 | 成功 |
| 72 | 长征二号丙 | 2006-09-09 | 实践八号育种卫星 | LEO | 太原 | 成功 |
| 73 | 长征三号甲 | 2006-09-13 | 中星 22A 通信卫星 | GTO | 西昌 | 成功 |

续表

| 序号 | 运载火箭 | 发射日期 | 有效载荷 | 轨道 | 发射基地 | 结果 |
|------|----------|----------|----------|------|----------|------|
| 74 | 长征三号乙 | 2006-10-29 | 鑫诺二号通信卫星 | GTO | 西昌 | 成功 |
| 75 | 长征三号甲 | 2006-12-08 | 风云二号气象卫星（D 星） | GTO | 西昌 | 成功 |
| 76 | 长征三号甲 | 2007-02-03 | 北斗导航卫星（04 星） | GTO | 西昌 | 成功 |
| 77 | 长征二号丙 | 2007-04-11 | 海洋一号卫星（B 星） | LEO | 太原 | 成功 |
| 78 | 长征三号甲 | 2007-04-14 | 北斗导航卫星 | GTO | 西昌 | 成功 |
| 79 | 长征三号乙 | 2007-05-14 | 尼日利亚通信卫星一号 | GTO | 西昌 | 成功 |
| 80 | 长征三号甲 | 2007-06-01 | 鑫诺三号通信卫星 | GTO | 西昌 | 成功 |
| 81 | 长征三号乙 | 2007-07-05 | 中星六号 B 通信卫星 | GTO | 西昌 | 成功 |
| 82 | 长征三号甲 | 2007-10-24 | 嫦娥一号卫星 | GTO | 西昌 | 成功 |
| 83 | 长征三号丙 | 2008-04-25 | 天链一号 01 卫星 | GTO | 西昌 | 成功 |
| 84 | 长征三号乙 | 2008-06-09 | 中星九号卫星 | GTO | 西昌 | 成功 |
| 85 | 长征二号丙/SMA | 2008-09-06 | 环境一号 A/B 卫星 | SSO | 太原 | 成功 |
| 86 | 长征二号 F | 2008-09-25 | 神舟七号载人飞船 | LEO | 酒泉 | 成功 |
| 87 | 长征三号乙 | 2008-10-30 | 委内瑞拉一号通信卫星 | GTO | 西昌 | 成功 |
| 88 | 长征三号甲 | 2008-12-23 | 风云二号气象卫星（06 星） | GTO | 西昌 | 成功 |
| 89 | 长征三号丙 | 2009-04-15 | 北斗导航卫星 | GTO | 西昌 | 成功 |

续表

| 序号 | 运载火箭 | 发射日期 | 有效载荷 | 轨道 | 发射基地 | 结果 |
|---|---|---|---|---|---|---|
| 90 | 长征二号丙 | 2009-04-22 | 遥感卫星六号 | SSO | 太原 | 成功 |
| 91 | 长征三号乙 | 2009-08-31 | 印尼帕拉帕-D 通信卫星 | GTO | 西昌 | 成功 |
| 92 | 长征二号丙 | 2009-11-12 | 实践 11 号卫星 | SSO | 酒泉 | 成功 |
| 93 | 长征三号丙 | 2010-01-17 | 北斗导航卫星 | GTO | 西昌 | 成功 |
| 94 | 长征三号丙 | 2010-06-02 | 北斗导航卫星 | GTO | 西昌 | 成功 |
| 95 | 长征三号甲 | 2010-08-01 | 北斗导航卫星 | GTO | 西昌 | 成功 |
| 96 | 长征三号乙 | 2010-09-05 | 鑫诺六号通信卫星 | GTO | 西昌 | 成功 |
| 97 | 长征三号丙 | 2010-10-01 | 嫦娥二号卫星 | 地月转移轨道 | 西昌 | 成功 |
| 98 | 长征三号丙 | 2010-11-01 | 北斗导航卫星 | GTO | 西昌 | 成功 |
| 99 | 长征三号甲 | 2010-11-25 | 中星 20A 通信卫星 | GTO | 西昌 | 成功 |
| 100 | 长征三号甲 | 2010-12-18 | 北斗导航卫星 | GTO | 西昌 | 成功 |

注：1）LEO——近地轨道；GTO——地球同步转移轨道；SSO——太阳同步轨道。

2）长征二号 E 火箭在 1992 年 3 月 22 日发射"澳星"时，由于出现故障，点火后紧急关机，故未列入此表。

# 传奇篇

　　从清朝宣统年间的南苑飞机修造厂，到现在中国最大的运载火箭总装制造基地；从仿制"1059"导弹，到现在生产总装长征系列 10 种型号运载火箭，首都航天机械公司昂然走过了百年历程。这个百年老厂，用"中国制造"的传奇赢得了世界同行的瞩目。

# 航空报国——从飞机修理到飞机制造

100 年前，一个洋枪洋炮下亿万同胞屈辱的年代，几位留洋的志士，在没有雄厚国力的支持下，胸怀"航空救国"的壮志，创建了南苑飞机修造厂。

这家工厂，就是首都航天机械公司的前身。

从在风雨沧桑中蹒跚发展，到在新中国的热土上昂首阔步，首都航天机械公司几经沉浮，艰苦创业，救国兴邦，承载国运，变化的是时代背景，永恒的是报国情怀。

## 最早与中国航空结缘

清朝末年，两位有志青年刘佐成、李宝焌，留学日本期间加入了孙中山成立的中国同盟会，选择了攻读航空专业。1910 年 9 月，二人留学回国，由清政府拨款，在当时南苑的毅军操场建筑厂棚，修建简易跑道，购进了一架法国沙麦式飞机，用作培养飞行人员和飞机的制造、维护。

中国第一个由官方筹办的南苑飞机修造厂从此诞生，翻开了中国航空事业发展的第一页。

一年后，李宝焌从日本购置材料造出"飞机 1 号"，最后因准备不足没有试飞。一个月后，刘佐成造出"飞机 2 号"，试飞时因发动机故障坠落。虽然两次造飞机均遭遇失败，但公司的创始人——刘佐成、李宝焌，作为我国最早在本土制造飞机的人，被后人永远铭记。

20 世纪初期，旧中国处于风雨飘零之际。南苑飞机修造厂在清廷腐败混乱、军阀割据混战中蹒跚发展，开始了自己报效国家的漫漫征程。

1913 年，由北洋政府拨款，在原来飞机修造厂的基础上，正式成立了中国第一所正规航空学校，主要培养驾驶和制造飞机的航空人才，并组织辅助作战；同时建起两座飞机棚、一座修理厂，建造了课堂、宿舍、医疗等为一体的生活区。这一时期，南苑航空学校、飞机场、修理厂逐渐实现正规化，中国的航空事业开始步入新阶段。

1914 年，时任南苑修理厂厂长的潘世忠，潜心研制各种类型的飞机，除发动机以外，螺旋桨、机身、机翼，以及各种零件都依次仿造成功。潘世忠负责设计制造了第一架武装飞机，在南苑机场亲自驾机试飞成功。这架飞机除发动机进口以外，其他零件均由工厂制造，由于头部装配一挺机关枪，被称为"枪车"，成为我国自行设计制造的第一架武装飞机。

潘世忠

中国第一架武装飞机——枪车

1945 年，日本投降后，南苑机场及修理厂被国民党政府接管，成为国民党空军重要基地，具有重要的战略意义。

1948 年，承载了旧中国太多磨难的南苑飞机修理厂迎来了新生。这一年的冬天，解放军解放了南苑机场。

首都航天机械公司的前身——南苑飞机修造厂，最早与中国航空结缘，创造出航空史上的多个第一。创业者们报效祖国的理想，在 38 年的风雨洗礼中，执著生长，沧桑不衰。随着新中国成立，在这块中国航空的发源地上，仍不断上演着报国的传奇。

## 飞上新中国的蓝天

南苑机场回到祖国的怀抱后，机场内留下来的仅有一些因故障来不及转移的飞机、车床设备和汽车器材，以及几十辆开动不了的汽车。这些却成为南苑飞机修理厂重新组建的基础。

1949 年 2 月，东北老航校的一行 9 人带领一批原国民党空军机务人员进入南苑机场，重新组建工厂。张开帙，解放后首任厂长，已经过了大半个世纪，当初在修理厂的情景依然历历在目：几架因故障开不走的飞机，五六个机库，到处堆积的机床、器材和工具。为了让南苑飞机修理厂尽快驶入正轨，让修好的飞机为祖国的航空事业贡献力量，修理厂的技术人员齐心协力，克服重重困难。没有器材，到残破的飞机上去找；没有工具，家里的工具都贡献出来；没有设备，大家动手制造。

正当大家热火朝天建厂和抢修飞机时，国民党派出 6 架轰炸机到南苑轰炸。飞机库被轰起火，一些同志不顾个人安危进入机库，把正在燃烧的飞机推出机库。敌机炸弹炸平了机库、厨房、食堂和几片宿舍，在遭受如此打击之后，大家更坚定了为国修飞机的决心，增添了快修飞机的力量。

在维修故障飞机的过程中，有架 C-46 飞机的左翼被撞坏了，设备线路被彻底破坏。为了把这架飞机修好，让它重回蓝天，向党的生日献礼，技术人员对这架破烂不堪的飞机动起了"大手术"。修理工作正式开始后，得知唐山有架起义迫降的 C-46 飞机，工厂立即派出 6 名同志，在野外连续工作了 28 天，拆回了迫降的 C-46 飞机的完整左机翼，经过两个月的奋战，终于把这架残破不堪的飞机送上了祖国的蓝天。

南苑飞机修理厂成立仅半年就修理了 18 架飞机。当时为保卫全国政协会议，空军成立了飞行中队，中队主要使用的是修理厂修复的 12 架飞机。就是这些飞机执行着对北京、天津以及周边海上的安保任务。

**修复的飞机参加开国大典**

开国大典当天，有 13 架修理厂修复的飞机参加了空中编队，接受党和中央领导以及各界人民代表的检阅。这一天，修理厂的全部同志都被请到了天安门，被安排在"黄金位置"——金水桥前。当同志们看到亲手修复的飞机飞过天安门上空时，不禁喜上心头，泪流满面，振臂高呼："毛主席万岁！中国共产党万岁！"

就是这一天，南苑飞机修理厂的"品质"在祖国的蓝天上得到了验证；航空事业先驱们艰苦创业、报效祖国的理想深深植根企业，植根在每一位南苑飞机修理厂的员工心里。

## 修理到制造成功转型

为开国大典修飞机，是南苑飞机修理厂历史发展长河中夺目的一笔，但并不是唯一的一笔。自那以后，南苑飞机修理厂开始了她华丽的转身，紧紧地与祖国的命运联系在了一起。

1951 年 6 月，工厂移交重工业部航空工业管理局，定名为"国营二一一厂"。1953 年 12 月，中央批准工厂的建设方案，将其改扩建成年修 700 架喷气式歼击机的现代化大型飞机修理厂。工厂的改扩建工程被列为国家"一五"计划 156 项重点工程项目之一。

1957 年 11 月，工厂首次接受了乌米格十五喷气式教练机的制造任务。在试制过程中，技术人员和工人们不仅克服了缺少图纸等困难，还在原有的基础上进行了一些改装、增添零件等设计工作，使得乌米格十五比原先的样机具有更多的优点。1958 年，乌米格十五喷气式教练机试飞成功。同年，仅用了 68 天的时间，工厂自行设计的首都一号多用途轻型运输机也试飞成功。

**乌米格十五喷气式教练机**

两种飞机制造成功，标志着工厂从飞机修理成功转型为飞机制造。

在制造飞机的过程中，工厂还自主生产了第一辆北京牌大轿车。10辆北京牌大轿车于1957年9月参加了武汉长江大桥落成典礼；30辆北京牌大轿车出口埃及。

工厂以其特殊的使命，得到了党中央的关注。早在1949年4月至10月，朱德总司令曾三次来厂里视察指导工作；中央乐团来工厂进行慰问演出。工厂还因为生产的产品受到了各新闻媒体的密切关注，其中《人民日报》对北京牌大轿车、第一架喷气式高级教练机、第一架小型民用飞机首都一号，都进行了大篇幅的报道。

1958年6月，工厂归属国防部第五研究院，转为中国第一家导弹武器生产总装厂。

由此，与中国航空最早结缘的首都航天机械公司，完成了飞机修理、飞机制造的历史使命，昂首阔步于蓬勃兴起的新中国航天事业新的征程，开辟了企业成长发展的新纪元。

（作者　洪园　黄希）

# 航天强国 —— 腾飞铸箭人的光荣与梦想

从我国第一枚火箭问鼎九天，到中国航天三座里程碑耸立太空，长征系列运载火箭不仅为中国航天搭建了登天的长梯，而且成为中国航天能力发展最典型的代表。在这部饱含历史沧桑的画卷中，首都航天机械公司以百年老厂不懈的追求，书写着其中最精彩的部分，腾飞铸箭人强国的光荣与梦想。

2010年9月5日，首都航天机械公司创建100周年前夕，长征三号乙火箭托举着鑫诺六号广播通信卫星，在轰鸣声中飞离西昌卫星发射中心，我国长征系列火箭完成了129次出征。这其中有96枚火箭由公司生产总装，占发射总数的四分之三。

## "1059" 仿制实现华丽转身

20世纪50年代末、60年代初，年轻的新中国各方面正处于起步阶段。刚刚归属国防部第五研究院的首都航天机械公司，此时正经历着从飞机修理、制造向导弹武器生产总装的转变。正是这一成功的华丽转身，使得1960年中国第一枚近程导弹从祖国的地平线上飞起。

1957年12月的一个神秘冬夜，一列满载苏军士兵和装备的军列悄然驶进北京西南郊的一个站台。在微弱的手电筒光线下，两枚从苏联远道运来的P-2型弹道导弹踏上了中国的土地。一个极为秘密的任务等待着公司去完成。

这项任务的实质就是，以苏联P-2导弹为原型，仿制出中国的第一枚导弹。争取在1959年10月1日前完成仿制，向1959年国庆献礼，故代号为"1059"（即东风一号导弹）。

导弹技术，是现代科学技术和基础工业成就的综合体现。刚刚成立不久的新中国，科学技术还十分落后，而首都航天机械公司是修理飞机起家的，仿制"1059"导弹，注定是一场特殊的战斗。

导弹的制造手段和飞机的修理、制造大不相同，飞机制造主要靠铆接，而导弹制造以焊接为主。"1059"的弹体，除了个别部件为铆接结构外，其余部件均为铝合金焊接结构，必须采取氩弧焊。

工艺和工种，从头学起！公司将人才培养和保护作为发展的根本大计，先后派出千余人次到兄弟单位学习焊接技术，240 名铆工也从此放弃了看家本领，开始苦学焊接技术。当时，国内没有氩气生产，进口一小瓶氩气就要花 6 万元，培养一名合格氩弧焊工的花费比培养一名初级飞行员还要多。焊工师傅们极其珍惜这个机会，很多人为了练习手稳，胳膊上都绑上了沙袋。

仿制过程中，公司党委始终强调"自力更生为主，力争外援为辅"的方针。很多师傅干脆抱着被子住在了车间，白天黑夜连续干。没有设备，就用土设备生产工装和部分零组件；自动氩弧焊机迟迟不到货，技术人员就和工人师傅一起突击进行反设计和试制，最终获得成功；锻造需要的东德制造的大型设备要等 3 年才能到货，工人师傅不等不靠，用 6 千克重的大锤手工校正，硬是敲出了合格的产品。

在"1059"仿制进入决战阶段时，苏联单方撕毁"协定"，撤走援助技术人员，中国正遭遇自然灾害。然而这些客观原因不仅没有影响公司发展的脚步，反而更加激发了大家的干劲。

1960 年 11 月 5 日 9 时 2 分 28 秒，一声惊天动地的轰鸣，"1059"导弹呼啸着飞离发射台直刺蓝天，发射圆满成功。公司的参试人员和其他航天人一起在欢腾、在飞奔……

"1059"的成功结束了中国没有导弹的历史，公司也完成了从飞机修理、制造向导弹武器生产总装的华丽转身。在这华丽转身的过程中，公司为中国航天留下了弥足珍贵的财富：一套航天产品生产、

**东风一号导弹**

运输及靶场试验规范、流程，一套航天产品质量保证和质量控制方法，一支以焊接技术为代表的航天制造队伍……

"1059"的成功仿制只是一个开始，中国要自己进行国防现代化建设，靠仿制是远远不够的。此后，首都航天机械公司开始从仿制走向自主研制。

## 里程碑上写就功勋

提到中国航天的发展，不同的人有不同的诠释。有一种最简洁也是最有力的回答是：中国航天在太空树立起了三座里程碑：发射首颗卫星、载人航天、月球探测。为铸就这三座里程碑，首都航天机械公司发挥了制造龙头企业的作用。

在完成东风二号、东风二号甲导弹研制后，公司响应毛泽东主席"我们也要搞人造卫星"的号召，向另一个重要方向开拓：生产能够把卫星送上天的中国自己的火箭。

1966 年 11 月，长征一号火箭进入研制阶段。为了让火箭具有良好性能，公司先后采用爆炸成型、化学铣切等多种新工艺方法，攻克了箭体结构方面的诸多技术难关。

1970 年，长征一号火箭将东方红一号卫星成功送入太空，我国成为世界上第五个独立研制和发射人造卫星的国家。东方红一号卫星的质量超过了苏、美、英、法 4 国首颗卫星质量的总和，因此，中国火箭的运载能力更加让外国惊叹。

中国航天实现了第一个里程碑后，伴随着长征二号系列、长征三号系列运载火箭等型号的研制，中国长征运载火箭型谱开始变得丰富起来。

载人航天工程是迄今为止航天史上规模最大、系统最复杂、技术难度最高的工程。公司承担的火箭生产总装任务是七大子工程之一。从 1992 年中国政府正式批准了载人航天工程，直至 1999 年第一艘试验飞船发射成功，公司走出了一条 8 年铸"神箭"的道路。

为逃逸系统整流罩提供稳定平衡力的全新系统——栅格翼，是长征二号 F 运载火箭技术攻关中最具代表性的一项。1997 年 3 月，已交付的首件模振箭逃逸系统整流罩因超重 900 余千克被判了"死刑"。设计者们决定从栅格翼上减小质量，而控制和减少栅格翼的整体焊接变形成了火箭研制的瓶颈。

整流罩的生产因设计更改一停就是半年。接到新图纸恢复生产已经是当年 9 月了，所有的生产流程必须从头再来。公司反复论证，终于发现了栅格翼整体焊接变形的规律，自制了焊接试验装置，将手工焊改为自动焊，并设计、制造出了 6 大项焊接专用的工装及夹具，最终顺利完成了栅格翼的焊接任务。

1999 年 11 月 20 日 6 时 30 分，凝聚着全体员工心血的长征二号 F 遥一火箭，托举神舟一号试验飞船成功飞向太空，迈出了我国载人航天历史的第一步。

2007 年 10 月 24 日 18 时 05 分，我国航天的第三个里程碑——探月工程，伴随嫦娥一号卫星准确进入预定轨道而成为现实。这次

长征二号 F 火箭逃逸系统栅格翼焊接

成功，再次证明氢氧火箭发动机经得起考验，称得上是一颗健康跳动的"心"。

早在 1970 年，公司便开始对氢氧发动机展开了研制。螺旋管束式喷管延伸段的焊接，是氢氧发动机研制的关键技术之一。大喷管延伸段由数百根空间螺旋曲线、变截面、薄壁方管自动化焊接而成，焊缝总长度达 1700 米，稍不留神，就会将管壁烧穿。技术人员付出了令人难以想象的高强度劳动，攻下了这一技术难关。发动机一些核心部件，采用电解、电火花、电子束焊等特种加工技术，实现了高精度加工。

氢氧发动机的研制成功，使我国成为第三个掌握氢氧火箭发动机技术的国家，而公司也成为中国唯一的氢氧火箭发动机制造企业。

## 高密度发射天堑变通途

2007 年，刚刚度过 50 岁生日的中国航天，迎来了新 50 年的发展机遇，一个更加波澜壮阔的发展时代悄然上演。作为最早、规模最大的运载火箭生产总装企业，公司乘风破浪，尽展跨越式发展的雄姿。

　　中国航天新 50 年壮阔发展的事件之一，就是为满足国内、国外用户的需求，进行更多的宇航发射任务。于是，从这一年，运载火箭的第一个高密度发射周期来临了。首都航天机械公司未雨绸缪，抓住机遇，将看似不可逾越的天堑变成了通途。

　　从 2 年 1 枚、3 年 2 枚，到 1 年 5 枚、1 年 10 枚……运载火箭批产，带来的不仅是数量上的变化，更是基础能力建设、科研生产体系、工程转换能力、核心技术实力等一系列实质性的变化。

　　在长年的技改投入支撑下，首都航天机械公司已形成了包括总装测试、数控加工、钣金、特色焊接、特种加工等能力在内的能力完整、核心突出的研制生产体系。在长征系列火箭迎来第 100 次发射之际，一座新的火箭总装测试厂房投入使用，使公司总装测试能力如虎添翼，形成了面积 5 万平方米、相当于 7 个足球场大小的现代化火箭总装测试厂房，能够满足 1 年 10 枚火箭的总装测试。

　　公司的航天产品制造技术也伴随着高密度发射，迎来了一个发展的春天。公司以型号需求为牵引，培育核心技术，并广泛开展工艺攻关、工艺改进和工艺预研等工作；掌握了运载火箭总装测试、大型薄壁低温贮箱焊接、大型结构件整体数控加工、低温活门制造

**火箭总装现场**

装配、大型薄壁结构件铸造等一系列航天特色关键技术；具备了箭体结构件制造、部段装配及全箭总装测试、氢氧发动机研制、地面设备和型号工艺装备研发及制造等雄厚的工程转化能力。

为了深入探索运载火箭批产组织模式，公司开始推行"组批"生产，即零件生产按批管理，产品装配按发管理，部段装配和总装按型号布局，形成一条由零件单元、装配单元和总装测试单元组成的型号批生产流水线；各个单元从人力资源挖潜和现场组织管理两个方面迅速作出反应，以适应持续高密度发射的新形势。同时，应用三维数字化制造、三维工艺设计与仿真、三维工装设计与仿真、制造现场管理、制造资源等信息技术，实现了设计数据、工艺过程、生产过程和质量管理过程等资源的集成和信息管理。

承载着打造护国利剑、铸造强国神箭的光荣使命，首都航天机械公司伴随着中国航天一同走过了半个多世纪的辉煌历程，获得了"全国五一劳动奖状"、"首次月球探测工程突出贡献单位"、"中国载人航天工程突出贡献集体"、"国家技能人才培育突出贡献奖"等多项荣誉，其辉煌业绩已被载入新中国的航天史册。

把这些辉煌与荣耀留给历史，今天的首都航天机械公司正以不竭的创造力、旺盛的生命力，继续书写着中国航天制造技术跻身世界前沿的神话。

（作者　洪园　陈全育）

# 引领制造 —— 树中国航天品牌

品牌，是世界交流的语言，是国家的名片。从被授予优质火箭称号的长征二号丙火箭，到拥有"金牌火箭"荣誉称号的长征二号丙改火箭和长征三号甲火箭，再到享誉"中国第一世界名牌"的长征二号F火箭，"中国航天"的品牌，已享誉业界。作为航天制造龙头企业，首都航天机械公司高擎引领航天制造业的大旗，用胆魄、智慧和技术，不断提升"中国航天"品牌的高度。

## 拿下AMS

1998年6月2日，阿尔法磁谱仪（AMS）由美国航天飞机发现号送入太空，迈出了人类对宇宙空间进行反物质和暗物质探测的第一步。这项跨世纪的重大科研项目，是中美两国空间技术的首次重大合作。早在1995年，诺贝尔奖获得者、世界著名科学家丁肇中教授与各国科学家充分交换意见后，力排众议，提出将AMS主体结构的研制任务交给中国运载火箭技术研究院。同年年底，首都航天机械公司以军品管理模式全面启动了AMS结构零部件的生产，义无反顾地投入到了这项跨世纪的宏大计划中。

AMS结构是盛装多种探测仪器和64块钕铁硼磁铁的实验容器，它由内外筒、Z桁条、锻件框、集热条、支撑块等铝件铆接而成。考虑在太空中强大磁场的作用，其机械结构的制造尺寸和精度要求也就异常苛刻。从图纸上看，它的同轴度要求0.1毫米，两个平面度为0.2毫米，而装磁铁块的扇形内腔的两壁仅有两根头发丝的间隙，对装配铆接的精度要求很高。

**丁肇中教授与公司合作制造反物质探测器结构**

攻关组师傅们先后解决了反划窝、装铆钉等一系列难题，经过40多天的奋战后，初样件终于如出水芙蓉般呈现在人们面前了。美国宇航局专家组成的评审组在 AMS 结构初样件评审中认为，初样件上的 2000 多个铆钉质量无可挑剔，生产质量达到顶级水平，完全满足要求。

初样通过评审后，AMS 结构正式飞行件制造上马了。这次飞行件在设计上做了一些更改，其中飞行件的内筒必须是直径为 1115 毫米的圆筒，这意味着在经过滚弯、焊接校形后，要依靠铆接最终实现准圆成型。攻关组在一次次预想会、准备会上提出了不同的方案，但又在理性的分析中逐个推翻，最后决定在产品中增加一个铁箍。这个箍，不仅加大了师傅们的工作量，也使本来就狭小的铆接空间又多了几分拥挤。在 AMS 结构的铆接型架上，至今还留着白亮亮的一行字："不图名，不图利，为中国航天事业争口气。"这是 AMS 攻关组成员在 AMS 上架开装的第一天，用红铅笔手写上的。历经春夏秋冬的潮湿，型架上泛起锈蚀，铅笔的红色已经消褪，但那字迹却如刀刻般清晰。这是公司攻关组为国争光的誓言。

1997 年元月 7 日 10 时，当中国航天工人将检测装置顺利与 AMS 结构内筒进行匹配时，丁肇中教授带头鼓起掌来，他说："能够和中国航天人一起工作，我觉得很荣幸。"

这次重大的合作，让参与 ASM 计划的美国、加拿大、德国、瑞士等国的科学家，对中国航天、对中国运载火箭技术研究院的整体实力，也对首都航天机械公司的制造技术，有了更为直观的认识。

## 巧制"天衣"

2008 年，当欢呼声迎接航天英雄归航的时候，承担舱外航天服躯干结构研制的首都航天机械公司，将自豪的碑文刻在了宇宙太空。

实现太空行走的前提之一是研制舱外航天服。舱外航天服属于"高精尖"的航天装备，当时国外仅有美国和俄罗斯能够制造，国内能够承担研制项目的单位凤毛麟角。2006 年年初，已经研制一年半的舱外航天服躯干壳体，因存在较多困难被迫中止，成为航天员出舱任务的短线。

当年 1 月 28 日，航天医学工程研究所向全国发出竞标书。身为全国最大的火箭生产总装企业，首都航天机械公司挺身而出，5 天后拿出了研制方案，并一举竞标成功！令评审委员会大为震惊的是：这么多不同的加工思路，都集中在了一个单位，而且很可行。

躯干壳体是舱外航天服的主体，是航天服的装配集成中心，各种设备、仪器都要与之连接。它是一个空间薄壁的异型结构，也就是要用 1.5 毫米厚的铝合金做出一件金属衣服，这件衣服必须要气密，而且还要负重。

在没有任何技术借鉴的情况下，公司充分发挥了其强大的总装集成能力。研制人员用工艺焊缝及定位孔，解决了躯干薄壳成型和定位问题；通过数控加工和电火花特种加工相结合的方法，实现了机械加工无法实现的肩法兰整体无缝加工；通过对薄壳进行电磁脉冲校形、壳体反变形、工装定位，解决了装配问题；通过反复优化焊接工艺，将焊接变形控制到最小，满足了产品的精度要求。

2008 年 2 月，公司研制的舱外航天服躯干壳体 3 件正样产品全部交付；攻克了 7 项重大技术难关，产品关键指标合格率达到 100%。时任载人航天工程总设计师的周建平称赞说："这个攻关项目非首都航天机械公司莫属。"

研制舱外航天服躯干壳体

## 定制"大火箭"装备

一路试制，一路坎坷，成功与挫折结伴，首都航天机械公司炼就了敢为人先的胆识，也炼就了善为人先的独特本领——非标研制。

早在长征一号火箭的研制中，公司就先后自行研制了我国第一台大型高温钎焊炉、第一台大型真空高温辐射炉等关键装备，为火箭成功发射提供了保障。之后，公司还设计制造了国内第一条冰箱侧板自动化生产线、第一条洗衣机壳体自动成型生产线、第一条货架钣金自动化生产线。至今，已为海尔、美的等十几家国内外著名家电企业生产了 70 多条钣金自动化生产线，还出口至墨西哥、越南等国家和地区。

2009 年，被称为"大火箭"的新一代运载火箭，首个 5 米级产品——贮箱箱底试验件，提前成功完成焊接装配。大直径，不单纯意味着火箭的直径从 3 米或 3.35 米增加到 5 米，还意味着加工产品的工艺装备要上 5 米级。公司就是这套非标装备、大型工装的设计者。

2009 年 8 月，标注着"中国航天"标识的箱底瓜瓣纵缝拼焊系统设备运抵天津新厂房，满足了新一代运载火箭贮箱箱底的研制急需。该系统实现了箱底瓜瓣定位后的夹紧、铣切、焊接一次完成，具有加工误差自动补偿功能，焊接过程可实现远程观察、操作，成为目前国内规模最大的唯一的一台铣切焊接结合的复合装备。

直径 5 米贮箱箱底瓜瓣纵缝拼焊系统

2010 年，公司自主研制的箱底环缝焊接系统和贮箱总装环缝焊接系统相继在天津安装。前者，具备了焊前对箱底瓜瓣圆环上下端余量进行铣切加工功能，能够及时对加工过程中产生的误差进行补偿，实现了全自动化焊接。后者，是新一代运载火箭直径 5 米贮箱制造的核心设备，集成了产品定位、自动夹紧、铣切、焊接等功能，床头、床尾可作同步旋转，床尾移动可满足不同长度产品焊接的要求，实时监控焊接过程并进行误差补偿。

同时，公司还研发了瓜瓣化铣设备、制孔设备、箱底法兰盘自动焊接设备、箱底测量设备、箱底液压试验及其过程配套等工艺装备，为研制 5 米级贮箱箱底提供了一套完整的工艺装备生产线。截至 2009 年，公司共完成新一代大运载工装设计及评审 179 项，其中大型非标设备 9 项、切钻样板 94 项，其他工装 77 项。

在海风习习的天津滨海新区，孕育中国航天"新动力"的天津航天产业化基地迎风而立，已经初具规模。在实现火箭制造技术向 5 米平台跨越的过程中，公司的非标设备研制能力也实现着新的跨越。

品牌的背后是实力！AMS 结构、舱外航天服、"大火箭"非标设备，只是公司航天制造技术优势的产物。如今，公司的氩弧焊、电子束焊等自动化焊接技术，已成熟应用于运载火箭结构件连接成型；大型铝合金铸件、高温合金、不锈钢等高效精密加工技术，处于国内先进水平；电解加工、数控电火花加工、数控电火花线切割加工、磨粒流加工、精密电解刻蚀、微细加工、激光加工等特种加工技术，已广泛应用于航天航空等领域。这些制造技术，成为公司乃至中国航天的金字招牌。

新百年的起点上，首都航天机械公司将在航天制造技术发展进程中扮演领跑者的角色，在航天科技工业新体系建设中发挥好主力军的作用，创造优质的产品和服务，见证航天制造、中国创造的光荣与骄傲。

**（作者 洪园 孙欣荣 赵军）**

# 锤炼品质 —— 塑造中国航天形象

当电视画面中印有"中国航天"四个醒目大字的长征火箭扶摇直上，直击长空的时候；当建国 60 周年大典的阅兵式上，一排排型号产品方队通过天安门广场的时候，每一名中国人都会由衷地赞叹中国航天事业的辉煌成就。这就是中国航天骄傲地展示给世人的形象，这个形象折射着首都航天机械公司这个百年军工企业深厚的文化底蕴、令人折服的精神内涵和永不停止探索的光辉历程。

## 科学态度捍卫高质量

"零缺陷、零故障、零疑点"、"严上加严、细上加细、慎之又慎、精益求精"……这些看似极端的口号，正是首都航天机械公司科学规范管理与严谨求实作风的写照。

1959 年，公司设立了总检验师一职，组建了总检验科。在一没资料、二没经验的时期，前辈们在航空工厂时期从苏联学习的"12项检验工作条令"的基础上，制定了我国航天工业的第一本《工厂检验工作条例》。此后，不断探索，总结经验，到 20 世纪 70 年代中期，制定了一系列质量技术指导性文件和相关管理标准、制度，创造和总结出型号研制质量可靠性保证和质量控制的新方法、新经验。到 80 年代中期，公司不断深入开展型号质量可靠性保证和质量控制研究工作，使质量管理工作逐步从传统的经验管理向有组织性、计划性的系统化质量管理发展。

然而，多严谨的科学试验都不可能永远一帆风顺。1996 年 2 月 15 日 3 时 01 分，长征三号乙遥一火箭在西昌卫星发射中心发射国际通信卫星708号，点火后22秒在空中爆炸，星箭俱毁。1996年8月18日18时27分，长征三号遥十四火箭在西昌卫星发射中心发射中星七号通信卫星，火箭起飞后，二次工作段提前48秒关机，卫星未能进入预定轨道，发射失败。两次失利使我国航天事业陷入"失败不起，没有退路，只能成功"的境地。尽管问题不是出在生产制造中，但质量的警钟在公司每一名员工的心里敲响。公司总结了几十年来的管理经验，树立起了更高的质量管理标杆，按标准建立"质量管理体系"，并于1996年通过中国新时代质量管理体系认证中心进行的军品、民品质量体系认证，成为航天系统在京单位第一家通过ISO9000质量体系认证的单位。公司的质量管理工作迈出了跨越式发展的步伐。2005年，公司成为航天企业第一家被推荐注册具有总装备部装备承制资格的单位，同时被评为"国防科技工业质量先进单位"。

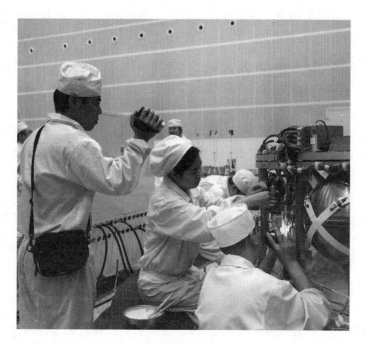

**开展多媒体记录工作**

2006 年，长征三号甲系列运载火箭全面进入批生产状态。高密度发射，对质量管理提出了新的更高的要求，仅靠人员的技能和素质来保证质量已经不能适应型号任务的需要。公司引进先进的管理理念与技术，在质量管理模式和管理方法上进行创新。2008 年，产品制造质量信息管理系统开始实施，标志着公司的质量工作开始逐步实现由结果控制向过程控制转变、由指标控制向参数控制转变、由人工控制经验决策向自动化控制科学决策转变。2009 年，公司开展了工艺精细化管理，从技术上减少对人的依赖。2010 年，公司对质量工作又提出将机械化、自动化和数字化的手段相结合，依靠科学有效方法实现产品由符合性质量向适用性质量转变，实现航天型号任务由"确保成功"向"永保成功"的转变。

## 以人为本追求"零伤亡"

企业以人为本，首要的是要以员工的生命为本。首都航天机械公司拥有 80 多个专业、130 多个工种和 4300 多名员工，现场存在着大量易燃易爆、高压、电离辐射、毒物、粉尘、噪声等危险有害因素，是公认的安全生产管理难度较大的企业。就是这样一个百年老企业，却有着安全"零伤亡"的执著追求。

1954 年，飞机油箱在一次清洗作业时发生了爆炸事故。公司的创业者们意识到了生产安全的重要性，设立了技术安全科，但工作范围仅限于对事故伤害人员的善后处理。六七十年代，伴随着"一不怕苦，二不怕死"的时代精神和科研生产任务的增多，公司迎来了事故高发期，几乎每年都有百起以上的工伤事故发生。为遏制事故高发局面，公司不断完善制度建设，坚持开展全员宣传教育和职业卫生工作，同时重视安全技术的应用和安全技措改造，使事故发生率控制在了一个较低的水平。

"九五"以后，随着社会物质文化生活的逐渐丰富，人们对安全的需要也在不断提高，"以人为本，安全第一"逐步成为公司安全生产管理工作的理念，安全管理也从传统管理发展到预先研究实施系统工程。2008 年，公司全方位分析与研究了 50 多年科研生产、试验中发生的 3000 余起工伤事故和险肇事件，运用现代安全管理理论，探索事故发生的原因和规律，并以此为依据，从人、机、环多因素着手，抓源头、过程、结果全面控制，制定预防事故发生的对策和措施，摸索出适合企业自身的系统安全管理方法，建立了完善的安全生产组织体系、制度标准体系、安全生产检查体系等，确保了企业实现安全生产。

**开展安全演习**

同时，公司全面启动职业健康安全、环境管理体系的建设工作。这是公司安全和环境管理工作国际化、科学化、规范化的开始。2008 年 11 月 1 日，职业健康安全和环境管理体系顺利通过了中国新时代认证中心的审核认证。自此，质量管理体系、职业健康安全管理体系、环境管理体系一并纳入了公司的体系管理，成为了公司确保产品质量、确保员工安全健康、确保企业良性发展的基础。

"十一五"期间，首都航天机械公司无重伤、死亡事故，轻伤事故始终控制在 0.7‰ 以下，2005 年、2008 年、2009 年实现了全年"零伤亡"的目标。

## 素养建设挑战"零缺陷"

质量和安全是永恒不变的主题，而人是保质量、保成功的根本。持续不断地开展素养建设，以文化育人，让确保高效、高质量成为每一名员工的基本习惯，不断向质量极限——"零缺陷"发起冲击，成为首都航天机械公司新时期的管理目标。

2000年，公司在用户中进行了首次企业形象调查，客户诚恳的回答令管理者汗颜：最令客户无法忍受的是生产现场的脏、乱、差。多少年来，固有观念上无伤大雅的生产现场脏、乱、差，居然成为与企业自身特点和未来发展极不相称的一大弊病。同年8月，一场生产现场管理的变革开始了。包括整理、整顿、清洁、规范、素养、安全6个项目的"6S管理"被隆重地请进了企业的大门。两年后，生产现场环境面貌发生了翻天覆地的变化，厂房卫生死角得到了彻底清理；各个区域标识清晰，物流、人流通畅；各类库房整理到位，各种物品摆放有序，规范管理；明确了区域责任，有效防止了各种磕、碰、混料、错料的现象发生，大大增强了质量控制的有效性和可追溯性；工作效率得到了提高，消除了多余物品，减少了浪费。最重要的是，6S管理塑造了追求完美的企业精神，提升了企业的品质。2004年的"3·22"航天质量日，公司推行6S管理的经验在中国航天科技集团公司电视会议上作了专题介绍，成为集团公司6S推行工作的示范典型。

如果说6S管理是对企业的外表进行了设计、包装，那么"航天TPM（全面生产性保全）"就是对员工内在素养进行全方位的提升。2007年8月，公司启动航天TPM推行工作，通过全员改善和创造性的活动，促进企业从粗放式管理向精细化管理转变，实现故障为零、事故为零、缺陷为零、浪费为零的目标。推行工作3年以来，彻底清理设备1794台，制作设备个性化点检基准和点检表1465份；征集改善提案6662份，人均提案率达201%；推进业务工作精细化，

**员工发布并演示改善提案**

制作业务操作书 2302 份；开展综合改善活动，完成综合改善课题报告 49 份、班组主题改善课题报告 48 份。员工把关注焦点都集中在自己的本职工作上，提高了产品质量、生产效率和个人的技能技术水平。

　　不安于现状，勇于创新，是航天事业发展所必需的可贵素质。在通往成功的路上，首都航天机械公司始终保持勇于登攀、敢于超越的进取意识，不断引进先进的管理理念，让航天品牌更加过硬，航天形象更加光辉灿烂。

（作者　刘颖）

# 搏击市场 —— 航天技术
# 应用产业阔步前行

先后从事航空、航天两大领域工作的首都航天机械公司，其民品发展早在 20 世纪 50 年代就开始起步了。一路曲折、一路拼搏，公司民品发展走过了一条艰辛的发展之路。进入 21 世纪，凭借航天高科技制造特有的技术和管理优势，公司拓市场、树形象、创品牌，民品发展阔步前行。

## 产品 从一星独秀到群星灿烂

品牌不仅仅是一个产品的标识，更代表着一种信誉、一种能力、一种理念。50 多年以来，首都航天机械公司的民用产品从一星独秀到群星灿烂，航天品牌正在形成。

1957 年 7 月 1 日，首都航天机械公司自行设计制造的第一辆北京牌大轿车试车成功，拉开了公司民品发展的序幕。这一年的 9 月 25 日，10 辆北京牌大轿车参加了武汉长江大桥落成通车典礼。1958 年 10 月，公司与中国运输机械进出口公司签订 30 辆北京牌大轿车出口埃及的合同。北京牌大轿车成为了当时的明星产品。

1958 年，首都航天机械公司由航空归属航天。尽管有北京牌大轿车这样的明星产品，但公司为适应国家发展航天的需要，调整了产品结构，全力为共和国打造护国"神箭"。民品虽然予以保留，但只作为空闲工时的填补。

北京牌大轿车

　　20世纪70年代末，在党中央提出"军民结合，平战结合，军品优先，以民养军"的战略方针指导下，公司民用产业的发展迎来了第一个春天。公司发挥综合制造能力强大、非标设备研制能力突出的特点，深挖企业潜力，研制出一批具有国内外先进水平的民用产品。

　　1982年，公司成功研制高真空烧结气淬炉，达到国内先进水平；此后又研制成功了双室真空淬火炉等系列产品，主要指标达到或超过国内外同类产品水平。同年，1.2米瓦楞纸板生产线首次全线试车成功，属国内首创。到1993年，公司相继设计制造了1.6米单面瓦楞纸机、DW－Ⅱ型单面瓦楞纸板生产线、1600型瓦楞纸板生产线、5层2.2米重型瓦楞纸板生产线，技术上达到了国际同类产品的水平，居国内领先地位。1984年，公司自行研制的贴面机和印刷开槽机试车成功。1985年5月，26项民用产品、74项技术成果参加在军事博物馆举办的科技成果展，引起了各界的普遍关注。

工业电炉

2006 以来，首都航天机械公司结合装备制造、石化、船舶等产业调整和振兴规划，重点发展高端制造和非标定制装备设计制造两个领域。如今，公司的产品涉及石油管、高精度冷拔－珩磨管、钣金自动化生产线、高端刀具、大型数控深孔刮削滚光复合加工机床、地铁车辆结构件、烟机设备等，在相关行业内形成了一定的影响力。这些民用产品既为国民经济建设提供了先进的技术装备，也为公司创造了可观的经济效益。

## 经营 军民分线分离分立

从 1957 年开始起步的 20 多年中，首都航天机械公司的民用产品的开发还只是在军工产品的"夹缝"中生存。20 世纪 90 年代初期，国家对航天事业单位经费拨款开始减少，对航天企事业单位军品人员编制开始压缩，航天工业总公司提出了军民分线、分离、分立的战略发展思路，进行军民分线改革，要求 3 年完成。当时，首都航天机械公司军品部分的收入不足以支撑企业未来快速发展的需要，必须大力发展民用产业。同时，军品多型号研制也已经起步，发展民品，势必造成军品和民品之间相互争资源的状况，给生产管理带来很大难度。公司顺势改革，把民品发展面临的挑战转变为机遇，迎来了航天民用产业发展的又一个高潮。

1992年，公司开始实行军民分线的试点工作，下决心和大力气改革企业经营机制，对军、民品混线这个"连体胎儿"实施"外科手术"。1995年，军民开始分离，按照"一厂两制、四业并举、分线运行"的格局进行改革调整，成立了民品集团、动力分厂、首机科工贸集团，与军品系统实行"队伍人员分开，运行机制分开，财务核算分开"。民品、动力、首机科工贸与军品的分线管理、分离经营，是当时首都航天机械公司改革体制与机制的大胆探索。在这个过程中，公司解决了产供销矛盾突出、技术升级需求迫切、现金流短缺、人员不适应等诸多问题。

同时，首都航天机械公司还尝试兴办联合企业，进行多种经营。1984年，贯彻"军转民"的方针，在沿海经济开发区兴办联合企业，即深圳远东机械有限公司和厦门宇联公司，成为沿海地区的窗口企业；之后，在广州开办了新航公司，在潮州开办了金航包装机械有限公司；1993年在廊坊经济开发区合资兴办了廊坊航星包装机械有限公司；1995年在廊坊兴建了首都航天金属波纹管厂。联营企业成为公司民品走入市场的又一朵奇葩。

坚定信念，创新管理，激励研发，建设团队，首都航天机械公司最终取得了改革的成功。1995年至1998年，公司的民品有了长足的发展，销售收入达到了1.5亿元至1.6亿元的规模，在当时的中国运载火箭技术研究院民用产业发展中，三分天下有其一。与此同时，公司培养锻炼了一批专业设计队伍、工艺队伍、销售队伍、经营管理队伍和技术工人队伍，为后续发展积累了宝贵的财富。

2000年，按照中国运载火箭技术研究院改革调整的部署，首都航天机械公司的民品、三产资产及业务由中国运载火箭技术研究院管理，公司民品基本处于车间零星生产的状态。

## 转型　向高端和市场化发展

　　2005 年，根据上级有关民品发展的指示精神，公司提出了航天技术应用产业发展思路。从"民用产品"到"航天技术应用产业"，不仅仅只是文字的变化，而是标志着公司民品发展开始了第二次创业。这次创业，与第一次创业有着根本性的区别。公司将发展民品提升到战略高度，树立与市场经济相适应的发展理念，确定了"全力打造'规模产业'和'军民共线'两个平台，重点发展'非标定制装备设计制造'和'高端制造'两个领域"的发展思路。

　　为了使航天技术应用产业发展步入更加规范、更加市场化的新阶段，2008 年，公司着力构建航天技术应用产业的全新管理模式——现代企业母子公司管理。相继出台了涵盖战略、股权、财务、人力资源等管理的15 项母子公司管控制度，面向企业内外招聘职业经理，成立了两个子公司，即首航科学技术开发公司及天津航天液压装备有限公司，分别经营石油套管项目和冷拔－珩磨管项目。

**油管套管全自动化生产线**

2010 年，公司以市场开发为工作主线，在销售网络、销售队伍、销售机制建设方面加大力度，加快市场化转型进度，着力打造适应市场的组织模式和运营机制。

非标定制装备设计制造领域，一直是公司多年来培育的核心竞争力，冰箱侧板生产线就是一个典型代表。1989 年，公司为北京雪花电器集团开发了国内第一条冰箱侧板生产线，此后又为海尔等国内外多家著名企业，制造了 70 多条冰箱、洗衣机等钣金自动化生产线，钣金成型技术也成为"金字招牌"，享誉业界。"十一五"后，公司更是加大了国防非标装备的研发，先后为新一代运载火箭提供了贮箱箱底瓜瓣纵缝拼焊、箱底环缝焊接、箱体总装环缝焊接、法兰盘自动焊接、箱底测量、液压试验设备等。国防关键设备的国产化，为我国航天运载技术保持领先地位夯实了装备基础。

在高端发展上，公司把自己定位在"集成制造"上，要成为资源的集成商，借助项目的发展锻炼一支队伍，形成一套制度，培养一批客户。这一理念已在冷拔－珩磨管项目中得到了实践，公司从行业高端技术进入，开发出符合欧洲标准的高端产品，未来还将形成规模化产业能力，向高端液压产品及配套领域进行业务拓展。

**10MeV 强流质子回旋加速器主磁铁**

2006 年，首都航天机械公司的民品总收入突破 1 亿元，2009 年达到 6.5 亿元。经历了 50 多年的摸爬滚打，今天的首都航天机械公司，航天技术应用产业发展的航向变得越来越清晰，这支破茧而出的蝴蝶正振翅奋飞。

（作者　易涵）

# 温暖的"家"——构建和谐企业

首都航天机械公司创建百年之际，第 10 届职工田径运动会隆重举行。入场式表演中，400 名离退休党员表演了精彩的八段锦；300名在职员工，展示了 17 项喜闻乐见的健身项目；1000 名在职男员工进行了广播操表演，气势磅礴；400 名在职女员工表演了红绸扇舞，先后拼出的"二一一、100"和"百年厂庆"的字样，犹如盛开的花朵绚丽夺目。员工们用自己的方式，表达着对企业大家庭的热爱。

## "家"以民主为基石

2008 年年初，一项名为"我心中的年度之最"的民意调查活动，在首都航天机械公司热热闹闹地开展起来。调查的题目从感性出发，设置了"最具挑战性"、"最感动"、"对发展最具深远意义"

**举行厂情报告会**

等问题。调查内容从理性出发，选取了企业一年中涉及管理、民生、技术、航天技术应用产业发展等内容的大事、要事。员工通过参与评选，进一步了解企业的工作重点，同时也表达出自己的诉求。

这项活动只是企业民主管理众多方式中的一种。多年来，首都航天机械公司已建立健全一套深入了解民情、充分反映民意、广泛集中民智的信息传递、分析机制。每年年初召开厂情通报会，公司领导班子面向千名员工，包括离退休人员汇报年度企业各项工作进展情况。每季度出版一期《厂情季报》，发放到各班组，让员工及时了解公司各方面的工作动态。每季度开展一次员工思想动态调查活动，收集员工意见及建议，并由相关业务处室作出具体回答，在局域网进行公布与反馈。落实职代会制度，凡涉及企业重大决策、改革方案等与员工切身利益紧密相关的重大事项，全部提交职代会审议，并实行票决制；在职代会闭会期间，企业临时的重大事项均由职工代表团组长联席会审议，使民主管理贯穿企业工作的全过程。严格履行集体协商制度，遇到与员工利益密切相关的事项，例如医疗保险、带薪年休假、企业年金、职工体检、保健费标准等，工会及时召集职工方和行政方协商代表共同商议解决。

在知"家"、管"家"、建"家"的过程中，员工的利益与企业的利益紧密连接在一起，实现了价值共赢。

## "家"为成才搭平台

中国航天事业的蓬勃发展，与一代代航天人才的辛勤付出密不可分，而首都航天机械公司这个百年企业，是孕育这些优秀航天人才的摇篮。员工们在成就航天事业的同时，自身价值也得到了实现。

早在"1059"仿制时期，公司正面临着从飞机制造向火箭制造的重大转变，最迫切的就是需要将240多名铆工改为焊工。氩弧焊工的培训需要大量氩气，氩气需要从东德进口，价格昂贵，培养一名氩弧焊工的费用超过培养一名初级航空驾驶员的费用。当时人们把氩弧焊工的手叫做"金手"。为了保护"金手"，保证他们焊出合格的产品，领导们不让他们干重活、杂活。经过严格培训，公司培养出一批过硬的焊工，他们分别掌握了埋弧自动焊、点焊、手工自动氩弧焊等技术，焊出了一批又一批的合格产品。高凤林，就是公司培养出的一名特种熔融焊接工，今天的他已经成为中国10位高技能人才楷模中的一位。

公司一直非常重视人才的培养，形成了立体的成才通道，让每一位员工的岗位价值最大化。师徒学艺，一直是公司最广泛、最具代表意义的技能人才培养形式。每个新入厂的员工都被单位指定一位技艺高超、经验丰富的老员工为师傅，在工作中进行传、帮、带；积极组织技能人员参加院、集团公司、北京市乃至全国各级、各类评选、竞赛，涌现出孙敏力、朱艳杰、江东等一大批能工巧匠；采取自培和委托培养的办法，培养研究生多名，这批学员后来大多成为企业技术技能人才的中坚力量，在企业的成长和发展过程中起到了重要作用。近年来，公司还设置了工艺师系列岗位，将企业需求和专业技术人员自我实现需求有机联系起来。在管理人才队伍建设上，开展后备干部培养评估和推荐工作，实施动态管理。2003年，公司成为国家劳动和社会保障部授予的首批"国家高技能人才培训基地"之一。2006年，公司获得了"国家技能人才培育突出贡献奖"。

全国工人先锋号、中央企业学习型红旗班组标杆——高凤林班组

## "家"为员工办实事

2008年，首都航天机械公司领导收到一封东高地社区1万余居民联名写的感谢信，表达了他们亲眼目睹、亲身感受东高地社区不断发生着的变化时，心中油然而生的喜悦。信中写到："近两年来，我们社区环境面貌发生了翻天覆地的变化，楼前树木葱茏、绿草茵茵，鸟语花香；林间小道弯弯曲曲，幽静怡人；平整宽阔的马路，停放有序的车辆，上班的道路更加平坦；夜晚加班回家，不再是昏黄的街灯……"这份喜悦主要源于公司持续不断的美好家园建设。

20世纪50年代初，生活区到生产区只有一条仅能容下一辆马车的黄土路，一到下雨天，出门就会半腿黄泥。虽然也陆续进行改造，但在那个"先生产再生活"的年代，干部员工将更多的精力放在了航天的创业上。90年代初，公司投入了大量资金，加大了对水、电、煤气等生活区硬件设施的改造。1995年至1997年，启动了天然气工程，4400余户居民结束了使用煤气罐的日子；1984年至2005年，多

员工拔河比赛

次扩大采暖管道的容量，对锅炉房进行改造，员工住房的供暖状况有了明显好转；2003 年改造了中心电站和低压站，增加了高压电缆，极大地缓解了生活区用电紧张的局面，同年全面改造了电视网传播系统，将有线电视干线全部改造为光缆传输。2004 年年底，建造 1 万平方米的东高地文体中心，全方位地为公司员工提供了健身娱乐服务。2006 年年底，公司在发放住房补贴的同时，启动了东高地危旧房改造工程，预计用 8 年的时间，将现有的筒子楼改建为高层住宅楼，届时东高地这片古老的生活区将变成一片现代化的航天社区。

除了生活所需的硬件建设外，公司还注重员工的身心健康。自 1956 年公司成立体育运动协会和业余文工团后，群众性的文体活动经久不衰，四年举办一次员工田径运动会，每年举办一次长跑、球类、游泳比赛，组织拔河、跳绳等各种文体活动。通过丰富多彩的文体活动，员工不仅强健了体魄，身心也得到了放松。离退休员工

离退休员工演出现代京剧《红灯记》

也老有所乐、老有所为。每周安排固定时间开展京剧队、秧歌队、民乐队、合唱队、舞蹈队、腰鼓队等社团活动，这些班队已经在北京市小有名气了，舞蹈队、踢踏舞队等多次应邀到社会各界演出，书法、绘画班的多名离退休员工，在北京市举办的各类比赛中多次获奖。除了各类班队以外，还举办老年大学，设立书法、绘画、摄影等课程，推行学籍管理，离退休员工根据兴趣爱好自愿报名。丰富的学习文体生活，让互不相识的离退休员工成为了朋友，精神上有了依托，身体也强壮了起来，单调的老年生活也有了色彩。

**（作者　洪园　付晋）**

# 记忆篇

回顾中再现历史，总结中见证辉煌。不同时期、各个岗位上参加过重要历史事件的管理人员、技术人员、工人师傅，用一串串珍珠般的记忆，具化、生动了首都航天机械公司的形象。

历史告诉未来：明天她一定更受信赖！

# 张开帙： 航空史的一块基石

张开帙，1918 年出生，1937 年为抗日考入国民党空军机械学校学习，中共地下党员。1945 年 10 月，奉命赴东北参加创建老航校；1949 年至 1950 年，任南苑飞机修理厂厂长；空军成立后，首任空军航空工程部外场处处长、部长，空军司令部机务部部长等职务。

1948 年冬，国民党军队从南苑机场仓皇逃走，随后解放军接管了南苑机场。1949 年 2 月，东北老航校的一行 9 人进入南苑机场，重新组建修理厂。由此，历经沧桑的南苑飞机修理厂重获新生，为我国航空事业奠定了一块重要的基石。

**1949 年，南苑飞机修理厂如何重新组建的？**

张开帙：1949 年 2 月 4 日，我带领 9 个人进入到南苑，这些人都是原东北老航校来组建南苑飞机修理厂的。当时南苑地区看不到一个国民党空军人员，南苑机场留下的只有一些有故障的开不走的飞机，有五六个机库，还有一些机床、器材和工具，弹药库是满的，这就是当时组建修理厂仅有的物资。当时在北平市里，散落着许多未逃走的国民党空军人员。他们看到解放军穿的是破衣服，却受到了人民群众的热情拥护，感受到群情激奋的革命气氛，所以在北平和平解放后，这些人纷纷来到航空接管处报到，报到后又得知只要参加部队或者航校就是参加革命，"革命不分先后，同样光荣"，使原国民党的人员解除了顾虑，非常高兴地来到南苑修理厂。工厂陆续接收了300多名原国民党空军机务人员，这些人占了重建后修理厂人员的大部分。

**当大家热火朝天地建厂时，国内还处于战争非常激烈的状态，大家是如何不惧危难，创造条件抢修飞机的？**

张开帙：修理厂组建时，生活困难，我们每月拿很少的津贴，工资就是发小米。新参军的原国民党空军人员到修理厂后，他们看到工厂里的十几位解放军干部不一般，没有对原国民党的人员另眼看待，心里特别温暖。在发放小米时，新参军的同志从不计较，互相谦让，许多同志硬是把自己的小米斤数压了下来。

那个时候严格说不能算是造飞机，而是拣国民党空军留下来的旧飞机，修修补补，拼凑飞机，我们自己人开玩笑说，我们是拣"破烂"，修"破烂"，飞"破烂"。没有图纸，我们去看同类飞机的结构，再去铺设电缆和导管；没有器材，我们就到破烂堆上和破飞机上去找；没有设备，就土法上马，土洋结合，自己动手制造。

1949年年初的那段时间，修理厂上空有时国民党飞机来扫射，有些同志怕耽误工作，怎么也不肯下飞机。当时有一名叫王荣的同志，还指着空中的飞机骂道："兔子的尾巴长不了啦！"1949年4月5日，国民党空军试图彻底摧毁南苑机场，结果仅炸毁了一个机库，大部分机库保留了下来。有几名同志不幸牺牲，北平市和工厂里给他们开了很隆重的追悼会。新参军的同志看到给予牺牲者优厚的安置，很感动，修理飞机的情绪反而更高了。

**建国前后，南苑飞机修理厂修理的飞机派上了哪些用场？修理的飞机参加开国大典时的情景是怎样的？**

张开帙：南苑修理厂成立仅半年的时间就修理了18架飞机。当时为保卫全国政协会议，解放军成立了飞行中队，中队使用的主要是我们修理的12架飞机。当时就是这些飞机执行着对北京、天津以及周边海上重要的防空保护任务。

北京市把咱们这个工厂看得很重要，市里重要的会议都邀请厂长参加。朱德总司令来过工厂，中央乐团专门过来演出。开国大典时，南苑飞机修理厂全部同志都来到了天安门，队伍就站在金水桥前，是参阅队伍里位置最好的，工厂同志们看到通过天安门的 17 架飞机中有 13 架是自己亲手修好的，全部都是由他们喷刷一新的，喜在心头，和广场上的同志们高呼："毛主席万岁！中国共产党万岁！"

**在我国的航空史上，工厂的地位和作用如何？**

张开帙：工厂在航空史上的地位如何，我可以举几个例子：北平军管会时期，保卫北京、天津的航空队的飞机主要是修理厂修出的，特别是保卫了第一次政协会议；工厂修理的 13 架飞机参加了开国大典第一次空中阅兵，向全世界展示中国有空军了。新中国成立后，修理厂修理和制造的飞机保证了空军喷气式教练机的使用。

（采访整理　付晋）

**东北老航校**

1946 年 3 月，中国人民解放军第一所航空学校——东北民主联军航空学校（习惯称"东北老航校"）在吉林省通化市成立。我党早期培养的一批航空骨干、选调的陆军官兵以及日军起义人员，在这里开始了中国空军艰难的创业。

# 冬春： 穿越仿制 "1059" 的年代

> 冬春，1957 年至 1963 年任工厂党委副书记，1963 年至 1965 年任工厂副厂长；1958 年任 "1059" 仿制工作组副组长；1979 年至离休前，任中国运载火箭技术研究院副院长。

20 世纪 50 年代末、60 年代初，年轻的新中国各方面正在起步，朝气蓬勃；工厂意气风发，正经历着从飞机修理制造向导弹武器生产总装的转变。正是这一成功的华丽转身，使得第一枚近程导弹从祖国的地平线上飞起。

**接到 "1059" 的仿制任务时，员工们有什么反应？**

**冬春：** 当时的保密工作非常严格，没有人告诉大家生产的是什么，但是大家看到图纸后，大约也能猜出七八分，干劲十足。在车间里，有些工人常常夜以继日地试验、工作。有的老同志极度困乏，趴到钳工台上就睡着了，但睡两小时后就接着干。要说为什么？那是中国人的志气，是干不成功就睡不着觉的决心！我们的指导员常要给员工做思想工作，不是劝大家好好工作，而是劝那些好几个月不回家的员工，回家看看家人，看看孩子。

**从飞机修理制造厂，转变为我国第一家导弹武器生产总装企业，促成转变的最关键因素是什么？**

**冬春：** 在从事飞机修理制造工作的时候，工厂的地位就已经很高了。北京市召开人大代表会议时，厂长去参加会议，座签上赫然写着"北京市第一厂厂长"。工厂成功实现从飞机修理制造到导弹武器生产总装的转变，最需要最重要的就是人才。

从工艺上来讲，变化非常大，飞机多以铆接装配为主，导弹则以焊接装配为主。可当时谁也没听说过氩弧焊、埋弧焊这些电焊工种，尤其是氩弧焊。当时国内没有氩气生产，而进口一小瓶氩气就要花 6 万元，培养一名合格氩弧焊工的花费比培养一名初级飞行员还要多。但工厂还是花大本钱培养了一批技术过硬的焊工。为了保证焊工在工作中手臂绝对平稳，工厂不安排焊工干粗活、重活，焊工们的手被称为"金手"，也正是这些被重点培养的焊工，满足了后续生产的需要。企业一直非常重视对人才的培养，那些工人的创造力对我一生的影响都很大。

**仿制我国第一枚近程导弹"1059"时，曾遇到了哪些困难？**

**冬春：**仿制"1059"焊接工艺中的埋弧自动焊、合金钢与铝合金电焊、氩弧焊等工艺和工种，工厂当时都没有。仿制"1059"需要千余种金属，八九百种非金属，这些大都是修造飞机时从来没有用到过的材料，也没听说过制造工艺，都需要从头学起。而国家给我们仿制的时间只有一年，大量的新技术、不可动摇的节点，成为了仿制之初最大的困难。

为了学习这些新技术，工厂掀起了学习热潮，大家苦战 40 天，消化"1059"的技术资料和图纸，经常是夜深了，大家还在学习，撵都撵不走，非常感人。工厂先后派出千余人次到其他兄弟单位学习，包括焊接、不锈钢精加工、有色铸造等，有的车间全班人马都拉出去"取经"。

**1960 年 8 月，苏联专家突然撤走，我们靠着什么力量完成了任务？**

**冬春：**我还记得有一位老装卸工，"1059"的尾端用冷轧钢板焊上去以后，和胎紧紧连在一起，无法脱胎，这位老装卸工试了很多种办法，也无济于事。已是深夜，情急之下，他用吊车把产品吊到合适的高度，硬是用自己的后背，一下一下地去顶，终于使产品与胎脱开了。工厂能在最不利的条件下完成任务，我认为最重要的力量，就是员工以国为重的精神和强烈的责任心。

（采访整理　吴思　付晋）

相关链接

"1059"

1958 年，工厂接到仿制 "1059" 的指令性任务，限期于 1959 年 10 月进行飞行试验。"1059" 即取 1959 年 10 月之意。"1059" 是我国仿制的第一枚近程导弹。

# 陶然如： 质量工作容不得一粒沙

陶然如，曾任工厂总检验师。

20世纪50年代，工厂正处于航空向航天的转变中。无论是飞机修理制造还是研制生产火箭，质量始终是企业发展的基石，始终要求做到严肃认真、一丝不苟。

**1950年，工厂的境况是怎样的？**

**陶然如：**1950年1月6日，我到南苑飞机修理厂工作。当时，厂区还没有围墙，我们就挖土坑，立木杆，拉铁丝网，将厂区围建起来。初建时，整个工厂仅有4个股的建制，一股负责飞机装配，二股负责发动机附件生产，三股生产特殊设备和仪表，四股负责机械制造。另外，工厂还有4个管理部门，分别为计划股、技术股、检验股和器材股。当时，我们只能初步检修飞机。

**1951年，中国人民解放军空军十一厂移交给重工业部航空工业管理局，这一转变给工厂带来了哪些变化？**

**陶然如：**从根本上讲，工厂由部队管理改为航空工业管理局管理后，工作职能发生了巨变。原来属于空军时，针对送来修理的飞机，部队说哪里有问题、要怎么修，我们就按照人家的要求进行检修。修完后，部队就拉走。工厂转为工业企业后，我们建立了一套工业生产的管理体系和制度，简单地说，送来修理的飞机，故障是什么、如何修理，改为由我们根据自己规定的程序和制度标准进行修理。工作流程也就变为了我们先分解成零部件，检查故障，确定故障，确定修理方案，经过修理、检验、试飞合格后，再交付给空军。

### 在飞机修理制造时期，工厂开展了哪些质量工作？

陶然如：工厂一直都高度重视质量工作，1951年，正式成立检验机构，当时称为检验股。第一任股长由东北老航校毕业的一个营级干部担任，还抽调新分配来的4名大学生做检验工作，选配一些经验较为丰富的原空军机械人员组成第一批检验队伍，这些人员有力地充实了检验股的技术实力。

为了确保修理完的飞机的质量，工厂设计了专门的故障检查修理卡片，详细记录送来的飞机是什么故障、怎么修理等内容。检验人员根据卡片上的内容，逐一检查维修的内容是否齐全、是否合格，确认修理合格完成后，飞机才能进行装配、试飞、交付。这个卡片也就是后来的质量控制档案。这种对质量的严格把控，使得1951年至1955年工厂修理的近百架飞机的质量得到了有效保障。

### 在仿制乌米格十五型喷气教练机中，克服了哪些困难？

陶然如：1956年年底，工厂已成为年修700架喷气式歼击机的现代化大型飞机修理厂。1957年11月，接受了上级下达的乌米格十五喷气式教练机的制造任务。

仿制苏联的乌米格十五喷气式教练机并不简单。当时，我们并没有乌米格十五的全套图纸。而乌米格十五作为教练机，需要两套操纵控制和完整的教练系统，这些教练机专用的图纸则要由我们自己组织解决。当时生产的时间已经很紧张，我们倒排时间计划，出图时间仅有半年。当时，我在飞机设计科，设计科的全体同志都十分高兴地承担了这一任务。在几乎没有图纸的情况下，我们一边参考原有的米格十五的维修图纸，一边要从苏联购买的乌米格十五教练机上拆下各个有用的零部件，逐一测绘成图纸。在测绘图纸的紧张日子里，我们实行三班倒，夜以继日地工作。记得最后一张图纸是在 1958 年 4 月 30 日晚上 12 点按时完成的，所有人都兴奋不已，当时就将图纸送到了车间进行生产。正是凭着这样的精神，干部员工夜以继日地赶制，在不到一年的时间里完成了这一艰巨任务。

**仿制"1059"是工厂从航空转为航天的第一步，在生产中遇到了哪些质量新问题，又是如何解决的？**

陶然如："1059"仿制开始，我被任命为总检验师。当时，我们立下"搞不出'1059'就不回家"的雄心壮志。记得当时全员实行三班制，每到凌晨一两点第二班和第三班交班时，常有质量问题解决不了，大家便打电话给我去解决问题。我就骑着自行车到厂里去处理问题。后来，为了不影响生产，我干脆把行李搬到了办公室，吃住都在厂里。当时，许多人也都这样做，大家干劲十足。

"1059"仿制中，除了一些生产中的质量问题外，凡是有关产品质量安全的问题我们都要认真解决。"1059"生产完成，产品运输是困扰我们很久的一个难题。根据苏联规定的技术安全要求，运输产品的火车行驶速度要精确控制在 60 千米/小时以内。当时，火车上没有测量速度的仪器仪表，如何精确控制火车运行速度成为我们的难题。我们去咨询铁道部，他们没有办法；我们去找经验丰富的老火车司机询问，司机提出，可以参考铁路边电线杆的数量和路边的里程碑，用时间与距离计算火车运行速度。但是，晚上看不到里程碑时火车运行速度就不可知了。我们想到飞机的飞行速度是通过空速管测量出来的，能否采用空速管测速度的原理制作出火车的时速表？大家想到立即行动，制作了一个火车时速表，安装在火车头上。在试车时，起初 1 小时，时速表显示速度还可以，但是时间长了就不行了，时速表不能显示速度了。大家很纳闷，卸下空速管一看，原来是火车蒸汽机排出的烟灰将空速管口堵死了。这个方法也行不通。我又带着人去找老司机师傅，老司机师傅提出，可以用火车运行时铁轨震动次数多少来判断火车运行速度的情况。在这个建议的

启发下，我们便查找了火车轨道的长度。当时每根铁轨标准长是
12.5 米，由此计算出 45 秒内火车运行时，铁轨震动响声的频率数即
是当时的车速（千米/小时）。找到了测量速度的办法，经过简化，
即可在 5 分钟内可靠地测算当时的车速，解决了这一问题。在以后
的许多年里，在铁轨长度不变的情况下，我们一直都采用这个办法
测量火车运行速度。

（**采访整理**　赵昉）

# 张中华： 坚守质量　航天人的习惯

张中华，曾任工厂检验科外场组技术员。

外场检验工作只是质量工作中很具体的一项内容，就像大海中的一滴水。但是，透过这滴水，我们却可以知道海的味道。

**1955 年，设计科特设组工作的主要内容是什么？**

**张中华**：1955 年，我们单位还是飞机修理制造厂。飞机是有使用期限要求的，一些到了使用期限的飞机，即使没有出现故障也要送到工厂进行检修。我们设计科的主要任务就是出图。在工厂里，图纸就是技术语言，只有图纸准确、质量高，产品才能生产得准确到位。为了保证图纸的质量，我们到车间与工人师傅一同分解、检查送来检修的飞机，对于磨损的零件实地进行测绘、出图，以便生产车间生产相应的零部件。

**在"1059"研制时期，产品高低温试验克服了怎样的困难？**

**张中华**：我们遇到的主要问题是与恶劣的环境做斗争。进行低温试验时，我们要在 12 月到祖国最寒冷的海拉尔。那里的温度在零下 40 摄氏度，为了御寒，我们穿了一身空军穿的皮衣，外面又罩上一件皮大衣，但仍冻得不行。我的耳朵当时冻得没有了知觉，当地人不让我碰耳朵，等暖过来时，耳背上起了两层水泡。干完活回到屋子里时，常常是胳膊都不会打弯了，身上的衣服脱不下来，要缓上半个多小时，才能活动。我们与恶劣的自然条件做斗争，并最终战胜了它。通过低温试验，我们知道产品的电缆、密封件等在寒冷的天气下，会被冻得很硬，变得发脆，不易操作，需要进行改进。这些数据为满足产品在任何环境下发射的要求提供了有力的保障。

**当时采取了哪些措施，确保产品在运输过程中的安全？**

**张中华：**从 1964 年到 1992 年，我一直都从事外场检验工作，主要负责产品的出厂配套、护送、路途检查、移交，以及配合发射基地的发射试验等工作。我们厂距离酒泉发射基地有 2500 多千米。刚开始，产品运到发射基地，需要 5 天 5 夜，期间，我们要进行七八次检查，主要查看产品支撑部位、产品支架与车厢铁板之间是否由于运输中的震动而不牢固，如若发现哪里松动了，要及时紧固，确保运输中产品的安全。由于我们的列车是护送火箭的军列，所以铁路上的人员会提前挑选轨道平稳、相对位置比较安全的地方让我们进站停靠。这样一来，我们常常被甩到离车站站台很远的地方。很长时间，我都不知道停车检修的地方的站台是什么样子的。

产品到了发射基地，部队接收时要进行检查，我要将部队提出的质量意见一一记录，再组织试验队员排除故障，直到部队满意接收产品。为了提高我们产品的质量，我会将记录下来的意见整理好，以书面的形式报给厂里，厂里再反馈给相应的车间，避免类似的问题再次出现。

**作为外场检验员，如何处理在发射基地出现的问题？**

**张中华：**火箭在发射基地进行测试时，有时会出现箭上的仪器不满足要求，需要更换备份仪器的现象。这时，我们就要组织工人师傅将备份仪器重新安装到产品上。虽然我们人员少，但是我们仍严格执行质量管理的"三检制"要求。操作人员按照要求自查，两名操作者进行互相检查，专职检验人员进行专门检查，最后，我要再检查一遍才交付。这种层层严格把关的管理，确保了我们的工作质量，也让我认识到，质量工作不能怕麻烦，是保证产品发射成功的根本。

从航空到航天，我们都十分重视质量管理工作，对于质量的关注已经成为我们航天人的习惯。

（**采访整理** 赵昉）

# 刘长滨： 沐浴改革春风

刘长滨，1982 年至 1984 年任工厂厂长，1984 年至
1986 年任中国运载火箭技术研究院副院长兼厂长。

20 世纪 80 年代初期，改革开放的春风吹遍祖国大江南
北，企业整顿的呼声此起彼伏。工厂整顿改革期间，经济
效益连年提高，1984 年被评为国家经济效益先进单位，工
厂第一次利用自有资金为员工每人晋升一级工资。生活区
建起了 19 栋宿舍楼，人均住房面积增加了 1 倍。

**改革整顿的背景是什么？**

**刘长滨：**这其实是大环境大时代造就的。当时改革开放刚刚起
步，国务院下发《关于国营工业企业进行全面整顿的决定》，当时的
航天工业部和中国运载火箭技术研究院蹲点调查组和联络组进行帮
助指导，工厂党政工团齐上阵，员工积极响应，改革整顿是大势所
趋。从企业内部来说，1982 年以来，型号任务大幅下降，民品材料
日益紧缺，面对这样的困局，企业要生存、要发展就必须改革。

**工厂怎样应对改革与整顿的复杂形势？**

**刘长滨：**作为航天工业部最大的工厂，改革整顿搞不好会影响
科研生产，工厂的压力还是很大的。作为一个老企业，有自己的优
势；作为一个军工厂，也有特点。在动员的时候，工厂强调要"发
挥优势，承认特点，反对特殊化，注重实效。"

中央对于改革与整顿的关系特别指出：既不能用改革来代替整顿，也不能只搞整顿不抓改革。改革与整顿的全过程中，工厂都遵循这样的指导思想：以改革统领发展，整中有改，整中有创。结合实际情况，工厂抓好两件大事，即体制改革和转轨变型；处理好两个关系，即工厂与上级单位的关系，工厂和员工的关系；端掉两个"大锅饭"，即工厂不吃国家的"大锅饭"，员工不吃企业的"大锅饭"；还要提高两个认识，即对改革的必要性和迫切性的认识，对转轨变型的认识。思想确立了，目标清晰了，路自然走顺了。

**印象最深刻的改革与整顿措施是什么？**

**刘长滨：**一个是领导体制和管理体制改革，一个是经营思路和方针的确立。领导班子建设和领导体制改革是企业整顿的重要内容，目标是使工厂领导班子的年龄结构、知识结构、能力结构、专业结构更趋于合理。这既是整顿改革的关键，又是整顿改革的重要标志。1984年，中国运载火箭技术研究院又决定将工厂作为首批厂长负责制的试点。厂长负责制的实行是领导体制改革的重大突破，没有先例。管理体制的改革是转轨变型的需要。工厂机构设置30年一贯制，是单纯的封闭式生产型管理。1984年，工厂将原有的27个科室、一个中心、两个服务公司改为六部、一办、一个系统、一个分厂和四个事业部。工厂从单纯的生产型向生产经营型转变的体制保障，减少了部门之间的相互扯皮现象。

转轨变型必须大力开发民品。工厂提出了这样的经营思想：军品为本、民品为主，扬长避短、开放经营，更新创优、抢先一步，注重效益、三者兼顾。经营方针是：一个坚持，即坚持军民结合；两个积极性，即工厂和车间的积极性。民品生产方式采取"一承包、二建线、三联营、四改造、五开发"的对策措施，最终形成了以真空热处理设备、瓦楞纸板生产线、金属波纹管为主的拳头产品。工厂自行设计、制造的92种机械设备和轻工业产品，销往全国27个省市、46个地区。

1982 年，工厂推行岗位经济责任制，拟定了《1983 年经济责任制包保指标体系》，这意味着什么？

刘长滨：建立和完善与责任制相结合的经济责任制也是当时的一项改革内容。1982 年，工厂实行个人岗位经济责任制、单位经济责任制、单项任务承包责任制、单位承包责任制，从厂长、书记到每个员工都有个人岗位责任制，形成了"人人头上有指标、企业重担大家担"的局面，制定了工厂、车间、科室三级考核制度。1984 年年末试行了"三定上岗、待遇浮动"制度，调动了干部和员工的积极性，促进了生产。

（采访整理　王淇）

**相关链接**

**企业全面整顿**

1982 年 5 月 17 日航天工业部党组决定，工厂为全面整顿试点单位。同年 6 月 1 日，厂党委下发《全面整顿计划》，展开了历时 4 年的企业整顿改革工作。主要内容是：

1）调整组织机构，调整加强领导班子；

2）建立起"党委集体领导，职工民主管理，厂长行政指挥"的领导体制，即党委领导下的厂长负责制；

3）试行厂长负责制，党委保证监督、职代会民主管理；

4）定岗位、定人员，实行经济责任制；

5）设立劳动服务公司；

6）建立培训中心，开展全员培训；

7）实行全面计划管理、全面质量管理、全面经济核算，并实行内部银行制度等。

# 王瑞图："七五"四星高照
# 企业升级达标

王瑞图，1986年10月至1990年3月任工厂厂长。

"七五"期间，工厂从困难中走向辉煌，特别是1989年奋战"长二捆"，产值首破亿元；1990年付出了超常的劳动，实现了"确保四星高照，狠抓重点型号，实施民品规划，企业升级达标"的预定目标，还为后续发展做了大量基础性工作。

**"七五"计划时期，工厂的发展特点是什么？**
**王瑞图：**这一时期工厂困难很多，压力较大。一是处在党和国家工作重点转移和改革开放初期，工厂实行厂长负责制，很多政策都在探索试验；二是由于军品减少，民品刚刚起步，前期任务不足，后来任务又剧增；三是厂房老化，设备陈旧，技术落后，急需改造升级；四是员工福利欠账较多，盼望"五子登科"，包括票子（收入）、房子（住房）、车子（上下班班车）、炉子（液化气）、老婆孩子（两地分居、子女入托、入学、就业），等等；五是资金捉襟见肘。

**工厂坚持"军工第一"，为壮国威振民心作出了贡献，主要取得了哪些成绩？**
**王瑞图：**由于中央正确决策和市场开拓力度的加大，工厂航天产品任务急剧增加。我们十分清醒地认识到，"无军则无本"、"误军则罪人"，必须以主要精力抓紧抓好军工产品，不误大事，不辱使命。

生产的 10 枚火箭共运送 11 颗卫星遨游太空，尤其是 1990 年 4 月 7 日亚洲一号外星的发射成功，实现了我国对外发射服务零的突破；"长二捆"火箭也于 1990 年 7 月 16 日一举发射成功，被认为是航天史上的一个奇迹。

那几年，我们统筹兼顾，科学安排，抓紧生产总装了新型运载火箭长征三号甲，包括大推力的三子级氢氧发动机 YF－75，为日后的产品升级换代打下了基础。在保证型号研制生产的同时，完成了大量的非标准工装及地面设备。

**研制"长二捆"火箭最大的体会是什么？**

**王瑞图：**研制发射成功"长二捆"意义重大，影响深远。航天技术是一个国家综合国力的重要标志，20 世纪 80 年代中期，中国航天已进入世界先进行列，并宣布进入国际商业发射服务市场。但当时长征运载火箭的运载能力不足，大幅度提高其运载能力是一项紧迫的任务。根据以往的技术实践并借鉴国外火箭研制经验，采用直径 3.35 米芯级并联捆绑 2.25 米助推器的技术，是大幅度提高火箭运载能力最现实的选择。当时只有苏联、美国和欧洲掌握捆绑技术，我国"长二捆"的研制成功是一曲高昂的民族志气之歌，也为以后的载人航天工程奠定了基础。

研制"长二捆"是我国第一次采用捆绑技术，带来一系列新问题，必须连闯"五关"，即理论关、设计关、生产关、试验关、发射关。工厂研制生产也是千头万绪、千难万险，必须沉着应对，顽强拼搏。1988 年 12 月，中央批准研制"长二捆"，工厂员工硬是用一年多的时间打造出了一个全新型的大推力捆绑式火箭。面对比合同约定提前一天矗立在西昌卫星发射中心的"长二捆"，各级领导公认，工厂的工作量是最大的，质量也是最好的。

在发射基地排险更是一场特殊的战斗。1990年7月8日，"长二捆"飞行试验箭开始加注推进剂，拟定7月9日发射。但是，由于箭体内外温差太大，箭体大量"出汗"。7月12日下午，火箭出现险情，工厂30多名试验队员上阵排险。他们临危不惧，前赴后继，排险工作一直进行至7月13日晚11点多钟，为成功发射扫清了障碍。其中，有12名同志中毒严重被送进医院抢救，老工人、共产党员魏文举同志经抢救无效停止了呼吸，为他奋斗了30多年的航天事业、为保证"长二捆"的首飞成功献出了宝贵的生命。我在现场耳闻目睹了员工的感人事迹，经历了各级领导决定加注、中止发射、通报外宾、排险克难、确保成功的决策过程，后来又回工厂主持了支援前方、企业升级验收、欢迎试验队凯旋、处理魏文举烈士后事、抚慰伤员等事宜，真是感慨万千、难以言表。上级领导常说，为了"长二捆"，工厂付出了异乎寻常的劳动和重大代价，真正做到了胸怀全局，团结奋战，严慎细实，无私奉献。

**当时工厂在民品方面取得了哪些成绩？**

王瑞图：在航天产品任务十分繁重的情况下，我们居安思危，坚持"无军无本，无民不富"的理念，坚持"军民结合"的方针，在上级指导下，经过充分调研和论证，制订并实施了民品发展规划，统筹调整建设，大力开发民品，开拓国内、国际两个市场，使规模效益快速发展。1989年的民品产值已占"半壁江山"。1990年，民品出口创汇超过100万美元，这在当时航天工业部内是少有的。大小瓦楞纸生产线等产品获得了多种奖项；6种真空热处理炉都通过了部级鉴定；冰箱侧板生产线获得北京市技术开发优秀项目一等奖。

**这段时间员工收入大幅度提高，工厂主要为员工办了哪些实事？**

王瑞图：工厂领导班子牢记全心全意为人民服务的根本宗旨，尽力为员工办实事、好事。工厂新建住房2万多平方米，调整住房1000多户，开通了多路上下班班车，解决了员工子女入托、入学、就业难的问题，整修了食堂、道路、车棚、厕所、闭路电视、文化园、大操场等设施，大力开展了绿化、美化、净化环境工作，员工的物质文化生活大为改善。

特别是，依据国家和地方政府政策精神，多次为员工增加工资和其他收入。仅1989年和1990年，大多数员工就增加了11个小级工资，离退休员工也相应增加了收入。

（采访整理　王淇）

# 尚育如： 技术领先背后的航天精神

尚育如，1982 年 9 月至 1992 年 10 月，任首都航天机械公司总工程师。

在首都航天机械公司百年发展史上，记录了很多技术方面的"唯一"和"领先"。可以说，首都航天机械公司的发展史，是中国航天制造技术的发展史；首都航天机械公司的综合制造技术，代表着中国航天制造技术的水平。在公司火箭制造技术发展的艰辛历程、辉煌成就和宝贵经验的背后，有一种力量形成了支撑，那就是航天精神。

**从飞机修造转为火箭制造，最关键的变化是由铆接技术转为焊接技术。之后，公司焊接实力一直处于领先水平，其中起着决定作用的是什么？**

尚育如：从仿制"1059"到独立研制，经历 10 年"文革"，再到后期大发展阶段，技术创新一直是公司的传统，从来没有停过，也起着决定性的作用。20 世纪 70 年代初，LD－10 材料、直径 3.35 米贮箱大底焊接质量没过关，每次抗压试验总是低压爆破。当时航天工业部组织开展"70·5"大会战，上海、北京的技术专家都汇聚在工厂，集体攻关，以"两面三层焊"方法解决了低压爆破的难题。长征三号甲火箭三子级是直径 3.35 米的低温贮箱，为了给火箭减重，要从贮箱上 1 克 1 克往下扣。贮箱幅板厚度只有 1.2～1.4 毫米，焊接难度很大，极易产生变形。经过广大技术人员的不断创新，在国外情报资料很少的情况下，公司独立设计了全新的气动涨圈、卡箍和拼底夹具，最终攻下了这一难关。有许多项创新成果，例如掌握箱底拼焊、氩弧焊技术，提高箱底点焊焊透率等，使贮箱焊接水平不断提高。此外公司还进行了焊缝自动跟踪、弧长自动调整、焊接过程电视监视等课题研究，这在 20 世纪 70 年代都是具有前瞻性的。公司一直非常重视创新工作，20 世纪 60 年代初就成立了新工艺研究试验室；1984 年，在此基础上又成立了新工艺研究所，成为航天系统内成立最早、规模最大的企业所属的工艺研究所。在这里，公司先后开展了等离子喷涂、小电流短弧焊、电解加工等特种加工技术研究，这些新工艺都逐步应用到火箭的发动机及箭体生产中，促进了生产能力的不断提高。有创新，就有技术储备，就有发展后劲。

**航天事业成就了很多技术专家，作为一名技术人员最应该坚持的是什么？**

尚育如：有"三大教育"对我们那一代人的人生产生了重大影响。第一是崇尚岗位。那个年代的人，接受国防尖端事业教育，对岗位的认识，是神圣的，是光荣的，只要能在这个岗位上工作就很满足。因此大家都不计名利，不怕吃苦。仿制"1059"时，很多干部员工干脆抱着被子住在了工厂，白天黑夜连续干，外面下了大雪都不知道。很多焊工为了练习手稳，胳膊上都绑上了沙袋。第二是自力更生。当时工厂有 20 多位苏联专家，因为技术封锁，我们根本问不到也学不到真东西。越是学不到，就越激发了大家自力更生、发愤图强的热情。当时从苏联进口了全套工装，其中有不少报废的夹具，大家互相鼓励说："谁也不靠，就靠自己"。第三是重视实践。不下到生产现场就没主意，实践才能出真知，科研人员必须与生产相结合，不能高高在上。那时的工艺人员，办公桌设在生产小组里，和工人们一起工作和生活。

**作为行业专家，如何看待在技术上取得的这些成就？**

**尚育如：**航天的成就、公司的成就，从来就不只属于哪一个人的，功劳是一代代人创造的。每个人的努力和贡献，最终集合成了辉煌成就。有些成就，是举全公司之力，有些成就，是举全国之力。对此，应该有一个客观的评价和准确的认识。个人能力没有多大，是那个时代创造了成就，是客观条件给了我们机遇。没有国家、没有企业提供的这些条件，凭一人之力干不了这么大的事。我认为，这就是航天精神所倡导的大力协同。

（采访整理　洪园）

# 陈钶： 从严治企实现转变
# 加快改革振兴首航

陈钶，1993 年 8 月至 1995 年 12 月，任中国运载火箭技术研究院院长助理，首都航天机械公司总经理；1995 年 12 月至 1999 年 5 月，任中国运载火箭技术研究院副院长兼公司总经理。

20 世纪 90 年代，首都航天机械公司曾面临着严峻的经济形势和复杂的内部局面。这个当时有 7000 多人的航天制造企业，为了尽快扭转被动局面，加快企业改革的步伐，一切以企业发展为本，一切从员工利益出发，建立起一个全新的管理体系，走出了一段不平凡的路。

**1993 年，公司面临着怎样的严峻的形势？**

**陈钶：** 首都航天机械公司是航天系统内最大的一个集研发与生产的机械制造企业，也是航天系统关键型号生产最集中的一个企业。1993 年公司在职员工 7000 多人，离退休员工 3000 多人。当时整个公司的工作处于低潮，整体形势比较严峻，生产任务繁重，干部员工思想波动大，对公司的发展存有疑虑。但大家同时又有一种期待，希望尽快组建新领导班子，尽快扭转这种被动局面，带领公司走出低谷。在这种情况下新一届领导班子成立了，整个班子担负着巨大的责任与压力，开始了全面工作。

当时，航天工业部和运载火箭技术研究院的领导对公司新领导班子提出四条要求和嘱托：一要确保型号任务完成；二要稳定干部员工思想；三要关心员工群众生活；四要推进公司健康发展。

**公司采取了哪些措施扭转当时的被动局面？**

**陈钶：** 根据当时公司面临的实际情况，在确保军品任务完成方面，领导班子研究决定做好四个方面的"提高"工作。第一，提高质量管理水平；第二，提高生产能力水平；第三，提高生产管理水平；第四，提高干部、员工的生产积极性。

首先是提高质量管理水平，确保产品质量。质量是航天产品的生命，是企业的根本。公司长期以来形成了良好的质量工作传统，但是当时的质量管理水平却未能上个新台阶，全面质量管理、QC小组活动开展不均衡，产品质量不断出现问题。为使质量管理工作有所突破，在航天工业部和运载火箭技术研究院领导的关心支持下，领导班子用了半年的时间做ISO9000质量认证准备工作。开展全员质量培训，建立新的质量体系，从公司领导到每一名员工都纳入质量体系管理之中，制定了对应的质量岗位职责，同时编制了质量综合管理手册。1996年年底，公司在航天系统率先通过ISO9000质量认证。质量认证的通过及实施使公司的质量管理水平得到质的提升，与国际质量管理水平接轨，为扭转公司航天产品质量的被动局面起到了很好的促进作用和示范作用。

在解决质量管理问题的同时，领导班子也开始研究部署提高生产能力的工作。公司是传统的以机械加工制造为主的航天产品总装企业，任务繁重，但生产能力不足。我们一方面进行内部能力调整，一方面向上级汇报面临的困难。在各级领导的关怀与支持下，火箭总装车间总装厂房开始建设，部段焊接车间厂房进行了改造，发动机总装车间厂房筹建工作启动了，精密加工设备、精密检测设备、先进焊接设备、钣金设备、液压设备都陆续得到解决。

硬件设施保证了，领导班子决定提高公司的生产管理水平，加强计划与总体调度管理，深入一线，现场调度，现场解决生产问题，加快了整体生产进度。一系列措施的实施，使得公司员工的积极性不断提高。1997年，火箭总装车间用一个月完成了长征三号乙火箭的总装测试工作，之前至少需要两个月才能完成。航天工业部给公司100万美元的嘉奖，极大地鼓舞了广大干部、员工的干劲。

以上工作的开展，确保了生产任务的完成，满足了上级的要求，扭转了型号生产的被动局面。

**当公司生死攸关之时，领导班子采取了怎样的措施稳定干部、员工的思想？**

陈钶：一是加强领导班子建设。领导班子组建后，整个班子形成了三个明确：明确纪律，即会议纪律，未形成决议的会议内容不准外泄，不准犯自由主义；明确职责，即各司其职，各负其责，不准越位越权；明确准则，即明确行为规范，要求权不要用错方向，钱不要装错口袋，同时制定了对应的违规处罚条例。凡遇大事领导班子要充分发表意见，认真讨论，共同决策，一旦决定，坚决执行。领导班子的示范作用产生了很好的效果，领导班子的权威得以树立，执行力得以加强。公司上下真正做到了有令即行，有禁即止。

二是加强中层干部队伍建设。中层干部是关键，过去干部只能上，不能下，直到退休，人称"铁交椅"。新的领导班子研究制定了新的中层领导干部管理规定，每年对干部进行综合考核，提出奖惩办法，规定男中干55岁退二线，女中干50岁退二线，并制订了一套后备干部管理办法。随着干部管理办法的实施，有的干部受到处罚，被撤职，有的因考评不过关下岗，表现好的得到提升，干部能上能下，真正打破了"铁交椅"。危机感使公司的干部工作更主动了，责任心更强了。

三是加强员工队伍建设。当时公司在劳动管理上还有很大的缺陷，有的员工在外面赚钱，根本不来上班，却享受公司的工资和福利待遇。针对这种情况，公司实行劳动合同制，员工开始真正做到能进能出，违反劳动合同、违反劳动纪律的就要除名，表现好的会受到表彰与鼓励。这一系列措施的实施使得员工的铁饭碗被打破，员工整体面貌和劳动生产纪律有了根本性的改变，这也是从严治企的一项决策。

四是解决员工关心的热点问题。首先是员工关心的住房分配问题，过去由于种种历史原因，住房分配中存在有失公平公正的现象，广大员工意见很大，新的领导班子下决心解决这个问题。领导班子制定了一整套住房分配管理办法，提交职工代表大会讨论通过。新的办法规定，所有住房不论新旧，一概张榜公布，员工按管理办法进行分类排队，三榜定案，避免暗中操作和走后门现象，对违反规定的个别人进行严肃处理，从而解决了这一棘手问题，受到员工的一致好评。第二是员工子女进入公司就业的问题，一方面存在着不规范的员工子女走后门进入公司的现象，另一方面还存在着子女顶替进入公司工作的习惯办法。员工去世后，在一定条件下可允许有一个子女顶替其进入公司工作，这种管理办法长期下来影响了公司的长远发展，也不利于员工队伍的建设。为此，领导班子决定通过职工代表大会修改这个办法，规范员工进公司的条件。进公司的人员要满足三个条件中的一个，即大专毕业生、技校毕业生或是复转军人。本单位员工子女是大专或技校毕业生的优先考虑。通过不断耐心细致的工作，这个问题最终得到了很好的解决。

**当时公司推行了一系列改革，例如《医疗报销管理办法》、《效益工资发放办法》等，这些改革的实施对企业的发展起了怎样的作用？**

陈钶：当年推行的系列制度改革是从公司的长远发展出发，以维护员工最根本利益为本。特别是在关心广大员工生活方面重点做了以下工作：一是基本解决了员工的住房难题。公司在资金十分紧张的情况下，千方百计筹集资金，自己组织建房，不断改善员工住房条件，到1999年，公司基本解决了员工住房的紧张状态，新结婚的青年员工也可以分到一间房。二是以工资调整和工资改革试点单位为契机，进行绩效工资和岗位系数工资改革，真正体现多劳多得，体现贡献大小的差别。三是进行医疗费报销办法改革。由于公司在原来报销医药费办法上缺乏有效的管理手段，致使医疗报销费用每年以500万元的速度上升，达到1500万元大关。群众对此有不少反映，希望有办法加以控制。通过两年两次职工代表大会讨论，最终通过了《首都航天机械公司医疗费报销办法改革方案》。此方案实施以后，收到了很好的效果，既满足了员工就医的需求，又有效地控制了医疗费的上升趋势。

群众关心的问题得到了很好的解决，大大提高了干部员工的工作热情和积极性，促进了生产任务的完成。

（采访整理　李志峰）

# 李思光： 家园越来越美好

李思光，1993年10月至2006年6月，任首都航天机械公司副总经理。

持续改善生活环境，不断提高生活质量，首都航天机械公司历届领导班子为此做着不懈的努力。20世纪90年代以来，东高地生活区发生了很大的变化，家园越来越美好。

**公司是怎样兼顾企业发展和员工生活改善这两方面工作的？**

**李思光：** 公司把建设美好家园，提高员工的生活质量，作为企业责任坚定不移地履行。在保证科研生产顺利进行的前提下，公司多方筹措资金，合理统筹，分步实施，建设和改造生活区，最大限度地改善员工生活。即使在资金最紧张的时候，这项工作也没有停止。

**公司在东高地引进市政自来水和天然气工程实施过程中克服了怎样的困难？**

**李思光：** 改造工程实施前，东高地居民供水主要是靠四口自备井，生活取火主要是液化石油气和蜂窝煤，既不方便也不安全。员工迫切希望早日喝上自来水，用上管道天然气。居民用上市政自来水时的喜悦，让我们至今难忘。当然，克服工程改造困难的情景同样让我们难忘。

困难主要集中在主管网的铺设和管线入户上。东高地生活区有几十年历史，地下管网错综复杂，很多管网腐蚀严重，既要保证安全又要保证进度。同时，管线入户时不仅要保证管线的铺设符合安全要求，还要尽可能地减少居民的损失和空间的占用。这两项工程能顺利完成，离不开广大干部员工的大力支持。

**2001 年到 2003 年，东高地文化园综合楼、游泳馆和体育馆相继落成，公司是出于怎样的考虑建设这些项目的？**

**李思光：** 改造之前，东高地文化园是一片已经有几十年历史的平板房。随着退休人员越来越多和员工业余文化生活要求的不断提高，不管是面积还是硬件设施都不能满足需要。公司党委下定决心，要将东高地文化园建造成集游泳馆、体育馆和离退休活动设施为一体的综合性场所。

工程建设中最大的难题就是资金不足。公司要求少花钱，多办事，办好事。新建场馆不仅功能要全，而且设施还不能落后。本着这个宗旨，基建、动力等业务部门，在北京市内外做了大量的调研工作。文化园的建设在设计上充分利用现有土地和地热资源，并贯彻了国家节能环保的政策，打了一口 1200 余米深的地热井。在设备、材料选择上严格执行高性价比、精益求精、严把质量关的原则，努力节约建设和运行成本。

**公司是如何解决当时员工住房问题的？**

**李思光：** 公司拥有近万人，住房一直非常紧张，特别是 20 世纪 90 年代初以来，住房难的问题更加突出。人多房少，住房条件和兄弟单位差距很大。院和公司两级领导下定决心，克服困难，想尽一切办法解决公司员工住房难问题。

针对资金紧张、房屋需求量大、土地资源有限的情况，公司领导班子提出"先解决居住问题，再解决改善问题；分步实施，稳步推进"的指导思想，积极与院、北京市政府主动沟通，获得理解和支持。同时，将居室面积基本控制在 60~70 平方米，力争让更多员工有房住。在房屋设计上合理布局，充分利用空间，争取让员工住得满意。从 1993 年到 2001 年，公司基本上每年都做到年初建房、年底分房。8 年中共购建住房 26 栋，新单元房约 2200 余套，建筑面积 17 万平方米。公司还将腾出的旧单元房及非单元房进行再分配，员工住房紧张状况得到了缓解。

**在美好家园建设中，公司还做了哪些工作？**

**李思光：**1994 年至 1995 年，公司对东高地生活区进行了综合治理。拆除违章建筑 200 多处，开展生活区绿化工程，改变了东高地生活区脏乱差的状况。2004 年，公司对东高地、三角地生活区又实施了综合性环境改造工程，拓宽主干道路，增加照明设施，扩大绿化面积，美化楼间环境，使生活区环境得到了进一步改善。

随着住房面积的不断增加和家用电器的普及，生活区原有的供暖系统和供电设施已经不能满足生活需求。公司先后对锅炉房和生活区供暖设施进行了改造，又在生活区新建了 1 号和 4 号两个变电站，并对输入供电设施及入户线路和电表进行了扩容改装，不但改善了取暖和用电状况，还提高了用电计量管理水平。

（采访整理 戴立凯）

# 孙柱宗： 为了圆梦飞天的日子

孙柱宗，1992 年 10 月至 1998 年 12 月，任首都航天机械公司总工程师。

2003 年金秋，首都航天机械公司生产总装的长征二号F 火箭成功将载有我国首位航天员的飞船——神舟五号送入太空，使中国成为继苏联、美国之后第三个独立把航天员送进太空的国家，实现了中华民族千百年来的飞天夙愿。

**1992 年，公司在什么情况下承担了长征二号 F 载人火箭的研制工作？**

孙柱宗：当时，公司有多个型号处在研制生产中，在线型号齐头并进，任务很繁重，但大推力、高可靠性的运载火箭是载人航天的前提条件，是整个载人航天工程的重中之重。公司接到这项任务时，协调各方面资源并不顺利，被戏称为"夹缝中求生存"。即使这样，公司还是全力投入载人航天工程研制，克服了人员不足、型号任务繁重等诸多困难，集中人力、物力，组织攻关组研制攻关。

**921 - 4 工程是个庞大而复杂的系统，给您印象最深刻的是什么呢？**

孙柱宗：载人火箭是在长征二号 E 火箭的基础上进行适应性改进后形成的，新增加了逃逸系统和故障检测处理。由于人命关天，运载飞船的火箭可靠性要求高达 97%，逃逸系统的可靠性要求达到 99.5%。公司和上级、协作单位反复协调、研究，完成了 88 套图纸的审核工作，先后提出并处理问题 2350 多个。

为了更好更快地完成 921 - 4 工程，公司决定扩建火箭总装测试厂房。这是公司总装厂房的一次大规模扩建。建成后，既可以解决长征二号 F 火箭总装测试场地不足的问题，又加强了后续型号的总装能力。新厂房无论是从跨距，还是从长度来说，都比一般的厂房要大很多，建设这一工程项目是一场攻坚战。公司反复讨论工艺布局，满足技术要求，多方协调，先后往建筑七院跑了 20 多趟。公司紧盯施工方每天的生产进度，几乎 24 小时连轴转，仅用一年多的时间就完成了新厂房的建设，可以说非常高效。

**支撑公司突破载人航天工程关键制造技术的关键因素是什么呢？**

**孙柱宗：**我觉得是一种不管遇到多大困难都不动摇信心、努力做好工作的决心，支撑着大家完成好任务的。

在 921－4 工程攻关后期，公司组织了部段焊接车间攻关组，研制火箭逃逸系统上的关键部件——栅格翼。万一遇到意外情况，栅格翼将对保护航天员的生命起到至关重要的作用。为了突破这项关键技术，攻关组的员工不计报酬，加班加点，用重新再来的坚定信心，对抗着一次次失败的挫折。航天人正是凭着这种扎扎实实、顽强拼搏的精神，才一步一步地发展到今天。

（采访整理　吴思）

相关链接

### 921－4 工程

1992 年 1 月，中央专门委员会第五次会议正式批准载人航天工程立项。1992 年 9 月 21 日，中央政治局常委扩大会议正式批复了我国航天科学家关于载人航天工程的可行性论证报告。无论是 1992 年 1 月还是 1992 年 9 月 21 日，其中都包含 "921" 3 个数字，按照以往用数字命名的惯例，我国的载人航天工程被命名为 "921 工程"。921 载人航天工程共包括 7 大系统，按照顺序，运载火箭排在第四位，因此研制用于发射神舟号载人飞船的长征二号 F 火箭工程被命名为 921－4 工程。

# 李力： 搞活民品　为企业创效益

> 李力，1995 年 10 月至 1999 年 3 月，任首都航天机械公司副总经理兼民品集团总经理；现任中国运载火箭技术研究院院长助理。

　　20 世纪 90 年代，首都航天机械公司按中国航天科技集团公司、中国运载火箭技术研究院的要求，开始走军民分线的发展道路，民品有了一段时期的快速发展，走过了一段辉煌之路，成为公司军品收入来源的重要补充，为企业的建设和发展做出了重要贡献。

**20 世纪 90 年代，公司军民分线的背景和原因是什么？**

**李力：**20 世纪 90 年代初期，国家对航天事业单位经费拨款开始减少，对航天企事业单位军品人员编制开始压缩，军品收入的来源不足以支撑航天事业未来快速发展的需要，必须大力发展民用产业。同时由于研制能力不足，多型号研制刚刚起步，军品相互争资源的状况给产品的管理带来很大的难度，民品的发展也受到计划体制的束缚。当时航天工业总公司提出了军民分线、分离、分立的战略发展思路，分线就是军品民品要分线生产，生产资源要分开管理和运行；分离就是民品产业人员要实现自养，在发展的同时要对母体有所回报；分立就是从母体中彻底分立出去，成为独立法人，自主经营，自负盈亏，并要求 3 年完成。在这样的大背景下，1992 年，首都航天机械公司开始实行军民分线的试点工作，1995 年，军民开始分离。

**军民分线后，当时的民品发展取得了哪些成绩？**

**李力**：1992 年试行分线，1995 年成立首都航天机械公司民品集团，军民品基本上分开管理和运行。公司对内实行模拟董事会，民品集团是公司的二级核算的非法人相对独立实体，下有 5 个专业厂，包括包装机械厂、金属波纹管厂、工业电炉厂、纺织机械厂、橡胶制品厂。首都航天机械公司对外设投资控股公司，即深圳远东、广州新航、厦门宇联、廊坊航星 4 个公司。1995 年至 1998 年，首都航天机械公司的民品有了长足的发展，总体经济规模达到了 1.5 亿元至 1.6 亿元的销售收入规模，在当时的中国运载火箭技术研究院民品产业发展中，可以说三分天下有其一。开始分线时现金流短缺，后来，现金流比较充裕，1000 多名在职员工和 400 多名离退休员工基本实现了自养，外联企业也能有一些回报，完成了几千万元的技改贷款任务并陆续归还贷款。在市场中培养锻炼了一批专业设计队伍、工艺队伍、销售队伍、经营管理队伍和技术工人队伍，这是最大的宝贵财富。

**公司民品集团成立以后，主要发展目标是什么？**

**李力**：公司民品集团是在各个专业厂有了一定发展的基础上成立的，我认为当时的主要任务有 3 个方面。第一，按照公司的战略思想强化战略管控，理清军民结算政策与方法，强化责任制的建立与执行；第二，强化战略指导和推动，各专业厂都有其自身的领域和市场，也各自形成自己的管理特点和模式，加强责任令考核，加强重点工作、重点项目的协调与落实，协调好军民共生资源，为市场服务，创造市场机会和收入；第三，做好日常经营管理，处理好销售、技术与生产之间关系，每年定期召开市场分析会，收集市场信息，明确项目重点，落实销售人员责任，按照市场要求做好技术预期策划和必要的技术准备和储备，按照合同的产品交货周期做好生产的前期准备和投入安排。

在这个过程中，我们在激励机制上也作了些尝试，比如销售人员的销售政策，设计、技术、生产、安装与售后服务各环节的奖励政策等，起到了积极的作用。

**在当时的历史条件下，民品产业发展最大的困难是什么？**

**李力**：民品集团成立以后遇到的问题和矛盾很多，比如说产供销矛盾问题、技术不断升级换代再投入问题、经营管理队伍专业上水平问题等，但我认为，最大的难度还是要解决经营管理团队的自信心问题。客观地讲，这支队伍在经过市场锤炼后，逐步接受了市场的一些文化元素，也会在行为中体现出来。有些行为从全局上并不一定有策略或系统，也常常会和我们现有的文化发生一些碰撞。民品产业的发展虽然取得一点成绩但仍然比较脆弱，因此，多一份理解与鼓励，多一份包容与支持就显得尤为重要。同时，在首都航天机械公司现有产业布局条件下，按专业分工整合资源，加强产业核心竞争力的战略研究还显得力不从心，民用产业的战略地位还需要再认识。

（采访整理　金盈池）

# 郭凤仁： 战略引领航天制造

郭凤仁，2000 年 3 月至 2002 年 1 月，任首都航天机械公司党委书记兼副总经理；2002 年 1 月至 2007 年 1 月，任公司总经理兼党委副书记。

"十五"期间，首都航天机械公司以"振兴航天制造业，提升主业核心能力"的战略规划为牵引，通过全体员工的共同努力，圆满完成了既定发展和建设目标。这期间公司调整定位，寻求着力点，大力推进能力结构调整，在提高企业自身实力的同时，助推了整个航天事业的发展。

**"十五"战略规划，对公司发展有什么推动作用？**

**郭凤仁：** 当年公司提出了"振兴航天制造业，提升主业核心能力"的发展战略。这个战略的提出是站在全局的高度上，以国防建设需要和整个航天事业未来发展需求为依托的。首都航天机械公司由飞机修理转变为火箭生产总装，核心目的就是强大国防，使国家自立于世界民族之林。1999 年我驻南使馆被炸，让我们又一次尝到了被人欺负的滋味，同时也让我们航天人更加清楚自己肩上背负的国家和人民所赋予的责任之重大。公司作为航天的发源地，作为最大的运载火箭生产总装企业，其发展不但要满足航天事业发展的需求，更多地应该考虑国家国防的需要，站在"完成任务，报效国家"

的高度上，将企业打造成为国防建设的顶梁柱。

通过走访调研和生产实践，领导班子认识到了公司能力的严重不足，虽然战略指导思想为发展指明了方向，但却没有发力点，现有能力无法支撑战略发展规划，这也迫使公司必须加快建设的步伐，提升能力。另外，公司作为企业，有它的社会属性，要对社会负责，对企业的员工负责，要不断地创造社会价值和效益，以满足员工日益增长的物质和文化生活的需要。"创造效益，造福员工"也是公司的职责。所有这一切都是建立在企业可持续发展的基础上的，因此必须把我们的事业做大做强，以战略为牵引，完成公司总体规划目标，实现企业跨越发展。

公司在正确的发展战略指引下，获得了发展的加速度，综合竞争实力与核心制造能力得到了大幅提升。除了通过自身的努力外，还有老一代航天人打下的坚实基础。我们的发展是站在巨人的肩膀上，要做好继承、创新、发扬工作，继承光荣传统、优良的思想作风和对国家国防事业的那种赤胆忠心的精神，将这些演变为自己的思想方法，在此基础上进行大胆创新，找到新的方法去管理、发展企业，这是航天文化的一种传承。

**"十五"以来，繁重的科研生产任务给公司带来了很大压力，公司是如何应对任务爆发式增长，保成功保交付的？**

郭凤仁：公司任务的完成情况关系着国家的国防建设，关系着国家整个的航天计划，特别是重点型号的研制任务，在一定意义上决定着国家在国际舞台的话语权和国家在世界上的地位，这是公司必保的工程。为完成重点型号的飞行试验任务，公司制订了临时战略计划，组织进行生产大会战，以突击方式去完成攻坚任务，"一把手"到关键车间现场办公，这种生产组织方式在当时收到了很好的效果。但这是一时之需，并非长久之计，面对高密度发射带来的爆发式任务增长，公司领导班子经过对今后整个航天事业发展的基本预测和对企业发展的科学分析，制订了可持续发展的应对措施。进行生产能力结构调整，用先进的技术改造传统制造业，形成和掌握核心技术，占领技术制高点，增加技术力量储备。争取和自筹经费投入，开展大规模基础能力建设，新增总装测试厂房的建成、远郊厂区工程等虽建在当时，却是功在百年。以创新谋发展、创效益，成立了创新委员会，在技术创新和管理创新上寻求突破。狠抓质量管理工作，质量是一票否决项，特别是任务爆发增长期质量工作更要加严加细。2004年，公司进行了一次大规模的质量整顿工作，虽然当时公司任务压力巨大，但是这次整顿是必要的，为做好下一步的工作奠定了基础。

**领导班子是如何以"振兴航天制造业"为目标，进行生产能力结构调整并规划企业长远发展的？**

**郭凤仁：**公司进行这样的调整，是根植于企业发展的现实需要，同时面向未来。在调整中把握企业发展的正确方向，在行业领域和企业核心能力建设上保持前瞻性，与国内国际先进企业靠拢看齐。领导班子基于公司的整体情况，站在全局的高度上，以振兴航天制造业为目标，科学而谨慎地制订能力结构调整方案。

立足现有基础，按照资源利用效益最大化的原则，以现实生产需要为前提，对现有资源进行调整、重组，优化配置，去粗留精，强化核心能力。撤销刀具设计和生产车间建制，将其刀具设计和生产部分缩编为一个工段，划归工装生产车间管理，其余资源在全公司调配，这是公司在生产能力结构调整上迈出的第一步。

随着航天技术的不断发展，航天产品也不断更新换代，箭体结构发生了变化，新材料、新技术不断运用，部段以铝合金铸造为主。公司看清了这方面的发展趋势，决定发展有色金属铸造技术。将成熟的黑色金属铸造进行外协，腾出场地进行有色金属铸造技术研究，每年自筹资金数百万元进行相关能力建设。到2004年，公司已完全具备了大型铝合金铸件的生产能力和批生产部段的能力，生产任务随之而来。2001 年，公司建成 3000 平方米的特种车总装调试生产线，开始设计、生产特种车，并将单台特种车的生产周期由 10 个月缩短为 3 个月。数控加工中心建设、加强总装测试能力建设、测试生产线的恢复等一系列的生产能力建设和技术投入，为火箭高密度生产提供了基本条件。

**（采访整理　李志峰）**

# 王国庆： 敢为人先　善为人先

王国庆，1998 年 12 月至 2000 年 2 月，任首都航天机械公司总工程师；2000 年 2 月至 2005 年 11 月，任公司副总经理兼总工程师；现任中国运载火箭技术研究院副院长。

"十五"期间，首都航天机械公司紧紧围绕大型运载火箭、大氢氧发动机等型号研制，开展制造技术的专题研究，加强先进制造技术、新材料应用技术等方面的应用研究，取得了丰硕的成果。技术发展的同时，首都航天机械公司传承着敢为人先的精神，培育着善为人先的能力。

**特种加工技术对于提升公司制造能力有什么意义？**

**王国庆：**特种加工技术，本身就是非传统的加工技术，解决的是复合结构、高精度产品的加工问题，能够完成常规加工手段无法实现的工作。航天产品的复杂性，决定了特种加工技术必将大有可为。

公司在航天特种加工技术方面非常有实力，在全国很有名气。经过几十年的努力，我们培育了以电解加工技术、磨粒流加工技术、电子束焊接技术、钛合金激光焊接技术、搅拌摩擦焊接技术、发动机大喷管自动化焊接技术为代表的特种加工技术。这些技术的发展不仅丰富了公司的制造技术手段，提升了工艺技术水平，同时也解决了型号研制中的关键技术问题。例如，公司主持编制了国家第一部电子束焊接标准，承担了大量火箭研制中的技术攻关任务。电火花加工技术达到了国际先进水平，利用多轴联动数控电火花加工技术，解决带叶冠类转子叶片的加工问题，该成果获得了国防科工委技术进步二等奖。搅拌摩擦焊接技术，已在贮箱制造中成功应用，开辟了运载火箭贮箱制造新纪元。

一项先进的制造技术，从开始引入到工程成熟应用，需要 5 年到 10 年的时间。公司很多特种加工技术，是从 20 世纪 80 年代就开始培育，并在型号中逐渐应用的，现在仍发挥着重要作用。在这期间，我们也遇到很多技术和管理上的难题。因此研究发展技术，需要有深厚的知识功底和丰富的工程经验，要有敢于承担风险和责任的勇气，更要有一颗坚定执著的心，有越挫越勇的劲头。

**技术交流在提升和发展航天先进制造能力过程中起到什么作用？**

王国庆：多年来，公司通过技术交流合作，不断了解国内外先进的航天制造技术，保证了工艺技术发展的先进性和前瞻性。公司对俄罗斯（苏联）的技术交流是从 20 世纪 80 年代末发展起来的。当时我们邀请俄专家来讲学，并就相关项目进行合作，收获非常大，开阔了眼界，也提高了认识水平。1999 年，根据企业自身情况，以及对俄技术交流的认识，公司适时提出"以技术交流为主，以适当引进项目为辅"的原则，同时自筹资金开展项目合作。其中，磁脉冲成型项目就是典型的案例。公司通过与俄罗斯航空航天大学的交流合作，引进了磁脉冲加工设备，选派了 4 位员工到俄罗斯学习，将先进技术带回厂里，目前公司已突破了磁脉冲长寿命感应器线圈制作、翻边孔成形、管端口校形等关键技术，在舱外航天服、YF－75 发动机、运载火箭等型号生产中，解决了多项瓶颈问题，经济效益和社会效益显著。通过自主研发和创新，公司还形成了具有自主知识产权的产品和制造方法。

技术交流对提升技术水平起到了非常重要的作用，解决了技术从哪里来、用在哪里、将来往哪里发展等一系列问题。从技术交流到引进技术，到走出去学习，到应用于产品，再到自主开发，最终形成核心能力，这是技术发展的一个良性循环，也成为技术发展的一种模式。

**2005年11月10日，公司成为国防科技工业先进技术研究应用中心焊接自动化应用依托单位，和精密铸造先进技术应用中心成员单位。这对企业具有怎样的意义？**

**王国庆：**焊接自动化技术研究应用中心和精密铸造技术研究应用中心，是当时国防科工委首批挂牌的中心。公司分别是依托单位和成员单位，这不仅仅是一种荣誉，更充分证明了公司在专业领域的龙头地位，在行业中发挥了举足轻重的作用。

从未来发展来讲，两个中心的落户，对企业本身是一种激励和鞭策。公司要实现引领航天制造业的使命，发挥技术带动、牵引和辐射作用，就要有依托，有切入点。两个中心，对公司开展项目研究、人才培养、技术发展起到了促进作用，也督促我们不断拓展技术领域，保持技术的领先位置。

**公司在创新方面有着良好的传统，新时期应从哪些方面加强创新工作？**

**王国庆：**企业是技术创新和产品创新的主体，创新是企业在生产上、市场上占据竞争优势的根本。没有研发能力，没有技术储备，就没有市场竞争的优势，这已被国内外无数企业成功与失败的例子所印证。公司曾经品尝过因创新能力不强而带来的苦果，也享受了因创新工作抓得好而带来的喜悦。例如某重点型号产品研制，公司技术开发和产品开发较晚，落在了兄弟单位后面，面临着失去任务的境地。从1999年年末开始，公司自筹资金投入关键设备，全力组织攻关，短时间内突破制造技术难关，取得了竞争优势，为首次飞行试验提供了满足设计要求的产品，同时也为试样阶段和将来争取到了较多份额的生产任务。公司认识到铝合金铸造是关系企业发展的战略性产业，自筹资金改造铸造生产线，并从技术研究开发、产品的开发、型号任务的承担等方面提升有色铸造和精密铸造能力。目前，公司已具备大型铝合金结构件整体铸造、熔模精密铸造和低压铸造等先进技术，并通过对快速成型技术的研究，实现了快速制模技术的工程化应用，多次解决了型号的关键问题，满足了型号研制及批生产的急需。

当前，公司面临着行业内外的双重竞争。我们应在做好技术创新的同时，重点进行产品创新。所谓产品创新，就是依附于具体产品，将技术创新成果应用在产品上，并从技术路线上进行创新，从流程和质量控制手段上进行优化，建立产品开发的快速反应机制，以迅速满足型号任务提出的新要求。实现产品创新，需要管理创新作保障，包括科学有序的决策管理机制、以人为本的激励约束机制、以创新需求为方向的人才培育机制、及时到位的投入保障机制等。

（采访整理　洪园）

# 张为民： 担当我们这一代的使命与责任

> 张为民，2002年2月至2007年1月，任首都航天机械公司副总经理；2007年1月至今，任公司总经理兼党委副书记。

百年发展历程，前人积淀厚重，后人任重道远！"一代人有一代人的责任，一代人做一代人的事。"在今天这个大发展、大变革的时代，首都航天机械公司将使命记在心里，将责任扛在肩上，一步一个脚印，再成就一轮新的辉煌。

**2007年，公司提出了"引领航天制造业"的使命，明确了总装集成企业的定位。这样的目标对中国航天科技集团公司和中国运载火箭技术研究院的战略发展具有怎样的支撑作用？**

张为民：在航天制造几十年的实践探索中，公司逐渐积累形成了目前总装与关键零部件生产一体化的制造系统，并以此为基础，培育形成了完整的生产管理体系和质量保障体系。这种总装能力优势，不仅是总装环节单点的能力优势，更是与之配套的生产准备、零件加工、部段装配等各工序形成的整体优势。

在航天工业新体系构建中，公司作为航天科技集团公司规模最大的总装集成企业，作为院打造的"两头在内、中间在外、关键在手的'哑铃型'科研生产体系"的重要一端，将自己定位为产品集成企业，就是要充分发挥总装集成定位优势、核心工艺技术优势、型号研制工程转化优势、数字化协同制造优势、军工产品质量保证优势、研制批产生产组织优势，将自己建设成为以运载火箭总装集成能力为核心，以航天高新制造技术为特色，集研制与批生产于一体、核心能力突出、发展潜力强劲、具备较强国际竞争力的航天产业化制造基地，从而在振兴航天制造业中发挥引领、带动和辐射作用。

**定战略很难，落实说容易又不容易，战略和战术之间有着怎样的关系？**

张为民：中国的企业不缺"道"，缺的是"术"，公司也有同样的问题。战略目标实现不了，大多是因为在执行上出了问题。如果基础不打牢，提出的战略也是一时的，运动式的，而不是长久的。在公司战略目标明确以后，近几年工作的重点就是要打牢基础。举一个简单的例子，大家都很清楚公司存在成本居高不下的现象，但应该怎么解决这个问题，需要更多的思考和落实。从战术上下工夫，就是做"梯子"工作，虽然不出彩，但很关键，对战略目标的实现起到了支撑作用。

**舱外航天服躯干壳体的研制成功，再一次展示了公司的实力，成为干部员工的骄傲，也对企业发展具有战略意义。但当时竞标条件很苛刻，基于什么样的考虑，公司毅然参加了竞标？**

张为民：舱外航天服躯干壳体的研制，在当时已经是实现中国航天员出舱任务的短线。我们冒着风险参加竞标出于3个方面考虑。第一是国家需要，虽然是高风险项目，承担着"最后一棒"的全部责任，但公司的历史是最早的飞机修造厂，现在的定位是运载火箭生产总装企业，这样的历史和定位，就决定着在没有人可以做的时候，我们必须担当这个使命，能干，会干。第二，这个项目可以印证公司的总装集成能力。当时公司拿出了几套方案，这么多不同的加工思路能够集中在一个单位，而且很可行，大家都很震惊。曾经有人提出，中国制造可以走"两头在手、中间在外"的发展道路，就是大力发展研发和销售，将中间的制造环节削弱。舱外航天服研制的案例证明了一点：在航天这种特殊的产品上，将制造弱化是不可行的，至少在中国现阶段，这条路是走不通的，必须要强大制造能力。第三，我们要利用舱外航天服的项目拓展公司的产业领域，要将我们的产品带入飞船领域。

**军民两大主业对公司未来发展的重大意义是什么？**

张为民：2006 年，公司民用产业二次创业，提出大力推进民用产业；2007 年，我们向基层单位下达了民品经营指标；2008 年，明确"完善两个平台建设，开拓两个发展领域"的发展策略；2009 年经历金融危机洗礼，公司民品发展逐渐步入正轨。公司是企业，是经济实体，衡量其发展的重要指标就是经济总量。军和民，缺哪一个方面都不行。在又好又快发展中，军解决的是"发展好"的问题，但它不可控，我们不能左右；民，在现阶段解决的是"发展快"的问题，未来还要"发展好"，最终实现"又快又好"。公司要利用 3 年到 5 年的时间大力发展民品，一旦军品订单减少，民品可以弥补不足。但实现这一点需要一个过程，即使有弥补也会是在一定的范围内。因此，军品和民品，对公司发展都有着非常重要的意义。

民品发展完全遵循优胜劣汰的市场经济规律。规模平台上的项目特点是有规模才有效益，规模达不到一定水平，就有可能会在市场竞争中被淘汰。目前公司的冷拔管项目，技术和规模上在行业里都是领先的，很有发展前景。非标制造的项目，特点是差异化、品种多、批量小，但附加值高。公司民品发展要兼顾规模和效益，要把握不同平台、不同领域的产品特点，采取不同的发展思路。

**您认为现在的干部员工，站在发展的新起点上，应该担当的责任是什么？**

张为民："一代人有一代人的责任，一代人做一代人的事。"我很赞同这句话。老一辈干部员工，在条件艰苦的情况下，创造了很多的成绩和辉煌，给今天的发展打下了厚重的基础，完成了他们那一代人的使命。今天，我们在人员少了一半，工作量增加 5 倍到 10 倍的情况下，完成各项工作任务，就是我们这一代要做的事。

目前，整个航天处于大发展、大变革阶段，周围的兄弟单位都在快速发展，我们必须抓住好的机遇，让公司也乘势发展。大变革也是大势所趋，如果拒绝或是抱怨，最终会被变革的大潮吞没。因此说，积极应对变革，积极参与变革，就是我们这一代的责任。我们的干部，首先要有危机感，带动员工主动思考，从参与变革到引导变革；员工要立足岗位，主动提高自身能力，适应变革。

（采访整理　洪园）

# 罗北庆： 做好人的工作

> 罗北庆，2000年3月至2002年3月，任首都航天机械公司党委副书记兼纪委书记；2002年3月至今，任公司党委书记兼副总经理。

企业发展的根本在人，首都航天机械公司始终坚持把做好人的工作融入企业发展的始终，着力提升企业软实力。公司思想政治工作、精神文明建设、和谐企业建设等方面成绩显著，思想之花结出了硕果，为企业的基业长青奠定了坚实的基础。

**公司历届党委都高度重视思想政治工作，努力构筑"大政工"格局，积极探索适应航天企业特点又具有时代精神的思想政治工作新思路。做好企业思想政治工作要把握哪些要素？**

**罗北庆：** 做好企业思想政治工作，要把握作用力、作用点和作用方向这3个要素。

作用力，即思想政治工作为企业市场化转型发挥的推动作用。这种作用力的大小，要通过综合平衡企业转型要求、发展状况和员工思想现状来确定。转型会带来组织机构的变化、利益格局的调整，必然会遇到各种各样的阻力；员工要改变多年形成的习惯，也会出现一些不适应和不习惯。思想政治工作就是要在满足企业转型要求的基础上，设身处地考虑员工对改革的承受能力、面临的困难，切实创造条件解决存在的困难和问题，使转型调整顺畅有序地推进。

作用方向，首先是指思想政治工作的方向要与企业转型的要求相吻合，做到内容上互补、动作上和谐。其次是指党政工团要形成合力，有针对性地做好不同群体的思想教育工作；各种活动载体、宣传媒体要形成合力，形成强大的舆论引导力，推动企业转型。

作用点，是指思想政治工作要抓住企业转型的关键点和关键环节，达到事半功倍的效果。要紧跟企业转型的步伐，抓住影响转型的关键因素，以及员工思想的共性问题，使思想政治工作内容与企业转型的节奏合拍，与员工思想共振。

**公司连续 4 年获得首都文明单位称号，文明单位建设成就斐然。公司是如何协调精神文明与物质文明建设的关系的？**

**罗北庆：** 物质文明和精神文明是相互依存、相互联系，相互作用、相互影响的，是有机的统一整体。精神文明建设的重要作用在于增进员工共识，凝聚员工力量，形成推动企业发展的合力。要协调好两个文明的关系，首先要抓住中心工作，这是我们做工作的着力点。精神文明建设要围绕中心工作，服务、融入中心工作，从而推动中心工作的发展。物质文明发展了，才能为精神文明发展提供更好的条件和支持，二者形成正向的激励、反馈。

**时代在发展、形势在变化，在企业加快调整转型的过程中，员工应该以怎样的精神面貌去应对？**

**罗北庆：** 转型时期，员工要做好 3 点：一是转变观念，要适应改革调整的要求，树立市场、客户、互利互惠共赢等观念。二是保持良好的心态。改革调整必然会带来组织机构的变化、利益格局的调整等不确定性因素，员工不太适应、不太习惯，甚至有些惧怕改革调整都是正常的，特别是涉及切身利益时，难以保持良好的心态。需要强调的是，企业的发展充分证明，我们把握改革和调整方向的能力逐渐增强，促进了企业的进步，员工应该树立信心，主动适应改革，并积极参与到改革中来。三是提升能力。能力是员工立足社会、立足企业的核心要素之一，如专业知识、工作技能等。能力提升了，员工对企业的贡献和价值更大，更容易适应改革。

公司党委要做好统筹谋划，把握好改革调整的方向、进程等，这是基础。同时，要有针对性地进行引导，调动干部员工的积极性、主动性和创造性，让大家共同参与到改革中来。同时，党委也要设身处地考虑员工对改革的承受能力、面临的困难，要了解、关心、爱护员工，并切实创造条件解决存在的困难和问题。这样，才能使我们的改革顺畅有序地推进。

**2008 年，公司第九次党代会将"促进员工的全面发展"，与"推动公司又好又快发展，构建和谐企业"一同列入大会主题，如何实现二者的共同发展？**

**罗北庆：**"员工全面发展"是建立在"以人为本"的理念基础上的，员工的全面发展不是模式化的，而是因人而异的。公司有近万人，员工的差异性普遍存在，表现在历史背景、知识结构、技能水平、兴趣、爱好、追求等各方面。对员工来说，工作是人生很重要的一部分，我们有责任和义务，根据不同员工的特点，指导员工做好职业生涯规划，并为员工实现规划创造必要的条件和平台。

和谐企业的基本内涵是经济发展、制度健全、诚信经营、企业与社会和谐相处，良性互动。简单地说，从企业内部看，指各方面利益协调有序，关系和谐，凝聚力强，达成共识，形成合力，推动企业健康可持续发展。要实现企业和员工的共同发展，最重要的因素还是人，企业的发展离不开人，必须紧紧依靠企业干部员工共同努力，才能够推动企业的发展和进步。企业要为员工的岗位成长创造尽可能好的环境和条件，为员工搭建施展聪明才智的平台，调动和发挥员工的积极性、主动性和创造性，让员工的聪明才智得以发挥，为企业的发展做出最大的努力和贡献。企业发展了，就能为员工的成长、成才提供更好的条件和支持，二者形成良性互动和循环。

（采访整理　易涵）

# 陶钢： 打造火箭的"制造超市"

陶钢，2002 年 8 月，任首都航天机械公司党委副书记；2010 年 1 月至今，任公司副总经理、天津航天长征火箭制造有限公司总经理。

2008 年 11 月 28 日，首都航天机械公司子公司——天津航天长征火箭制造有限公司（简称天津火箭）注册成立，成为中国航天科技集团公司和中国运载火箭技术研究院明确定位的运载火箭产业化发展新的平台。天津火箭除了从事新一代运载火箭研制生产外，还将充分利用自身资源开展航天技术应用产业项目的开发经营，实现国有资产的保值增值和企业的持续发展。在天津航天产业化基地打造一个火箭的"制造超市"，是运载火箭未来运营模式的一次大胆创新。

**天津航天产业化基地的建设和使用，有着怎样的战略定位？**
陶钢：作为构建航天科技工业新体系能力的重要组成部分，天津火箭将坚持走中国特色新型工业化道路，打造运载火箭精品。立足天津，服务环渤海，辐射"三北"（华北、东北、西北），面向国内外，延伸产业链。以天津航天产业化基地为依托，从锻铸造、非金属材料入手，在大型结构件数控加工、特种焊接、非金属加工和涂覆技术等重点领域开发航天技术应用产业项目，实现高新化、高端化、高质化，成为天津滨海新区产业集群的有机组成部分，稳步打造"制造超市"。承接国际知名航空航天企业的高端制造项目，在获取经济效益的同时，进一步提升我国航天制造能力。

**如何理解"制造超市"，如何打造火箭的"制造超市"？**

陶钢：著名的营销学者菲利普·科特勒对超市是这样定义的："超级市场是规模相当大的，成本低、销量大的自我服务的经营机构。"顾名思义，"制造超市"就是大规模提供制造类产品或服务、由用户按需挑选的超市。

参考沃尔玛、家乐福、欧尚等超市的经营模式，"制造超市"应具有市场化导向、差异化产品、信息化管理、开放式平台、目录式菜单、便捷式服务等特征，产品品种多样、经营方式灵活，能高效率满足不同层次用户的个性化需求。

打造火箭"制造超市"将实施"三步走"战略。第一阶段（2009 年至 2015 年）为起步阶段，主要是进行规划与布局，加强基础建设，提高软硬件能力，完成新一代运载火箭首飞任务；建立"制造超市"雏形，融入滨海新区制造业产业集群，在产业集群中初步发挥"领头羊"作用。第二阶段（2015 年至 2020 年）为完善阶段，主要目标是形成新一代运载火箭批产能力，打造品牌效应，从产品制造商向产品集成商转变，在制造技术方面达到国内同领域领先水平，在制造产业发展方面取得重要突破，成为滨海新区制造业产业集群的核心。第三阶段（2020 年至 2030 年）为全面提升阶段，主要目标是建成"制造超市"，实现国内一流、国际知名的制造水准、制造成本、制造效率，成为中国航天制造的标志性品牌，可以承接国际知名航空航天企业的高端制造项目，在国民经济建设中发挥航天制造企业的"龙头"作用。

**在市场经济的发展中，天津火箭需要从哪些方面探索管理模式和经济增长方式？**

陶钢：目前，我们面临的最大问题是市场功能不完整。由于历史及现实原因，航天企业的固定资产投资、人力资源配置等投入，更多考虑的是完成国家的科研生产任务，没有以市场为导向。同时，航天企业很少设立专门的市场经营开发机构，即使具备也是职责不完整，运用市场调查、营销管理、资本运作等现代经营手段不熟练。第二是经营方式不灵活。航天企业过去大都长期从事航天产品的研制生产，规章制度只适用于相对固化的科研生产体系，工作流程基本依托相对固定的部门职能设置，很难适应市场不断变化的需求。同时，航天企业许多员工仍抱有"航天特殊论"的观念，不擅长根据市场情况调整自己的工作方式。第三是产品差异不明显。航天企业目前市场化转型力度还不够，研制生产的一些航天技术应用产品规格较少、批量较小、附加值低，产品化水平不高，与市场需求差距较大，和社会上其他企业相比没有明显的竞争优势。同时，航天企业常常在价格比较中处于被动地位。第四是服务提供不便捷。航天企业大都停留在"卖产品"的阶段，而没有延伸产业链，在提供增值服务过程中获取共赢效益，以用户为中心、客户利益至上的理念不强。同时，大部分航天企业信息化程度不太高，不能较快地反映价格、成本等信息。这些问题都要进一步探索。

**新一代运载火箭研制生产工作繁重，在困难重重的情况下，将采取何种措施，推进研制生产工作呢？**

陶钢：按照新一代运载火箭总体研制要求，2010年，要在"厂房边建设、型号边研制、设计边出图、工装边生产"的情况下，克服不具备生产条件的各种困难，全面开始研制任务。我们要做好充分准备工作，从提升型号管理水平、突破关键技术等方面入手，采取强有力的措施，确保型号总体目标的实现。就提升型号管理水平而言，我们要清醒地认识到，制造平台的投入使用，需要与航天系统内外各类单位进行综合协调，要做到环环相扣，统筹发展，从管理理念、管理方法等方面突破现有模式，创新思维，形成实用有效的管理方法。

　　直径 5 米的火箭不是现役型号的简单放大，特别是制造技术上采用了很多先进的关键技术。在前期型号研制中，我们只是在理论研讨、技术研究等方面进行了积累。随着必要硬件条件的具备，前期的成果能否快速稳妥地转化到工程制造上，还需要做很多工作。在后续的型号研制中，我们要严格对标，注重过程，强调结果，提升能力，克服困难，最终实现型号的总体目标。

（**采访整理**　吴思）

# 李松岭： 建和谐之家

> 李松岭，2003年3月至今，任首都航天机械公司工会主席。

首都航天机械公司拥有在职和离退休员工近万人，建和谐企业，是历届领导班子的工作目标。多年来，公司一直关注广大员工切身利益，解决最关心、最直接、最现实的利益问题，同时发动并依靠员工共同推进和谐企业建设，取得了丰硕成果。

**公司是航天系统内第一家签订集体合同、建立集体合同制度的单位。签订集体合同的意义是什么？**

**李松岭：** 2004年10月，公司工会代表员工与企业签订了集体合同。集体合同的签订，维护了员工和企业的合法权益，促进了企业发展和员工利益的提高，是构建和谐稳定劳动关系的重要手段，有利于协调企业内部的劳动关系；有利于形成真正的企业利益共同体；有利于维护劳动者的合法权益；有利于促进工会的民主参与，也为工会更好地履行维护职能提供了制度保证。

**公司职工代表大会作为职工代表行使民主管理权力的机构，发挥了怎样的作用？**

**李松岭：** 从20世纪50年代开始，公司就建立了职工代表大会制度。2003年，公司进一步建立健全了二三级民主管理制度，使公司职代会体系建设更加完善。随着民主管理的不断深化，职工代表大会作为职工行使民主管理权力的机构，在企业发展过程中发挥着越来越大的作用。公司和车间的一些重大事项，如调整员工工资、绩效考核办法、建立企业年金等都必须经过公司职工代表大会审议通过后才能生效。车间处室制定的涉及员工利益的规定、办法也要在车间、处室职代会审议通过后方可实施，这些都进一步加强了员工民主管理、民主参与的机制，工会的源头维护工作得到进一步加强。

**公司在建设和谐企业过程中，怎样处理企业发展和改善民生之间的关系？**

**李松岭：**改善民生和企业发展之间是相辅相成、相互促进的关系。员工有较强的主人翁责任感，并能积极投入到企业的生产中，才能确保企业健康、快速的发展；企业得到了发展，员工的利益诉求才能不断得到满足。

多年来，公司兼顾企业发展和改善民生关系，形成了困难员工帮扶工作长效机制，仅 2009 年就投入了 20 多万元，用于在职和离退休困难员工的慰问和帮扶。工会每季度都会审议各分工会上报的困难员工申请，根据困难程度给予不同额度的补助；对一些临时性、突发性的特殊困难，随时召开办公会予以讨论，给予一次性补助。对需要肾透析或者长期患重病的困难同志，公司工会每月固定给予 200 元到 300 元的补助。同时，公司还投入大量资金积极开展危旧房改造、生活区环境改造工程，引进天然气和市政自来水，并在生活区实施了物业管理。这一系列民生工作，使员工生活和居住条件得到改善，增强了员工对企业的归属感，使员工无后顾之忧地投入企业建设中，推动企业快速发展。

**作为国有大型航天科技企业，公司是如何开展离退休员工管理工作的？**

**李松岭：**落实中国运载火箭技术研究院离退休工作"双服务、双管理、双增长、双和谐"的方针，公司尽最大努力为离退休员工创造良好的生活条件和环境。在经营资金非常紧张的情况下，公司增加离退休员工的企业补贴，增加过节费，定期组织离退休员工体检。在院的支持下，改造东高地游泳馆、文化园、运动场等硬件设施，为离退休员工的日常活动提供良好的场所。由于历史原因，一些离退休员工住在较高的楼层，上下楼不方便，公司暂时没有能力为他们调整住房问题，为此特制定了有针对性帮扶制度，由离退休工作部负责组织，工会提供经费、工具和设备，保卫处派人，对有就医需要的老同志上下楼提供及时帮助，解决了老同志的现实困难。这些工作，得到了绝大多数离退休老同志的认可。

**2010 年是完成"十一五"规划的最后一年，也是企业转型和二次创业的关键之年，公司工会做好了哪些准备工作？**

**李松岭：**适应公司发展要求，工会将继续履行维护、建设、参与和教育职能，为企业的快速发展创造和谐的环境。要进一步完善职工代表大会制度，从源头维护员工的合法权益，将员工当家作主落到实处。充分利用资源，营造快乐工作氛围，帮助员工减压，同时组织和配合开展员工教育、培训，不断提高员工的能力和素质。进一步推进工会建家、班组建设等工作，组织开展好员工劳动竞赛、合理化建议等活动；同时还要努力做好困难员工的帮扶工作。

（采访整理　戴立凯）

# 李岭波： 正在崛起的航天技术应用产业

> 李岭波，2005 年 11 月至 2008 年 4 月，任首都航天机械公司总会计师；2008 年 4 月至今，任公司副总经理。

2006 年，首都航天机械公司航天技术应用产业第二次起步发展，当年总收入突破亿元；2007 年，实现 60% 的增长；2008 年，航天技术应用产业进入到快速发展阶段，总收入再翻一番。首都航天机械公司牢牢把握住发展机遇，以核心民用产业项目建设为契机，实践"以军为本、军民融合、产业化发展"的发展思路，将航天制造技术拓展到了社会经济更广泛的领域。

**公司在民品发展上有着很好的传统，作为一个百年企业，航天技术应用产业发展有哪些优势和劣势？**

**李岭波：**公司是一个有着悠久历史和辉煌成绩的航天企业，在民品创业中主要优势有：航天的品牌优势，航天产业多工种、多领域集成的技术优势，还有资金优势。2006 年至今，公司在民用产业领域投入了几个亿，这在一般的企业是很难做到的。我们也有自己的劣势，主要表现在市场化人才的短缺和市场化机制不够完善这两个方面。

公司发展航天技术应用产业的总体思路是：着重发展两个平台，即规模产业平台和军民共线平台；重点开拓两个领域，非标准装备设计制造领域和高端制造领域。通过规模产业平台解决经济总量快速增长的需要，提升公司在中国运载火箭技术研究院的经济地位；通过军民共线平台，更好地利用军品生产优势，生产高附加值、高技术含量的民用产品，提高利润。

**2006 年，公司提出航天技术应用产业要推行"快文化"的理念，这是基于怎样的考虑？**

**李岭波：**在航天技术应用产业二次创业过程中，我们要继承和发扬航天（传统）精神和载人航天精神。但如果要满足现在市场化的需要，就必须具备快速决策、快速反应能力。企业原有的生产、管理模式和做法与市场化需求的差距较大。所以，我们提出了"快文化"的概念。所谓"快文化"，即快速反应、快捷应对、快乐工作。快速反应，就是对市场要有敏锐的洞察力，及时捕获市场变化，通过相关渠道迅速反馈，并形成决策。快捷应对，就是决策过程、工作过程要"短、简、快"，在时间上求短，在程序上求简，在效果上求快。快乐工作，就是在快乐中工作，在工作中快乐。以愉快的心情面对工作，在快人一步的领先中体味快乐。

"快文化"的理念对于我们与市场快速接轨起到重要的作用。例如客户提出新项目或新要求，我们都能够做到快研究、快决策、快生产、快交付。在推行"快文化"中，我们也遇到一些问题，主要表现在军民共线平台上，现有的制度和流程与市场化的需求还存在较大差异，需要进一步梳理和简化。

**2009 年，公司搭建起母子公司管理体系；2010 年，推出联合营销、代理商制度等，这一系列管理措施对航天应用产业发展有什么意义？**

**李岭波：**搭建母子公司管理体系是航天技术应用产业发展市场化的需求。作为国有企业，经营中过多使用行政性管理和行政性命令，不适应市场要求。要通过母子公司管理体系划分职权，母公司负责重要的人事任命、重要投资和企业融资，日常经营由子公司自行解决，使生产经营更加适应适合市场化的需要。

公司民品种类多，包括刀具、液压油缸、高精度冷拔－珩磨管。过去，各子公司、各项目营销人员基本上只和航天技术应用产业职能部门保持纵向联系，对其他产品知之甚少，对外销售时也很少顾及其他产品。联合营销理念就是在这种状况下提出的，通过联合营销把母公司和子公司联合起来，共同开发新产品，共享人才，共享市场，共同提供服务等，以最少的成本达到最大的营销效果。多年来，公司从事军品生产，没有建立自己的销售网点和营销体系，代理商制度的建立，是借助优秀的市场人才和营销资源开拓市场，尽快打开局面。

这些系列管理措施的推出，使公司航天技术应用产业的市场适应能力和销售能力有了显著提升，为实现民品发展的预期目标奠定了基础。

**（采访整理　戴立凯）**

# 孟凡新： 技术创新铺就发展快车道

> 孟凡新，2006年3月至今，任首都航天机械公司总工程师。

科学技术是第一生产力，百年以来，首都航天机械公司员工筚路蓝缕，上下求索。伴随着"十一五"规划的实施，公司高擎"引领航天制造业"大旗，着力培育和发展核心技术，加快综合制造能力提升的速度，使公司发展步入了快车道。

**公司"十一五"规划中技术培育思路是什么？**

**孟凡新：**"十一五"规划技术发展的总体思路是"需求牵引、强化核心、协调发展、跨越前进"。从眼前来看，我们要以满足型号需求为主，引导型号需求为辅，包括在线生产及未来几年看得见的型号，都要做好准备，突破关键技术，解决瓶颈问题，提高工艺的先进性和可靠性，提升制造能力，这是公司作为航天制造总装企业不可推卸的责任。

公司是航天第一大厂，工种齐全，综合集成能力强，舱外航天服的研制就是一个很好的证明。目前其他企业和我们的竞争，是在某些局部上的非对称竞争。我们保成功、保质量的压力很大，在国家工业基础还不是很坚实的情况下，要求我们的技术发展必须均衡，综合能力必须加强，否则无法满足型号的研制和批产需求。因此，今后在技术发展上，我们必须直面挑战，要突出重点专业，对标国际一流水平，如大部段的生产制造等，同时要兼顾其他专业的发展。

**多年的发展，公司在机械加工、焊接、铆接装配、特种加工、钣金工艺、锻造、铸造等方面取得了重大成就，已经突破或今后必须突破的技术有哪些？**

孟凡新：我们突破了一些部件级产品的关键技术。以前存在瓶颈的影响比较大的问题我们基本都解决了，例如铝合金铸造，涉及关键战略型号的问题；焊接技术方面，三种规格的箱底实现了自动化焊接，并成功应用于现役型号形成了制造单元；我们还把搅拌摩擦焊接技术应用于现役型号的飞行试验中；数控高效加工、特种加工、电磁脉冲成型等技术都取得了突破，低温阀门制造也取得了进展。更重要的是，我们在任务量不断增加、研制型号多、质量要求越来越高而人员没有增加的情况下，依靠技术进步很好地满足了型号研制需求。例如贮箱生产能力实现了翻番，总装能力也实现了翻番。此外，在舱外航天服的研制、高效数控加工、非标装备制造、单元制造及信息化发展等领域，我们也得到了行业的认可。能力的提升是螺旋式上升的，伴随着事业发展，以前够用的能力会成为今后的瓶颈，因此必须未雨绸缪。下一步我们需要向下游延伸，带动机加、钣金等零件加工车间制造能力的提升。

将来我们还需要在四个方面实现重点突破：一是现有的专业技术的升级换代，如锻铸造、热表处理等，要与社会发展、能力发展同步，走技术先进、节能环保、绿色制造之路；二是瞄准新的型号产品，在钛合金、镁合金、高强铝合金研制方面实现突破，打通钛合金研制生产线，建立公司钛合金制造工艺体系；三是数字化制造技术方面应用要彻底实现三维制造、三维协同；四是围绕未来型号，按照中国运载火箭技术研究院的发展战略，在具体专业上要有所突破。这是今后的发展思路，其核心点就是发展技术，由任务型转向任务能力结合型，最终突出能力，使公司在能力上实现"引领航天制造业"的目标，对标国内外同行先进企业，真正成为"别人做不了，我们能做；别人能做的，我们做得更好、更先进"的航天第一大制造企业。

**创新是技术发展的原动力，公司一直坚持不懈地走创新之路。"十一五"期间，公司在创新工作上有哪些有效的举措？**

**孟凡新：**公司历史悠久，对航天的贡献也很大，专业、技术发展起到"领头"的作用。"十一五"以来，结合航天科技集团公司战略发展，公司进行了多方面的探索：召开技术创新大会，大力推进技术、管理自主创新，搭建创新体系总体框架，完善创新体制机制，例如课题管理把课题负责人与项目管理结合等；大力提升工艺创新能力，加强创新型技术体系建设，如成立企业技术中心、工艺专家组、先进制造技术研究室、三维数字化研究室、专业工艺室和部分专业技术研究室，技术创新围绕建设核心制造能力和培育综合优势，明确了技术发展平台和产品能力平台；根据"重点突出，配套合理"的原则，重点发展了特色焊接和铸造技术，优先发展总装测试、数控加工、特种加工等重点专业技术，配套发展热表工程、工艺装备研制、检测试验等技术。

**要实现"引领航天制造业"的使命，公司在技术发展方面必须具备的要素是什么？**

**孟凡新：**一是在认识上要进一步提高，企业上下都要有创新的使命感，创新不是一两个人、一两个部门的事，要上下同心。二是要在激励机制上下工夫。三是要加强人才创新，企业竞争最终是人才的竞争，在技术队伍的建设上，今后要加大人才引入力度。四是要进一步推进企业技术中心建设，着力点是突破关键技术，这种突破是应用上的突破，满足型号需求并牵引未来型号需求。五是技术发展要能军能民，往军民融合上下工夫。

（采访整理　易涵　王淇）

# 张寒生： 为企业和谐快速发展护航

张寒生，2006 年 6 月至今，任首都航天机械公司副总经理。

行政保障工作是企业生产经营的重要组成部分，是企业健康、快速发展的必要条件，关系到企业和谐、稳定的大局，与员工的切身利益息息相关。近年来，首都航天机械公司行政保障工作紧密围绕中心工作，顾全大局，开拓创新，强化管理，优化服务，在能力建设、保卫保密、运输及动力运行，以东高地生活区改造为代表的美好家园建设等方面取得了较好的成绩，有力保障了科研生产顺利进行，为企业创造稳定和谐的氛围做出了积极贡献。

**东高地危旧房改造工程是广大员工非常关心的话题，目前工程进展情况如何？**

**张寒生：** 2006 年，在中国运载火箭技术研究院的资金支持下，公司启动危旧房改造工程，计划在 8 年至 10 年内完成拆旧建新，彻底改善员工居住质量。2008 年，在院资金支持下，公司实施旧区改造工程，粉刷居民楼、楼顶平改坡、改造道路、增加绿化面积……生活区面貌发生显著变化。两个工程同时开展，成为继 20 世纪 50 年代东高地生活区兴建后最大的一次改造工程。

东高地危旧房改造工程一期已经竣工，并且顺利完成了住房分配工作；二期已于 2009 年 6 月启动，正在稳步推进。

**公司是如何推动东高地旧区改造工程的？**

**张寒生**：在院、东高地街道办事处的大力支持下，公司先后实施了楼房平改坡、外墙粉刷、安装楼道门禁和楼前楼后的绿化等工程。工程受到了绝大多数居民的大力支持，但也遇到了这样那样的困难，如楼顶平改坡后太阳能的使用问题、外墙粉刷的颜色问题等。面对这些问题，我们多讲，多说，多宣传，通过座谈会、入户调查做思想工作，获得广大员工的支持和理解。最终，不仅按期完成任务，还为公司节约资金 200 多万元。此项工程得到了广大员工的高度认可。

**随着员工物质、精神需求的不断变化，新问题、新矛盾还会不断出现，公司在协调、解决新问题和新矛盾中，秉持的原则是什么？**

**张寒生**：随着社会的进步，员工对物质、文化生活的需求也在不断提高。作为企业，要兼顾企业发展和员工生活的改善，就必须秉持务实的原则。在工作中，我们认真倾听员工的呼声，将有限的资金投入到解决员工反映的正确的合理的焦点问题上，对于我们现在不能做到的，要向员工讲清原因和困难，得到支持和理解。

**公司在完成保卫保密工作上采取了哪些有力措施？**

**张寒生**：公司的保密工作关系到国防建设和国家的安全，关系到每位员工的切身利益，有涉密岗位多、人员多、部门多等特点，工作难度非常大。为了应对越来越严峻的形势，公司采取了一系列的措施：完善各项保密工作规章制度，优化保密工作流程；加强宣传教育，提高员工保密意识，特别是加强对领导干部的管理和教育，要求其不仅要对自己负责，对本部门负责，更要对员工负责；加大保密工作的人力、物力的投入，做好保密工作的基础工作，特别是加强保密工作信息化的管理。

同时，公司高度重视保卫、消防、交通安全等工作，要求做到思想重视、防护到位，做好人防、技防和物防工作。

（**采访整理**　戴立凯）

# 马惠廷： 迎战高密度发射

马惠廷，2008 年 8 月至今，任首都航天机械公司副总经理。

曾经，几年才发射一发产品；曾经，一切按部就班。时代在发展，形势在变化，2004 年至 2007 年年底，运载火箭系列产品进入第一轮发射高峰期；2008 年至 2010 年，任务量比第一轮增加了近 3 倍。任务成倍激增，生产周期却一再压缩。面对新的挑战和压力，首都航天机械公司通权达变、积极迎战，满足了型号研制和批产需求，在百年历史画卷上留下了浓墨重彩的一笔。

**与以前的生产状态相比，现在有了哪些变化？**

**马惠廷：**我在发动机零部件生产车间当副主任时，正赶上研制 YF - 75 发动机。这是当时主要的任务，任务没那么多，品种比较单一，生产节奏也没那么快，干起来比较容易，几乎不加班，任务下来后，好几年才交付。当时车间工艺组有 7 个人，大多是南航、哈工大、清华毕业的，经验很丰富，可以很从容地安排，按部就班。除了军品之外，车间还承担一些民品的生产。

可以说，以前的任务量跟现在根本没法比。现在，发动机零部件生产车间基本覆盖了所有的型号，人员数量和以前差不多，任务却翻了好几倍。以前一个涡轮泵好几个人管，现在则一个人管几个。发动机零部件生产车间任务量的变化，从一个侧面反映了公司任务量、型号的变化情况。从 2005 年开始，尤其是近两年，进入高密度发射时期，任务量激增，特别是新型号、专项工程的研制等，研制和批产交叉进行。

**高密度发射给公司生产带来的最大变化是什么？**

马惠廷：2005 年至今，任务量年年激增，2010 年整体任务量相比 2009 年增幅在 1 倍以上，运载火箭系列型号高强度齐套任务及高密度发射任务并存，面临当年投产、当年齐套、当年完成总装测试的新局面。高密度发射带来的变化可以用多、急、难三个字来概括。多，体现在型号多、任务量多；急，表现在研制及批产型号需求急、周期急；难，表现在技术难度大，新的型号研制对传统的工艺、生产提出了挑战。

近几年，公司一直在摸索适应研制生产和批量生产并行，且最适合的生产组织模式，也采取了一些举措。2005 年，我们提出推行组批量生产方式，但这种生产方式一定程度上会造成成本、资源的浪费，可能满足这个型号，那个型号就干不出来。随着任务量的激增，2007 年我们又提出以"需求优先，兼顾效率"为组织原则，采用"拉式管理"组织生产，即以火箭整体出厂来安排、策划生产，以发射拉动总装，以总装拉动齐套，以齐套拉动部段生产，以部段的生产拉动零件的生产，以零件生产拉动物资及生产准备。任务多、型号多、小批量、质量要求高是航天产品的特点，我们必须以需求优先。这两年，我们越来越体会到系统筹划、全面策划的重要性，2009 年，公司根据任务的变化进行了整体策划，让每一个车间、每个人了解这一年里的任务，还要知道上下游单位的任务。干自己的，清楚别人的，心里有数，胸有成竹。

**除了高密度发射，公司还面临许多批产和预研型号的生产，两者之间的关系如何协调好？**

马惠廷：批产任务是现有支撑我们生存的任务，每一步都不能马虎。我们也打破了管理上的一些束缚，有些型号边出图、边试验、边生产，但质量不能出问题，这是原则问题。我们必须做好质量、状态和过程的监控，如提前和设计沟通，请设计交底，也用我们的一些想法来影响设计，与设计交流，加强和设计、物流等上下游单位的结合，了解他们的需求及关注点等。

在研型号关系到未来发展，甚至是企业未来的主业，可以牵引技术、管理和工艺等的发展，必须积极争取。一方面要与设计部门经常沟通，积极去做工作。另一方面要提高能力，包括快速反应的能力，管理、工艺方面的能力都要提高。现在型号研制周期都很紧，型号生产虽然没有市场化，但竞争是整体的发展态势，谁先干得好、干得快，就让谁承担，我们必须树立竞争的意识。

应对严峻形势，管理部门要做好系统筹划工作，提高管理、协调能力，科学安排生产。对外树立企业的良好形象，与其他机关处室配合好；对车间则体现在服务上，想在车间前面，做到"全天候"服务；车间也要做好综合协调工作，合理有序地进行生产。

**生产任务激增使安全工作面临严峻的形势，在安全管理上，公司采取了哪些有效的措施？**

马惠廷：这些年，公司在安全、技术、设备管理等方面都日趋完善。每月，总经理组织召开安全质量环保例会，及时解决问题。有事故苗头的，召开现场会，杜绝隐患。此外，公司组织对危险源进行辨识，定期督促，进行日检查、月检查，提醒和纠正，加大专项检查力度，不断提高员工的安全意识。2007年公司着手双体系建设，2008年12月通过新时代认证中心第二次认证，每一级都认识到了安全的责任，安全意识上了一个台阶。

（采访整理  易涵  王淇）

# 张艳春： 练内功增后劲

张艳春，2008 年 4 月至今，任首都航天机械公司总会计师。

作为企业的一项基础管理工作，成本是企业发展、壮大的根基。2003 年，中国航天科技集团公司正式启动成本工程，中国运载火箭技术研究院对成本工程工作进行了统一部署，首都航天机械公司结合企业实际，将成本工程作为练内功的一项重要内容，抓实抓好，从而增强发展的后劲。

**公司是如何结合实际情况开展成本工程的？**

**张艳春：**一流的企业需要一流的管理，任何一个知名企业，其成本管理势必一流。公司肩负着引领航天制造业的光荣使命，将成本工程视为实现战略目标必备的一项基础性工作，深入开展规范管理，持续提高管理水平。

成本工程启动之初，相比事业单位，公司存在难度更大、需求更迫切的特点。公司结合自身实际情况、特点等，提出先透明再准确再优化的整体思路，采取自上而下和自下而上相结合的方法有序推动成本工程。自上而下，即公司通过整体设计成本工程建设思路框架，搭体系，建制度，设定考核指标，督促基层领导关注成本、关注经营成果，实现由生产管理型向经营管理型的角色转变。自下而上，即依托公司开展的航天 TPM 活动，引导单位、员工参与到成本工程工作中，激发大家自发开展成本工程工作的热情，切实达到全员全过程全要素的成本管理与控制。与此同时，我们进行观念引导，通过召开专题提案发布会，发动全员献计献策；制作成本小册子，下发到班组供大家学习；通过网络宣传搭建交流与学习的平台等方式方法，尽快培育员工的成本意识和理念。

### 成本工程对于公司的发展有哪些意义？

**张艳春**：成本工程是基础性工作，是企业永恒的主题。公司要实现二次创业、完成市场化转型，就要在追求社会效益的同时，追求经济效益。推行成本工程，是公司顺应市场规律、自身管理要求的必然举措。开展成本工程之前，我们的关注点更多集中在企业的社会效益上，对于单发产品的成本、利润等不是很关注，企业管理较为粗放，很难适应现代发展的需求。企业不能闭着眼睛经营，成本要透明，要准确，要优化，这样才能便于领导者、管理者做出符合市场、符合企业发展的战略部署。

### ACS 系统认证给公司发展带来了哪些影响？

**张艳春**：ACS 体系建设侧重于在规范上做工作，防范风险，强化内部会计控制。通过 ACS 体系认证工作，公司进一步强化了会计基础工作，提高了会计信息质量，梳理了内控薄弱环节，建立了财务风险管理体系，同时也提升了财务人员素质，为企业发展提供了有效的财务风险控制机制，提供了人才保障。

### 公司在筹集资金、降低资金成本、防范资金风险方面有哪些保障性措施？

**张艳春**：公司从统筹资金、拓宽渠道、合理用钱、控制成本四个方面采取措施。第一是统筹资金。做好资金规划和月度资金计划，进一步细化预算管理体系，组织出台了相关办法对预算执行控制进行规范；实施预算管理。有收入才能有支出，有支出必然要有相应的收入，树立"以收定支，收支平衡"的经营理念。第二是拓宽渠道。加强同财务公司、商业银行等金融机构的沟通和合作，拓宽融资渠道，充分利用贷款贴息等国家政策，争取优惠的融资条件，减少利息支出，降低资金成本，减轻企业负担。第三是合理用钱。目前，公司正处于二次创业的大潮中，航天技术应用产业刚刚起步，固定资产投资处于集中投入期，同时提高员工生活水平、改善民生也需要大量资金。非常需要在资金筹划上下工夫，保障必要的投入与开支，提高资金的使用效率，使有限的资金发挥最大的效能。加强投资项目立项的经济性论证和实施后的经济性评价，避免不必要的高指标要求；落实经济责任制，在确保质量和进度的同时，严格控制投资成本；合理控制投资节奏，根据研制和生产的实际需要安排投资进度，避免不必要的集中投资。第四是控制成本。我们依托于目标成本控管、航天 TPM 等活动，大力推进内部基础管理措施。在推进目标成本控管的四年间，我们要实现"要得来、省得下、留得住"的目标。要得来，就是在报价环节要充分体现我们产品的高技术附加值，取得理想的价格；省得下，就是要通过成本优化，合理控制支出，多留下一些积累；留得住，就是把省下来的钱规范合理地用好，真正能为企业的发展和员工生活改善发挥作用。

（**采访整理**　赵昉）

**相关链接**

**ACS 体系**

2008 年 3 月，中国运载火箭技术研究院根据中国航天科技集团公司关于试点工作的安排，决定在全院范围内开展会计控制标准体系认证工作。ACS 体系是会计控制标准的英文缩写，是指单位为了提高会计信息质量，保护资产安全、完整，针对会计业务流程制定和实施的一系列控制方法、措施和程序组成的标准化系统。

# 张玉国： 让人力资本增值

张玉国，2009 年 5 月至今，任首都航天机械公司党委副书记兼纪委书记。

在生产力的要素中，人是最活跃的因素，企业的活力来自广大员工的积极性和创造性。近些年来，首都航天机械公司提供各种机制和平台，着力培育专业素质高、实践能力强的员工，使人力资本增值，这些优秀的员工将成为企业未来发展的不竭动力。

**公司是大型国有骨干企业，承担着国家赋予的使命，在这样企业工作的员工，应具备的基本素质是什么？**

**张玉国：**探讨我们这样的企业的员工应具备怎么样的基本素质，首先需要对我们是什么样的企业有一个清晰的认识。我们的事业是航天事业，我们的任务是运载火箭总装集成制造。我在这个企业工作十几年，发现员工对我们的事业认同感和自豪感非常强烈。我认为，应该具备的素质用一句话来说就是爱岗敬业、诚实守信。爱岗就是热爱中国航天事业，对事业有认同感和自豪感；敬业是因为我们工作本身需要高质量，需要精细。我接触到的一线员工很多，总体感觉我们的员工，对企业很忠诚，非常热情，非常纯朴。比如高技能人才高凤林，他的成长经历是不平凡的，从学徒工开始，最后成长为全国十大能工巧匠、中华技能大奖的获得者，道路是很不平坦的，他的经历无时不刻不体现出他对航天事业的专注和投入，而且非常忠诚、执著。高凤林虽然是一个个例，但他身上具备的素质却是公司员工素质的一个集中体现。这些基本素质成就了公司这样一支优秀的员工队伍。

**公司作为百年企业，既出科研生产成果，又出人才，多年来不断为院、集团公司输送了大量的人才。我们该建立怎样的培养机制？坚持怎样的选人任人标准？**

张玉国：在20世纪50年代，航天事业正处于起步阶段，国家的经济状况也比较困难，社会上没有能够培养企业需要员工的教育机构。公司依托企业资源，陆续开办了技校、职工大学、培训中心，培养出了一大批专业技能人才，现在车间的一线员工大都是从我们的技校培养出来的，成为了企业的主力军。而近十几年来，国家的教育水平提升很快，我们的培养机制应从依托企业资源，转向依托广大社会教育资源，吸收社会培养的优秀人才。进入企业后，公司为员工提供提升能力的培训，目前已形成了公司级、单位级、班组级的三级培训制度。公司多年来还形成了师徒传授知识的良好氛围，这也是我们企业的特色。近几年，公司还将师徒培训体制进行了规范，形成了师带徒的考评机制。

在选人用人方面，公司坚持公开、透明的原则，人岗相适，人尽其才，以岗位职责为基础，以人的品德、知识、能力、业绩为导向，选拔出创新性和应用性强的人才。随着航天技术应用产业的迅速发展，懂经营、熟悉财务、了解市场规律的经营管理类人才匮乏，这也是我们今后选拔人才需要侧重的一个方面。

**今后培训的重点是什么？在人才培训活动中，哪些方面应该加强？**

张玉国：今后的培训重点应该是两个方面，一个是高层次技术和技能人员，主要根据各个专业的不同，以新知识、新理论、新方法的培训为重点，鼓励员工依托社会资源进行继续教育，公司每年拿出二三十万元的资金，向参加相关学历培训的员工补贴一定的学费；通过参与承担相应的技术攻关、科研项目，提高他们的实践水平；通过公司现有的博士后流动站，培养高层次的科技人才，吸引外部人才；为优秀人才指定导师进行传帮带，促进优秀人才的脱颖而出。另一个是管理人员的培训，主要针对管理人员的应用能力，通过项目攻关、课题研究、实地考察、情景演练，提高他们的专业管理、组织协调和开拓创新能力；通过岗位交流、挂职锻炼、向先进企业学习、进修等多种方式展开锻炼。

今后，我们还要加强通用的应知应会培训。作为一个企业来说，对高技术、高技能人员的培训，培养出的是专家、能工巧匠是一个方面，而对于大多数人，公司着重的是夯实基础知识，推行应知应会的培训。应知应会培训作为一种普及性的教育，使员工掌握工作必须具备的相关技能和知识。在应知应会培训的方法上，业务人员依托于航天 TPM，梳理流程，编写 OPL 单点教程；技能人员针对一些典型操作编写教程，作为应知应会的培训教材。此外，公司还高度关注各类后备人才的培训，提升他们的创新和应用能力，希望通过这些培训，涌现出更多的工艺专家和技术能手。

（采访整理　付晋　王淇）

**相关链接**

**应知应会**

2009 年 9 月，根据公司《关于开展工艺精细化工作的通知》（技字［2009］123 号）要求和工艺技术处下发的《应知应会梳理工作指导意见》的划定内容，公司决定开展技能人员应知应会（含视频制作）培训活动。此项工作分为六个阶段，即学习宣贯、组织落实、教材评审、教材制作、组织培训与考核阶段。计划于 2011 年上半年，由公司组织技能人员进行理论和实操的考试、考核。

# 胡新平："数字首航"领跑发展

胡新平，2007 年 3 月至今，任首都航天机械公司副总工程师。

2000 年 1 月 1 日，首都航天机械公司成立了信息化办公室，全面启动信息化建设。历经 10 年持续不断的发展，信息化建设为企业管理工作提速的同时，在型号产品研制生产中发挥的作用也越来越大，助推了企业的快速发展。

**公司是在什么情况下启动信息化建设的？**

**胡新平**：2000 年以前，公司的信息化建设主要是单点的或局部的，基本没有全公司统一应用的系统，能称之为计算机网络的仅有数控中心连接数控机床建立的 2000 米粗缆网络，还有部分单位自建的网络，总体使用情况并不理想。

2000 年，成立信息化办公室后，各单位及外部的信息交换越来越频繁，公司生产、工艺、财务、人事、办公等领域的应用需求越来越明确，公司级的计算机网络需求逐渐显现。为了满足这些需求，信息化办公室成立后的首要任务就是建设公司计算机网络。

2000 年 3 月，信息化办公室成立仅 3 个月就提出了《首都航天机械公司企业网规划》，由公司自筹资金分两期建成公司级计算机网络。一期工程铺设光纤 6 根近 3000 余米、信息点 1000 余个，投资 100 万元；二期工程铺设光纤 14 根 6000 余米、信息点 1400 余个，投资 100 万元。如今，公司计算机网络的规模已经远远超出当年一期、二期的规划，现涉及建筑物 27 个、光纤 26 条，入网计算机 1700 多台，已经成为中国航天科技集团公司最大的厂所级计算机网络。

**2003 年 9 月，公司出台了《信息化建设总体规划暨实施计划》，这个计划至今取得了哪些成绩？**

**胡新平：** 这个总体规划是公司第一个面向信息化建设的五年计划，它全面指导了企业"十五"期间信息化建设的进程，为企业信息化建设打下了坚实的基础，同时为后续工作建立了很高的标准。这个总体规划首次站在公司的高度系统地分析了信息化建设的现状，明确了信息化建设的指导思想，提出了信息化建设的战略目标，规定了信息化建设 14 个方面的具体任务，并按阶段和重点工作制订了实施计划，最后还提出了信息化建设的具体保障措施。

这个计划最大的意义在于给公司信息化建设制定了蓝本，改变了各单位各部门各自为政的建设局面，把信息化建设带上了规范发展的道路，是公司信息化建设过程中里程碑式的指导性文件。

**2008 年，公司发布"三大三小"信息系统；2009 年，实现了信息化建设的"三个现场、两个贯通"，这些给公司的制造模式上带来哪些变革？**

**胡新平：** 这些成绩的取得均来源于公司出台的《信息化建设"十一五"规划暨 2007 年实施计划》。该文件确定了公司信息化建设"十一五"期间的总目标、建设目标、建设要求及具体实施计划，在建设目标中明确提出了"制造过程管理数字化、工艺设计过程数字化、制造现场管理数字化、制造资源管理数字化"，以型号产品的研制生产为主线，贴近现实，贴近现场。在"十五"期间，大多数信息系统的工程化、市场化工作还处在提出概念和探索尝试阶段，而公司"十一五"信息化建设的主要特点是面向科研生产主战场，这个特点把公司信息化建设带上了高速发展的道路。

研制模式转变所带来的变化是巨大的，如传统的面向二维蓝图的工作方式向三维数字模型转变；多少年来基本依靠经验传承的工艺设计向科学仿真验证转变；质量信息数字化管理使"正向确认"得以实现；生产派工信息管理使任务分配更科学；公司的信息门户、流程平台使传统的管理模式向规范、高效转变。这些变化意味着信息化建设从边缘向核心工作转移；意味着信息化已经基本覆盖公司所有业务领域，意味着数字化制造的体系架构已经初步形成；意味着信息化由锦上添花逐渐转变为企业的核心竞争力；意味着公司由传统的研制模式向数字化研制模式迈出了坚实的一步。

总之，信息化带来的变化已经延伸到企业每个角落、每个人，现在遇到问题大家首先就会想到信息化及数字化手段，信息化已经成为公司发展的强大动力。

（采访整理　付晋）

**相关链接**

**"三大三小"、"三个现场"和"两个贯通"**

"三大三小"是指生产派工管理、产品制造质量管理、制造资源管理三大信息系统；设备管理、工具管理、AVIDM 工装管理三小信息系统。

"三个现场"是指以制造过程质量数据实时采集、机床状态实时监控为重点的箭体结构件机加车间制造现场，以生产作业计划管理、完工情况及时反馈为重点的发动机零部件生产车间制造装配现场，以多媒体装配、制造现场管理为重点的火箭总装车间总装现场。

"两个贯通"是指打通从中国运载火箭技术研究院计划合同管理（AV-PLAN）、公司产品计划到车间作业计划管理信息通道，实现产品生产信息向院 AV-PLAN 系统的自动反馈，实现产品生产计划主线的贯通；打通从三维工装设计、协同到工装制造的信息通道，实现工装三维设计制造一体化，使三维设计制造主线得到贯通。

# 陈钟盛： 航天角色就是航天人格

> 陈钟盛，研究员级高级工程师，全国劳动模范，享受国务院政府特殊津贴。他开发的铸铁冷焊技术荣获国家重大科技成果奖。

国家的需要就是最高需要，航天的需求就是最高需求。航天人始终把个人的发展与航天事业联系起来，在自己的岗位上忠于职守，攻坚克难。他们淡薄名利，忘我工作，无私地贡献着自己的一切。

**攻克铸铁冷焊技术的过程中，遇到了哪些难题？**

**陈钟盛：** 1955 年，我大学毕业来到公司，当了一名机修技术员，一干就是 7 年。7 年的时间里，我和同事们的主要工作是修理机床。当年的机床 80% 以上是铸铁件，由于当年的工艺技术存在欠缺，铸铁件损坏后很少修复，要么购买备件更换，要么自制新的零件，当年公司自制的多一些。7 年的时间里我和同事们日复一日、年复一年地忙于破损铸件的测量、绘图、做木模、浇铸和机械加工、零件更换，不但劳动强度大，更主要的是设备停机时间长，严重影响了正常的生产任务。后来我得知有一种"冷焊法"比较适用，而且省时、节约。这种方法复杂，很少有人去研究，没有实现工程化应用。我看到了希望，1962 年，我便下定决心去攻克铸铁冷焊这个难关。

发展国家航天事业是我攻关的动力。为攻克这个难关，当年我吃尽了苦头。但是，看到修好的机器转动起来，生产任务能够顺利进行，我浑身就有使不完的劲儿。能为国家创造效益，把任务完成好成为我当年最大的快乐。这就是当年航天人的品质与追求。航天人都是心系党和国家，一心为了航天事业的发展。

**铸铁冷焊技术为运载火箭生产解决了哪些棘手问题？**

陈钟盛：1978 年，我在武汉重型机床厂修复第七机械工业部的60 吨强力旋压机床的床头箱。这台设备是保证我国第一颗同步通信卫星研制的关键设备。当时正是盛夏，武汉号称是"火炉"，气温高达 39 摄氏度以上。由于焊接部位的特殊性，我钻到床头箱里，每天连续工作十二三个小时。由于长时间超负荷劳动，我晕倒在工位上，住进了医院。想到国家重点工程还在等着这台设备工作，我在医院躺了一天半就回到厂里接着焊。完全修复那台设备，工作了近 5 个月，很是艰苦。

**从知识分子变为焊工，从焊接门外汉变为焊接专家，将个人的价值融入航天事业，航天事业的发展也同时成就了个人价值。这样的成长过程对年轻人有何启示？**

陈钟盛：一个人不管做什么事情都要有恒心，要有干就干好、干完全、干彻底的信念，不被任何的艰难险阻吓倒，要学会给自己寻找精神支柱与寄托。当年我的精神支柱就是毛主席的教导，我的寄托就是钟爱的航天事业，遇到困难的时候我就去翻阅毛主席的文章，鼓舞自己的干劲；技术无法攻克的时候，我就会想想航天事业的发展需要。

航天精神是当年航天人的真实写照，国家的需要就是最高需要，只要有利于国家，有利于航天事业发展的事情，只要身体还允许，我会一直这样做下去。虽然我获得了一些荣誉，但都是在党的培养和教育下取得的，是在领导和同事的帮助和支持下取得的，是航天事业的发展造就了我的一切。同时也是公司重视人才、崇尚技术的表现。每个荣誉的获得都会让我更加坚信自己的选择是正确的，自己所付出的一切都是值得的。

（**采访整理** 李志峰）

# 高凤林： 弧光照亮航天人生

高凤林，国家特级技师，先后荣获全国五一劳动奖章、中华技能大奖和全国十大能工巧匠、全国技术能手、全国青年岗位能手、中央国家机关"十杰青年"、"绕月探测工程突出贡献者"等称号，被树为中国高技能人才楷模。

在平凡的岗位上，首都航天机械公司广大员工挥洒着辛勤的汗水，为航天事业的发展作出了伟大的贡献。航天事业的发展为他们提供了施展的平台，使他们在技术和科技领域不断创造着奇迹，攀登着一个又一个高峰。

**您长年坚持不懈努力的动力是什么？**

**高凤林：** 参加工作以来，我一直坚持"干中学，学中干"，从学习中体会，在实践中把握，不断创新，解决了一些难题。推动我不断攀登一个又一个技术高峰的动力主要有以下几方面：一是公司领导的关怀与重视。在航天事业发展的几十年中，技术和人才是发动机，一直受到历届领导的重视。公司不断培养高技能人才，挖掘行业技术带头人，给一线技能人才提供施展的平台，为一线技能人员的成长提供了一个良好的环境和氛围。二是老一辈航天人和航天精神的影响。多年来，公司在焊接技术上一直处于航天系统内领先地位，有坚实的根基，我们继承航天事业，既要继承和发扬老一辈人的航天精神，也要继承和发展他们的技术。三是航天事业的发展，需要不断创新，需要对前沿科技强烈的探索精神。四是从事航天事业的自豪感和对航天事业的热爱、保家卫国的荣誉感，促使我努力学习和实践。

多年的工作和学习，我有这样几点体会和大家共享。首先要理论和实践相结合，用理论去指导实践，坚持用实践去检验理论，最终突破理论的禁区；其次要进行广泛的基础知识学习，做到博而精，学习中不要被书中的内容限制了个人的思路；最后，不论在学习还是工作中，都要不断观察与思考，培养发现问题的欲望和解决问题的能力。

**航天事业成就了很多专家，这些专家也为航天事业的发展做出了突出的贡献。您成为技能工人学习的榜样，是如何看待荣誉的？**

高凤林：这些荣誉是集体努力的结果，是给予航天队伍的，是对集体的褒奖。我只是作为集体中的一个代表，在各级领导的培养和同事的帮助下取得了一点成就，我感觉荣幸之至，也感到了这些荣誉的神圣，当然，更感到了肩上压力与责任的重大。这些荣誉就是我们干航天的动力，推动我们在航天焊接领域不断攀登技术高峰。

俗话说：一花独放不是春，百花齐放春满园。为了扛起引领航天制造业的大旗，我们将以这些荣誉为激励，在公司的大力支持和帮助下，为创建全国品牌班组而不懈努力。我们要倡导"事业为天、技能是地、崇拜技术、挑战极限"的班组新理念，做好班组示范基地建设，通过这样一个窗口来展示公司的风貌，塑造中国运载火箭技术研究院和首都航天机械公司一线班组新形象；加强班组人员的学习，特别是对专业领域前沿技术的学习，建立真正意义上的学习型组织，这是公司对一线班组的要求，也是航天事业发展对技能人员的要求；集合团队的力量，突破发动机焊接技术的难关，攀登行业技术领域的高峰，让这个班组实至名归。

公司在技能人才队伍核心能力建设上为员工提供了怎样的发展平台?

**高凤林:**公司一直重视技能人才队伍的培养与建设,已经形成了科研生产实践中师带徒、技术比武、对外交流学习、各级培训等良性培养机制;形成了技能人才,特别是一线工人职称评定、合理化建议等良好的激励政策。

(采访整理 李志峰)

# 品格篇

伟大的事业孕育伟大的精神，伟大的精神推动伟大的事业。

百年洗礼，首都航天机械公司形成了自己独特的品格。这种品格，是企业的品牌，代表着企业文化的厚度和企业发展的高度；是员工的形象，体现着浓烈的爱国情怀和永攀高峰的信念，彰显着强大的凝聚力和责任感。

# 价值观体系

首都航天机械公司的企业文化称为运载火箭生产总装集成文化。她既有其个性特征，也有与中国航天文化高度一致的共性特征，是对航天文化最有力的支撑与最坚实的承载。

作为航天制造业的重要骨干企业，公司把企业文化建设纳入中国航天科技集团公司和中国运载火箭技术研究院文化建设体系中，构建母子文化格局，正确处理全局与局部、共性与个性的关系，充分运用集团公司、院航天文化已有成果，建设适用于运载火箭生产总装集成企业特点的企业文化。

公司建设面向未来、面向市场的目标导向型企业文化，推动企业变革和革新，突显具有国际竞争力的火箭总装企业在市场中的有效竞争与优质服务中的价值。目标导向型文化是一种市场型文化，靠在市场的胜出来凝聚员工，关心声誉和成功，关注的长期目标是富于竞争性的活动和对可度量目标的实现。

1996 年 2 月，李鹏总理为公司题写企业精神

公司建设目标导向型文化重点是培育目标导向型价值观，充分运用集团公司企业文化建设成果，在核心价值观、企业精神、企业作风上与集团公司保持一致。同时，增加了企业个性化的企业使命、企业愿景与企业发展观，形成了首都航天机械公司核心价值观体系；以核心价值观体系为指导，在成本、质量、人力资源等各项管理工作，形成价值观体系。

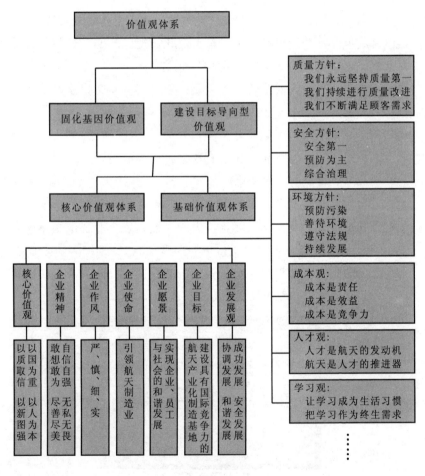

**价值观体系**

## 航天精神

航天(传统)精神——自力更生,艰苦奋斗,大力协同,无私奉献,严谨务实,勇于攀登。

"两弹一星"精神——热爱祖国,无私奉献,自力更生,艰苦奋斗,大力协同,勇于登攀。

载人航天精神——特别能吃苦,特别能战斗,特别能攻关,特别能奉献。

## 核心价值观

以国为重,以人为本,以质取信,以新图强。

## 企业精神

自信自强,无私无畏,敢想敢为,尽善尽美。

## 企业作风

严、慎、细、实。

## 企业使命

引领航天制造业。

## 企业愿景

实现企业、员工与社会的和谐发展。

## 企业目标

建设具有国际竞争力的航天产业化制造基地。

## 企业发展观

成功发展,安全发展,协调发展,和谐发展。

# 行为文化

让企业的价值观内化于员工心中，外化于企业的每项管理、每个岗位以及每个员工的行为当中。首都航天机械公司规范和引导员工的行为，培育适应、满足运载火箭生产总装集成文化的思维范式和行为范式，从而营造了一个激发员工积极性和自主性，以及主动变革的企业环境。

## 工作就意味着责任

首都航天机械公司是中国航天事业的摇篮，选择了它，就拥有了一份国家赋予的特殊荣誉，也承担了一份与之相符的航天责任，这就是航天员工的职业信仰。

> **关键词一： 忠诚**
>
> 忠诚铸就信赖，而信赖造就成功。忠诚于企业，荣辱与共，全力以赴，把工作当成事业去追求，就是在对自己负责。

### 把工作当成事业来做

高凤林，1980 年从技校焊接专业毕业。第一次端起焊枪时，与许多同学一样，焊缝七扭八歪，堆满了褶皱。不一样的是，高凤林在本上认真记录下自己操作时的心理变化、师傅和同学操作的动作特点，并观察其他师傅操作，自己又模拟一遍，在纸上再写下心得。最后，他总结出焊接的 3 个要领：稳、准、匀。为了做到这 3 个字，他在烈日下端过砖头，在焊枪上绑过铅条练习。高凤林几乎将所有的时间都留在了车间，几乎成了车间所有师傅的徒弟。

3 年后，长征三号火箭发动机燃烧室进入最后组装阶段时出现了致命问题：由于熔焊点产生的金属结晶比较脆，极易造成冲压断裂。高凤林认真分析后，大胆提出了改善材料或焊接应力的想法，一举成功。

这一年，21 岁的高凤林荣立了该项工程的三等功。

取得点滴成绩后，高凤林心里并不踏实：时代在发展，科技在进步，焊接技术也在与时俱进，只有不断用理论武装自己，才能对现有的焊接技术推陈出新。

就这样，高凤林写下"绝不影响工作"的保证书后，重新捧起了课本。他用 4 年时间取得了机械制造工艺专业大专学历，之后又取得了计算机科学与应用专业的大学本科学历和学士学位。在理论与实践的结合中，高凤林完成了一次又一次质的飞跃。

1995 年，高凤林协助某研究所开发研制大型超薄波纹管获得成功，结束了我国此产品完全依赖进口的时代。

2000 年，高凤林突破了理论禁区，在大推力氢氧发动机燃烧室的焊接攻关中，创立了从机械控制、操作、气体流量比选择等一整套工艺方法，使焊缝一次合格率达到 100%。

2006 年，高凤林被国家七部委评为"中国高技能人才十大楷模"，成为航天"智能"工人的代表。除了必须完成的生产任务之外，他还担负起一项意义重大的工作，那就是培养更多像他一样的技术能手。如今，由他的名字命名的"高凤林班组"被授予"全国工人先锋号"、"中央企业学习型红旗班组标杆",13 名组员中产生了 2 名特级技师、3 名高级技师。

（作者　赵昉）

## 面对死亡　他们这样选择

2006 年 12 月 6 日晚 8 点 30 分,发射风云二号 05 星的长征三号甲遥十一火箭一级、二级的常规推进剂已经加注完毕。就在这时,火箭出现了一个意外问题,需要更换火箭上的活门。

一支由 10 名公司试验队员组成的抢险队成立了,他们将直面凶险的"魔鬼"——四氧化二氮。

四氧化二氮是火箭常规推进剂中的一种主要成分,有毒,吸入体内会导致肺水肿或化学烧伤肺炎,严重时可导致人员死亡。

凌晨 4 点半,抢险队员仅用 10 分钟就赶到了发射阵地。

队员马利和赵允宁 6 次进舱,在艰难的环境中完成了活门的拆卸和安装。吴延翔和董志强都是刚刚成家,蜜月还没度完就来了基地,危险时刻,他们顶着风险冲上阵地。董志强抢险时不慎吸入了四氧化二氮,当他看到火箭旁只剩吴延翔一个人时,对维修用具的战士着急地大喊:"那里就他一个人,快点!"还有负责现场配合照明的吴勇、石磊与李忠泽,负责传递零件的王东明,负责监护防护用具的检验人员王培斌……危险面前,不同的抢险队员做出了相同的选择:临危不惧,迎难而上,忠于职守,各尽其职。

两强相遇勇者胜。在生与死的考验面前,勇士们置生死于度外,视安危若等闲;在英勇的航天人面前,死神逃遁了,整个抢险过程无一人伤亡。勇士们用坚定果敢的行动诠释了质量是政治、质量是生命、质量是效益的内涵。

　　两天后，当听到长征三号甲遥十一火箭飞向太空的轰鸣声时，试验队员们觉得那声音异常悦耳，因为那是他们用忠诚和拼搏精神谱写的一曲壮歌。

（作者　孙欣荣）

　　忠诚于企业，就是能够为集体荣誉着想，能够承担责任并践行承诺，能够忠实地执行命令，能够自觉复命无须监督。忠诚于企业，你就能在逆境中勇气倍增，面对艰险迎难而上；就能具备让有限资源发挥出无限价值的能力，争取到成功的砝码。

> **关键词二: 坚守**
>
> 　　在所有人持相反意见时,能够坚持自己的原则不动摇;在精疲力竭的时刻,仍然坚守岗位不放松。成功的那一刻,正是持之以恒的信念和行动的结果。

## 倔强的坚持

一次,供暖车间进行鼓风机检修,轴承出现了过热的异常现象。经过反复研究,认定是轴承与轴套之间出现间隙,致使轴承产生了松动,引起了摩擦。解决的办法是在轴承部分进行压铅,使之重新调整固定。

验收时,车间大部分人凭经验认为,维修结束后就可以直接投入使用。这时,一名参与整个维修过程的老工艺员李振茂却坚决反对:"任何设备在维修后必须经过试车,鼓风机轴承的维修更需要连续试运转几小时,才可以投入使用。"平日里性格温和的他,愣是没在验收单上签字。

在他的坚持下,鼓风机进行了试运转。果然,两小时后,轴承温度过高的现象再次出现。"倔强"的李振茂师傅用严格的质检工作排除了一个隐患,大家吸取经验教训,重新对轴承进行了压铅调整,并认真执行了试车步骤,才放心投入运行。

（作者　王萌）

## 深夜的等待

晚 11 点,部段铆接车间的办公室依然亮着灯。检验员耿新亮、姚庆生依然坚守在质量复查的工作岗位上。正忙着,姚师傅的手机响了，手机里传来了妻子焦急的声音。原来，11 岁的孩子晚上害怕，把门从里面锁上了，从外面无法打开，孩子又已睡熟，希望姚师傅能早点回去。听到这事，耿新亮让姚师傅先回去，由他一人来完成剩下的工作，但姚师傅执意不肯，只对妻子说："先等等，我忙完就回去。"就这样，姚师傅和耿师傅争分夺秒，以最快速度完成了工作。

此时，时针已指向了数字 12。等姚师傅到家时，妻子已经坐在楼道里睡着了。姚师傅感到一阵心疼，他轻轻叫醒了妻子。夜已深了，夫妻俩不忍心再把孩子叫醒，就赶去母亲家，3 人挤在一张单人床上睡了一晚。第二天一大早，姚师傅和妻子又急忙往家赶，到家时年幼的儿子因看不到爸妈，正一把鼻涕一把眼泪地哭呢。妻子马上给孩子准备了早餐，姚师傅也收拾收拾准备去上班，单位还有很多工作等着他呢，忙碌的一天又要开始了。

（作者 易涵）

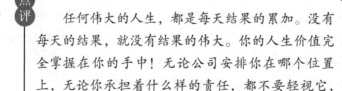

点评　任何伟大的人生，都是每天结果的累加。没有每天的结果，就没有结果的伟大。你的人生价值完全掌握在你的手中！无论公司安排你在哪个位置上，无论你承担着什么样的责任，都不要轻视它，坚持把它做好，就是担负起了工作的责任。

**关键词三： 大局**

> 每一滴雨滴都应当对洪灾负责，每一滴雨滴都对花儿的绽放有功。没有哪一件工作是没有意义的，也没有哪一位员工是不重要的，每一个过程都成就了另一个过程，只有环环相扣，整体才会和谐美好。

## 他心中的第一位

2009 年 6 月 7 日、8 日，工装生产车间钳工二组组长陈永彪没能陪同孩子奔赴考场，因为在他心中，参加高考的儿子可以交给妻子，但是紧急的任务无法交给他人。在他心里，工作永远是排在第一位的。

6 月 6 日，外出参加培训的陈永彪接到通知，要求他第二天到车间完成某重点型号模具的装配任务，他二话没说，当即答应下来。6 月 7 日一早，陈永彪准时来到车间。由于产品在外协厂家没有送回，他便一边干其他工作，一边等待产品。晚上 6 点，陈永彪完成了产品粉刷银粉的任务后才离开车间。6 月 8 日一早，陈师傅专心细致地投入了产品装配。

紧急任务圆满完成了，他却错过了儿子的高考。

陈师傅是车间生产中的"大拿"，经验丰富，为人热情。从组员到上下游工序的师傅们再到工艺人员，遇到拿不准的活儿时，总喜欢和陈师傅一起研究，陈师傅也从不拒绝。有人认为，他帮别人解决问题，没有工时很吃亏。但陈师傅却认为，能够完成好工作才是最重要的，"自己的活儿，晚洗会儿手，就能抢出来"。在他心中，确保任务按时、高质量地完成，才是第一位的。

（作者　赵昉）

## 站在别人的角度做事

一次火箭发射时发射基地出了点问题，发动机总装车间的工艺员张虹早早做好了质量复查的准备。

复查中，张虹把给予别人的方便，视为自己工作的检验标尺；把工作想在前面，决不让自己失察。在她的记事本上，密密麻麻地记着复查两周以来的点点滴滴：数据初步统计、针对怀疑项复查、比对分析、记录汇报情况……在统计核实数据时，她坚持"看三遍"的原则，保证原始数据眼见为实。

在质量复查报告的撰写过程中，张虹坚持清晰明了的原则，发动机的装配试验过程、三单落实情况统计表、多余物控制情况统计表……有数据的尽量采用表格填写。表格中细致的分类，将工作进程直观地反映在大家眼前。整理意见简洁，和设计部门反复沟通，确保规程的实际适用性，为工人现场工作提供便利。发动机总导管数、接头数……她统计过的数据一次到位，不会出错。工艺规程、质量报告……她处理后的文件，别人很少有质疑。

她说："我必须站在别人的角度来做事。复查报告要使不专业的人也能清晰地把握住脉络。"

（作者　王淇）

点评

每个人都活在组织的大局之下，对大局负责，就是对别人负责，更是对自己负责。只有把别人的方便作为检验自己工作的标准，把组织的利益最大化作为工作的目标，才能与组织共同获得发展的机会。

## 关键词四： 细节

> 一个小堵帽的疏忽可能毁掉一枚火箭；多问一句为什么，可能挽回几十万元的损失。无论做什么事都需要尽职尽责、尽善尽美，细节决定成败。

## 多问一句值千金

热处理车间接到一个临时任务：兄弟单位送来一批零件，急需吹砂，以便进行后续工作。

吹砂组组长张秋安仔细查看零件后，询问兄弟单位："吹砂时，零件局部是否需要保护？"对方回答："新型号，不用保护。"听到这样的回答，经验丰富的张秋安师傅还是放心不下，联想到以往这个单位的生产情况，张师傅坚持让送零件的人打电话问清楚，再投入生产。最终，张师傅得到了准确答复："吹砂时，需要局部保护。否则，砂子进入产品局部，无法清理，会造成产品报废。"

待对方取来保护夹具后，热处理车间的员工才投入生产，并很快完成了吹砂任务。

就这样，多问一句话，既保住了产品质量，又避免了40多万元的损失。

（作者 刘伯韬）

## 小堵帽暴露的隐患

在一次发动机的气密检查中，火箭总装车间的员工李海礁正在将软质橡胶堵帽一个一个仔细地盖在喷管上。盖到一半时，他发现之前盖好的一个堵帽掉了。李海礁以为是自己不小心碰掉的，就没有在意，又重新把堵帽盖了回去。当他盖好所有堵帽时，发现那个堵帽第二次掉了下来，这次引起了他的疑问："既然没有人碰到它，它为什么会掉下来呢？"带着探个究竟的想法，他再一次将堵帽盖回去，并守在旁边目不转睛地看它是怎么掉的。

过了一会儿，堵帽原本很平的底部开始向外鼓，慢慢地越鼓越大，最后随着轻轻的"噗"的一声，堵帽自己掉了下来。很明显，堵帽是被喷管里泄漏出的微量气体顶出来了，这说明喷管有微量的漏气现象。

李海礁立即汇报了这个问题，从而避免了质量隐患。

（作者　王东）

点评

　　每项工作都是由一件件细小的事构成的，绝不能对工作中的小事敷衍应付、轻视责任。所有的成功者，他们与其他人一样做着、做过简单的小事，唯一的区别就是，他们从不认为自己所做的事是简单的小事。

## 关键词五： 创新

> 作了茧的蚕，是不会看到茧壳以外的世界的。敢于走前人没有走过的路的拓荒者，是伟大的。

## 关注司空见惯

部段铆接车间依据装配形式不同，配备了不同类型的铆钉，有埋头状的，有半圆头状的，等等。某型号部段蒙皮全部使用玻璃钢材料，硬度较高，在装配埋头状铆钉前有一道工序是划窝，容易产生有毒有害的玻璃粉尘，如粘附人体，将感觉奇痒无比。每当进行这道工序时，操作人员都要身穿防护服，头带防毒面具，手戴胶皮手套，耳朵里塞上防噪声耳塞，大家称这套穿戴是"抗击非典的行头"。

这道司空见惯却让人难以忍受的工序，引起了工艺员单超的注意，他想："是不是非要有划窝这一工序？如果更换铆钉类型是不是就不需要划窝了？"单超把疑问提了出来，得到了同事们的大力支持。大家一起研究改进工艺的方法：基于材料特质，将埋头铆钉换成半圆头铆钉。与设计部门沟通后，得到了肯定的答复。小小的铆钉类型一变，划窝工序取消了，工作效率得到提高，产品的强度增加了，员工的劳动强度也减小了很多。

（作者　王淇）

## 小"笔帽"赶走加工麻烦

新产品带来新状态，而好的想法和窍门往往也产生于此。头部零部件车间的国家高级技师黎银茂就遇到过新产品带来的"麻烦"，他根据产品特点，创新思路，自制简易工装，赶走了加工"麻烦"。

一次，黎师傅要对某型号诱饵组合件进行铆接。该组合件由端盖与蒙皮组合铆接而成，空间很小，存在视觉盲区，操作起来挺费劲儿。以前使用的工具都不好用，不但费时费力，加工质量也不稳定。

"一定要想办法解决这个问题。"黎师傅利用空闲时间，自制了一个简易工装，并不起眼，看起来像一个实心的"笔帽"。通过"笔帽"夹住产品，可以起到很好的固定作用，铆接部位固定了，避免了视觉盲区的出现，一个人就可以完成操作，不仅省时省力，而且提高了铆接质量。

（作者　易涵）

点评

日复一日的工作，看起来司空见惯，但仔细关注就会发现可以创新之处；工作中的难关层出不穷，创新可以让你产生更多逾越难关的办法。如果我们能够以积极的心态去面对每一项工作，就可以让自己的心灵引擎沸腾起无穷的能量，继而推动自己的进取心和创新意识。这样，即使在平凡的工作岗位上也会创造出不平凡的业绩。

> **关键词六：专注**
>
> 　　秋千所荡到的高度与每一次加力是分不开的，任何一次偷懒都会降低你的高度，所以动作虽然简单却依然要一丝不苟的"踏实"。

## 一念之间

　　表面处理车间酸洗工段接到了为电铸身部电镀镍的生产任务，必须在一周内完成。车间积极组织生产，工人们精心操作，用3天时间进行了刷胶绝缘工作，对槽液进行了过滤调整。但是由于天气寒冷，槽液需要进行加温。周五下班前工人利用蒸汽余热对槽液进行了加温保温，周六早上进行了生产前的最后准备，对槽液的温度进行了测量，但温度却超过了工艺参数范围。为了确保生产的顺利进行，大家想了很多方法进行降温，可温度下降很慢。这时大家又采取槽液过滤进行降温，眼看槽液温度快到工艺参数范围了，终于松了口气，立即准备进行电镀前处理。

　　正当零件要进电镀槽时，生产现场的工艺人员看到槽液正在过滤泵中连续过滤，脑中闪过了一个念头：槽液不静止时，不能进行零件电镀。此时，车间主管生产的副主任也指示，电镀镍前槽液必须处于静置状态，停止操作。操作工人立即停止吊车操作，并小心地将零件从工装上卸下来存放在干净的地方。车间继续处理槽液后将溶液静置。周一一早，溶液的温度调整到了工艺参数范围内，大家按照工艺规程精心操作，电镀镍层的质量比以前任何产品的电镀质量都好。

　　电铸身部零件结构复杂，加工周期很长。一个念头，使这次电镀过程避免了一个质量问题，保证了型号研制进度。

（作者　邹松华）

# 值 得

地面设备车间接到一项为某型号产品安装分离触点开关装置的生产任务。因为此项任务在以前批量生产中出现过质量问题，承担任务的王勇师傅特意叮嘱自己：一定把质量放在第一位。

模具冲压后产品有回弹现象，校形后会直接影响高度。既要保证高度，又要保证底面的平面度，只有反复校形，才能达到公差的要求范围。从模具压制到校形、测量，再到打孔、首件检验，直到所有零件达到要求，填写检验收据，王勇都进行得有条不紊。最后，工作超过定额 5 小时完成，但他说："质量过关，5 小时的额外付出值得。"

有一项任务要对一个法兰盘和一个接管嘴进行焊接，共 20 套，要求法兰盘的孔与接嘴的孔相通。通常采用的方法是目测法，即从一侧观察，保证两零件同心。王勇却想对零件内孔进行实际测量，以确保实现零件同心。他制作了直径 5 毫米、长度 50 毫米的检验销棒，在定位焊接时将销棒通过法兰盘插入接管嘴的孔内，确保了定位的准确，同时还提高了对接精度。虽然工作有些烦琐，但他说："值得。"

（作者 张来生）

## 专注不分超常和正常

2009 年超常工作时，在箭体结构件机加车间一工段镗铣组李志新操作的一台数控镗铣床上，要集中生产很多某重点型号的舱类产品，一种产品平均需要 30 道程序。这样复杂的产品，交到李志新手里，领导放心。因为，与正常工作时一样，李志新对自己的要求始终是两个字：专注。

不论白班还是晚班，他都能持之以恒地专注工作。一天夜里，正在值晚班的李师傅加工产品到一半时，听见镗铣床铣头连接部分发出了与之前有些不一样的声音，虽然设备没有发出报警信号，但一向细心的他还是停下了设备。时间已是后半夜，李师傅没有惊动其他人。凭着多年的加工经验，他判断出是设备的机械部分出了问题。将铣头卸下后，发现装卡在里面的两个键有不同程度的磨损，有一个已经被磨损了一半，如果继续加工，铣刀将最终停止旋转，会导致零件和设备损伤，造成 10 万元以上的损失。就是这次夜间的全神贯注，避免了一次重大的损失。

（作者　洪园）

点评　昨天已经过去，明天还未到来，只有专注此刻的工作才是最明智的选择。时刻专注于手中的工作，可以让你获得更敏锐的观察力和更敏感的判断力，发掘更多不易发觉的潜能，也因此会获得更多掌控自己命运的能力。这些，将加倍地补偿你为承担百分之百责任而付出的额外努力、耐心和辛劳。

## 关键词七： 节约

> 尽心，尽职，聚力；一点，一滴，成河。所有的事情，节省就是便宜，浪费就是昂贵。节约意味着以抵御眼前诱惑的能力，换得将来利益的保障。这也是人超越于动物本能的高贵之处。

## "抠"是一种风尚

在导管车间的有色装焊组，"抠"是一种风尚。在这里，什么东西都能物尽其用。

许多人从库房领回零件后，随手就将包装袋丢掉了。但是有色装焊组的员工们却将用过的包装袋整齐地码放在整理箱中，转交加工后的零部件时，他们直接从整理箱中找到合适的袋子进行包装，不必再去库房领包装袋了。

在有色装焊组，手套是降级使用的。所谓降级使用，就是将新手套先用在加工洁净度要求较高的铝合金产品上；一段时间后，稍脏的手套被用于搬运产品；再过一段时间，更脏的手套会被用于生产滚筒。一副手套用得黑漆漆时，大家就将手套放入碱水中，洗干净了再次降级使用。

对于被宣判报废的三脚架，有色装焊组也想办法让它们"起死回生"。车间用来支撑隧道管的三脚架，由于年久破损，时常碰伤产品，这个小小的细节引起了员工的关注。大家一起想办法，将转动滚轮从转动支架上拆除，重新进行焊接，使得转动滚轮高出转动支架，有效避免了碰伤产品。看到新的三脚架使用效果很好，有色装焊组将车间的 12 个三脚架都进行了改装，共节约成本 360 元。

（作者　赵昉）

## 自制刀杆省大钱

在发动机零部件生产车间，数控机床的内控刀具总是"掉链子"，经常发生刀杆弯曲或折断的现象，既影响生产，又带来了经济损失。

车间加工的材料大多为不锈钢，强度较高，而加工刀具的刀杆刚性较差，刀杆弯曲或折断的现象时有发生。任务重、周期短，刀杆坏了，大家既着急又心疼。而且刀具是进口产品，价格昂贵，更换一个刀杆需要 2000 多元。

"刀杆损坏了，但刀片依然可以用，为什么不自己制作刀杆呢？"在工人师傅反映刀杆的问题后，车间特级技师曲振海提出了解决办法，并很快着手自制刀杆。

曲振海根据加工零件的形状特点，设计、制作了不同直径、不同长短的系列钢制刀杆。刀杆的两个端头都可以安装刀片，两端都可使用。此后，不管用刀具镗孔、挑内螺纹，还是切内槽、扎内环槽，刀杆都没有发生过损坏的现象，大大提高了生产效率。此外，自制刀杆后，减少了刀杆进口量，节约了 20 多万元，省在"刀杆"上的钱真正用在了"刀刃"上。

（作者　易涵）

如果你对组织的财物损坏、浪费现象熟视无睹，如果你不放过任何揩油、占小便宜的机会，损害的不仅仅是公司的利益，更是自己的心灵和信仰。每一名对企业有责任感的员工，都会把企业当成自己的家，高效率地完成自己的每一项工作，并把浪费降到最低限度。

---

**关键词八： 团队**

　　一台高速运转的机器中，每一个齿轮都直接面向与自己咬合的上下左右的齿轮；每一个小螺钉都与其他螺钉一起，对机器的安全稳固负责任。如果一个齿轮出问题，将导致整台机器停止运行；一个小螺钉松动，将对机器的安全运行带来威胁。

---

## 没有名号的突击队

　　2009 年 5 月中下旬，公司承担了某重点型号低冲击分离装置的 10 多个零件的加工任务。仅半个多月后，任务完成量超过 80%。能够如此快速地完成艰巨的任务，一支没"挂牌"的突击队功不可没。

　　这支突击队由发动机零部件生产车间二工段的 18 名骨干组成。没有具体分工，但大家都清楚自己扮演的角色；他们来自不同的小组，但有着相同的信念：保证三个"第一"。

　　节点第一，要求哪天交付绝不拖到第二天。这项任务比以往同样数量的产品生产周期少了三分之二，任何环节都不能逾越计划节点时间。为了保证后续任务顺利进行，员工们常常主动加班到夜里 12 点多。

　　质量第一，不出批次问题减少返工。他们不但对首件产品进行测量，还特别注意生产过程中尺寸的一致性。反复装夹容易出现误差，大家就在加工时，隔几件测量一下尺寸，以便及时发现问题，及时修正。夏季气温高，数控机床容易出现跑偏的现象，他们就多观察，多测量，坚持加工一次成。

　　任务第一，个人的事怎样都能克服。每天工作 10 小时以上，经常半夜才回家，双休日也不能休息。长期如此，大家的身体和精神承受着难以想象的压力，但他们还是自己默默克服了。突击队员都是 30 岁左右的男同志，这些硬铮铮的汉子，将老人、孩子托付给妻子、亲戚，全身心地投入到了生产中。一名员工刚刚买了新房，从选装修公司到购买装修材料，全全拜托给了妻子；女儿高考的事他从没有对同事说起，高考前一天也没有请假。因为任务，员工们只能把对家人的亏欠记在了心里。

（**作者** 刘颖）


## 质量过硬的"张蓬团队"

2009年4月初的一天，天津航天产业化基地的贮箱焊接装配厂房内，新一代运载火箭的首件5米箱底试验件正在进行液压试验，以考验产品质量。产品的制造者——以部段焊接车间工艺试验组组长张蓬为首的"张蓬团队"镇定自若："我们的产品，心里有数。"团队的力量给了他们如此的自信。

"张蓬团队"人数不算多，但浓缩的是精华。团队人员以部段焊接车间工艺试验组为主体，调集了各组的骨干力量，另外加入特级技师刘琦辉，拥有博士学位的张中平，拥有硕士学位的工艺员田志杰，稳重成熟的中坚力量杨凯，充满活力的操作人员刘朝晖、黄鑫昭、陈文千……一同组成了这支特别的团队。

每个难关的攻破，都是团队群策群力的印证。新的焊接工艺方法使控制焊漏成型很难，对质量影响也很大。大家连休息时都想着如何突破难题，优化参数，保证产品表面美观。他们向设计人员提出球形底的设计方案，并做了大量的摸索、试验，终于解决了难题。

在首件产品的叉形环与圆环的焊接中，特级技师刘琦辉的丰富经验起到了重要作用。新一代运载火箭的叉形环与圆环周长有15米多，铣切、焊缝成型、变形控制的难度很大。刘琦辉凭借多年的工作经验，带领大家制作了小工装、小夹具，最终将全国首件5米箱底试验件的圆环与叉形环装配到了一起，并奇迹般地实现了一次焊接、装配成功。年轻的焊工刘朝晖凭借体力好，认真观察、学习新的焊接方法：悬空焊。他趴在五六米高的设备上，观察焊接情况，一趴就将近两小时。

首件5米箱底液压试验取得了圆满成功。正如"张蓬团队"所说："我们焊出来的产品，心里有底，没问题!"的确，这支团队也像首件5米箱底试验件的质量一样过硬。

（作者 吴思）

点评

一滴水，只有融入大海，才永远不会枯竭；一个员工，只有充分融入到整个企业，才能变得勇敢，才能充分发挥才智。责任从来就不是孤零零的，企业组织的岗位与岗位之间、员工与员工之间，是责任与责任的关系，最需要的就是成员们彼此的信任和协作，当然还必须有及时、有效的沟通与补位。

> **关键词九： 立即行动**
>
> 　　不要做思想的巨人，行动的矮子！如果你犯了一个错误，这个世界将会原谅你。但如果你未做任何决定，这个世界将不会原谅你。100 次的胡思乱想抵不上一次的行动。

## 72 小时打赢设备维修战

　　子公司——首航科学技术开发公司油缸管生产线上的两台车丝机的 Y 轴丝杠先后出现故障，由于关键备件无法及时到位，生产线被迫停产。如果设备得不到及时维修，首批订单的交付就会受到影响。

　　分秒必争的时刻，领导快速决策，调配资源，现场指挥；公司及时给予援助，派工装生产车间的员工火速赶往子公司现场维修设备，并确定了最快抢修方案：拆下车间新制并且已经装配完成的两台车丝机上的丝杠，连夜交给生产现场。由于油缸管车丝机是进口设备，与国产车丝机丝杠尺寸不符，工装生产车间的员工紧急采用车床、精密镗床、数控铣床双线同时加工的方法，使新丝杠符合了进口车丝机的寸尺。当晚 7 点多，工装生产车间的员工冒着大雪，带着还存有切削温度的丝杠连夜送往油缸管生产现场。

　　就这样，母子公司员工争分夺秒，仅用了不到 72 小时就完成了设备维修工作。生产线上，设备又欢快地运转起来，保证了订单的如期交付。

（作者　李文辉）

## 不能等待

钣金车间一工段板材框组的高级技师马乾坤是个"不能等待"的人。实行超常工作以来，一种没有缺口的板材框成型工作陡然多了起来。按照工艺规程，要对板材框锯切后再进行热处理。但是锯切后的板材框在热处理后变形较为严重，增加了后期的锉修和校形难度。每天都要紧锣密鼓地干，成果却不见增多。

马乾坤师傅不想把时间浪费在等待和后期校形工作上，他开始琢磨提高效率的方法。这种板材框是不是只能在锯切后进行热处理？能不能整体进行热处理？马师傅与工艺人员经过讨论发现，这并不是一个必要条件。于是，他将板材框先进行整体热处理。由于整体的刚性大，变形不是很严重，这样就减少了后期的锉修和校形工作量，节约了人力和时间。

马师傅是个不愿等待的人，他常说："我闲不住……"从每天早上7点半到晚上6点半，持续11小时的超常工作中，他依然保持着"不能等待"的习惯。

（作者 王淇）

点评

机会就像指尖沙，每分钟都在流失。期盼时间停住，万事俱备后再行动，工作也许永远都没有开始。因此，行动起来，全力以赴去面对，才能抓住机会，赢得成功。

> **关键词十： 没有借口**
>
> 　　岗位有职能就有责任，一旦形成制度便具有不可动摇的权威性。出了错或者完不成，纵使有1000条理由也没用。这就是岗位职责的普遍效力，它不针对特殊性，不对特殊性开恩。

## 坚持到最后1分钟

　　一次，特种车座舱的空调系统在冷风试验中一切正常，需要再进行加热试验。按照工艺规程要求，35安、70安、105安各挡分别要通电30分钟进行试验。

　　在35安、70安两挡各通电加热30分钟后，一切正常。最后加至105安挡30分钟试验时，前10几分钟未见异常。此时设计人员和工艺人员都认为试验没有问题，可以通过检验了。当时已经是晚上9点多了，经过一整天的工作，大家已经疲惫不堪，操作人员准备断电结束试验了。

　　这时，检验人员苏春丽坚持按照工艺要求把105安挡的30分钟试验做完。因为这份坚持，通电加热试验继续进行，20分钟、25分钟……一切正常。眼看最后30分钟试验马上要结束了，苏春丽仍然不敢有丝毫松懈，仔细观察着仪表指示。

　　突然，舱内传来异味，仪表指示出现异常。苏春丽马上停电进行检查，发现出风口处附近的电缆、插头出现了烤化的现象。问题在最后一刻暴露了。设计人员根据这一试验结果更改了原设计方案。

（作者　高华）

# 打响首件5米箱底试验件攻坚战

新一代运载火箭要在10个月内完成首件5米箱底试验件的生产。刚建成的厂房空空荡荡，没有电、暖、气，外协设备也没有按期交付，在如此短的周期、如此艰苦的条件下，要完成这样的任务，几乎不可能。

公司干部员工专门制订了箱底生产和设备装调计划。为协助外协加工的箱底纵缝拼焊系统、环缝焊接系统按期交付，公司组成了大型关键设备监督组，到设备厂家跟踪生产，现场解决问题，抢回了1个多月生产周期。

2009年4月，公司接到箱底环缝焊接设备可能不能按期交付的消息后，立即启动了紧急预案：研制简易工装。公司产品研究开发部的设计员只用了不到一个月时间，就拿出了一套设计方案：以现有的法兰盘焊接操作机和箱底补焊设备为基础，加以辅助的操作平台、观察架以及简易焊接工装，组成简易箱底环缝焊接系统。

箱底法兰盘自动焊设备到现场后，试验人员发现焊枪移动的位置与法兰盘圆形的焊缝不能完全吻合。经与设计人员共同研究后，发现是制造厂家在中心轴的定位存在偏差所致。他们立即找到制造厂家，提出了解决问题的设计方案。不到1个月，一个新的焊枪系统空运至天津，法兰盘自动焊设备运转正常，问题迎刃而解。

箱底焊接使用的设备陆续运抵厂房后，员工们迅速投入了紧张的设备安装调试工作中。设备工装处的员工在3个多月里只休息了4天。大家将午餐时间一再精简，常常在现场吃完盒饭就投入工作。对待每天的工作，大家坚持"当日事，当日毕"，回到30多公里外的住处时，往往已是深夜。

同时，公司新一代运载火箭研制生产区筹建办公室的员工积极配合生产，开展了新厂房相关工艺布局调整工作、配套动力管线的调整以及设备安装协调等工作。入冬后，他们在生产现场搭建起了简易棚，保持生产环境的温度，使焊接设备得以正常运行。

大家凭着迎难而上的精神，不找借口找方法，打赢了这场攻坚战。

（作者　付晋）

点评　　办法总比困难多。与其为完不成工作找借口，不如多花些精力想办法完成。不找借口，可以激发你更多的创造力，更强的韧性，想尽办法完成各种任务。

## 优秀员工生产优质产品

产品即人品，高质量的产品出自高素质的员工。航天领域的员工，是能够将产品质量当作自己生命来对待的员工，是在不需要任何监督的情况下不断追求卓越的员工。

> **关键词一： 把握规律**
>
> 如果我们用"头痛医头、脚痛医脚"的方法来解决问题，其结果就像挤压气球，这边扁了，另一边又鼓了起来。我们的时间，也将消耗在不停地解决大大小小的问题之中。

### 166 个归零问题的背后

在 2008 年年底的质量整改中，公司改变了以往只从典型案例入手分析的做法，对 2004 年至 2008 年发生的 166 个质量归零问题进行重点分析，从型号、生产任务量、问题原因、发生阶段、评审级别以及发射基地问题发生情况等方面统计、比对数据，寻找发生质量问题与其他因素之间的内在联系，确定目前发生质量问题的主要矛盾和矛盾的主要方面。公司总经理张为民对各单位质量整改提出要求："要透过 166 起质量事故暴露出的问题，彻底清查多年积累的质量问题，总结内在规律。"

这次质量整改，是一次全公司范围的多年积累问题的彻底清查，是一次透过现象看本质的规律分析。公司从零散的问题中提炼出共性问题，采取有效措施加以控制和预防，以适应高密度发射任务、形势和目标的新要求。

（作者　洪园）

## 放大 R 角问题

在发射基地进行卫星对接试验过程中，发生固定卫星包带的螺栓断裂情况。标准件车间针对螺栓的断裂位置及该螺栓的使用特点，立刻进行全面查摆，从螺栓的原材料到操作者的加工过程逐项检查，最终确定是由于螺栓根部 R 角在镦制过程中接近公差下限，导致了螺栓在根部 R 角处应力集中，螺栓发生断裂现象。本批螺栓性能试验合格，包带螺栓所承载的力值超出螺栓本身所具备的承载力值，设计部门随即将螺栓更改为其他图号的螺栓。

标准件车间没有仅限于问题的一时分析和解决，而是针对螺栓 R 角问题开展了一系列的工作。车间采用投影法对库房内所有图号螺栓 R 角进行抽样检查，保证了库房内所有螺栓的产品质量；将车间内加工螺栓所使用的冷镦模具全部送检，控制加工源头精度；申请了一系列的测量小规格 R 角所使用的 R 规和先进投影仪器，用来保证 R 角的检测工作；严格控制螺栓 R 角的尺寸，使零件符合图纸要求；举一反三，对车间生产的带有功能 R 角的零件，如球头等，全部加强产品质量控制。

（作者　沈汝洵）

## 举一反三追查多余物

长征二号 F 遥六火箭在发射基地进行总装检查时，试验队发现一个配电器有故障，原因是内部有多余物。试验队员对此进行了细致的质量分析，果断地采取了排故方案，有效地解决了问题。

问题虽然解决了，但是执行该任务的试验队队长却绷紧了"防范多余物"这根弦。他第一时间召集大家开质量分析会，要求大家除了对每道工序严格执行表格化记录程序外，还要对易产生多余物的部段严加防范。

飞船整流罩由于结构和制造工艺限制，加之长途运输、振动，很容易产生多余物。在整流罩恢复状态期间，大家彻底对罩子内部进行分段、分部位酒精清洗、胶布粘贴；在整流罩半罩吊装时，对罩子加强框进行敲击，震动出多余物并及时清除；在产品向用户交接前的状态恢复时，对产品内部详细检查，从壳段、壁板、支架到所有活门表面全部用酒精布擦拭，用胶布粘一遍。在及时开展举一反三工作的基础上，多余物被彻底清除，产品交检用户一次通过。

（**作者** 陈立忠）

规律是事物之间内在的本质联系，决定着事物的发展趋势。质量问题的发生，从来都不是偶然的，而是多种因素耦合的必然结果，这就是规律。如果你善于举一反三、追根溯源，就能正视它、发现它、运用它，就能事半功倍；如果你忽视它、不遵守它、违背它，就会因盲目而一直忙碌下去，情形将越来越糟。

> **关键词二： 高度敏感**
>
> "质量问题应该是我们每个人关心的问题。你不能在此问题上四平八稳，你要对此疯狂。你要变成质量问题的疯子，否则质量问题将把你变成疯子。"
>
> ——通用电器公司总裁杰克·韦尔奇

## 状态不清不放行

某型号的助推器燃料箱后过渡段按照助推器燃料箱4种状态，标注为Ⅰ、Ⅱ、Ⅲ、Ⅳ4个符号，由部段铆接车间铆接装配完成后，交由部段焊接车间进行助推器燃料箱装配对接。

某型号的助推器燃料箱后过渡段在部段焊接车间出库时，电子合格证上未标注标识符号，库房管理人员与装配人员都认为，既然合格证上未区分标识，4件后过渡段应该状态一模一样，在与箱体对接时可以自由选择搭配。装配对接时，部段焊接车间操作人员正准备将实际为Ⅱ的后过渡段安装在Ⅰ的箱体上时，检验员胡卫国发现箱体外表面的红色、白色喷漆标识与后过渡段的标识不在同一直线上，立即叫停，并将此情况反馈到车间。

经车间复查，因设计图纸标明4件后过渡段状态一样，开具给部段焊接车间的合格证也都是按一种状态处理的。但产品送往表面处理车间喷漆，再返回部段铆接车间后，合格证上注明4种状态为阿拉伯数字1、2、3、4，与原来标注的Ⅰ、Ⅱ、Ⅲ、Ⅳ不符。

状态标注的方法不一致，造成产品状态不清，使操作工人误解为状态一样。而正是"喷漆标识不在同一直线上"这一细小发现，避免了一起质量事故的发生。

（作者 夏华建）

## 一颗纽扣的下落

在一次紧急装配任务中，车间通过合理的组织和员工辛勤的加班出色地完成了任务。正当大家为按时完成任务而欣喜时，一名装配工突然发现自己衬衫上的一颗纽扣不见了。闻讯，工段长立即组织工段所有人员找纽扣。大家拿着扫帚、吸尘器，从装配现场到更衣室、休息间，找了个遍，也没有找到纽扣。

车间把此事通报给设计人员，大家共同分析，一致认为纽扣落入产品内部的可能性不大。但车间领导坚决地说："纽扣没有找到，产品就存在有多余物的隐患，必须分解检查，重新装配。"就在大家万分沮丧的时候，一名员工在门槛缝里发现了一颗白色的纽扣，她兴奋地扑过去，抓起纽扣，大声喊着："找到了，找到了!"经设计、工艺、检验等人员确认，这颗纽扣是装配工衬衫上的那颗，大家悬着的心这才放了下来。事后，工段长语重心长地对大家说："装配中，多余物是大敌，每个环节都不能掉以轻心，不能漏过任何细节。"

(作者 吕君)

## 不放过 5 伏漏电

2008 年，质量处第七检验组组长胡红负责对长征二号 F 遥七火箭整个控制系统进行检验。在一次控制系统测试过程中，箭上仪器供电的一条母线出现 5 伏漏电。这个数值并没有超出设计要求，但胡红想到，"神七"上天是人命关天的大事，她坚持要查出个究竟。

胡红顺藤摸瓜地开始了排查，一直到晚上 9 点多才终于查出是地面电源出了问题。通过这次排查，真正做到了不带任何隐患出厂。认真把关，不放过疑点，胡红用质量百分之百达标，冶炼检验员岗位责任百分之百的纯度。

（作者 刘颖）

## 多问一句"为什么"

发动机总装车间在装配某型号发动机支板时，一位员工发现，支板的宽边薄且脆。支板用于连接两个钢件，需要受力，"这么薄的边怎么能承受力呢？"

这位员工在提出疑问后，立即查找原始图纸，发现在 1:2 的图纸上，支板的宽边没有进行特殊标注，而工艺人员在编制工艺流程时也没提出疑义，导致支板的宽度减少了一半。他立即将问题上报车间，从而避免了一起质量问题。

简单的产品，易操作的工序，往往会被忽视。正是操作者在开展工作前多问了个"为什么"，才消除了质量隐患，从而减小了损失。"每位员工既是操作者也是检验员"、"下道工序为上道工序把关"铭刻在发动机总装车间员工的心中。

（作者 白玉成）

点评

在一切重大危机到来之前，其实都有种种预兆，只不过因为不敏感而错过了最佳防范时机，惨剧常常由此形成。有些人见一叶可以知秋，有些人往往因一叶而障目，其中的根本区别就在于他们是否敏锐、是否拥有从微小事物中把握变化趋势的能力。对于产品质量，我们应时刻保持一根敏感的神经，不放过任何疑点，将隐患消灭在萌芽中。

## 关键词三： 潜心钻研

与其诸事平平，不如一事精通！干一行，爱一行，能让你把工作做对；爱一行，钻一行，能让你把工作做得更好。

# X 光敌不过"神技"

发动机螺旋管束式大喷管有一丝泄漏都会导致发动机的爆炸，每个喷管是由数百根壁厚只有 0.33 毫米的方管排列组成的，要实现良好的对接焊，极薄的一段焊接时间必须控制在 0.1 秒内，否则方管不是瞬间被烧穿就是被焊漏。然而不管何种情况的出现，都意味着焊接的失败、整个研制周期的延长和数百万元的经济损失。

中国运载火箭技术研究院总师办公室组织了精干的研制小组，进行了无数次的测试、试验，正当大家一筹莫展的时候，默默关注这一难题的特级技师高凤林加入了研制，并承担主焊任务。没有预料到的是，当长达近千米的焊缝完成最后一个焊点，送去进行 X 光透视检验时，竟被判定为 200 多处焊缝背部有裂纹。这一判定，无疑是将大喷管判了"死刑"。当这个结果摆到高凤林面前时，还没来得及舒上一口气的他，犹如沸腾的钢水突然被泼上了冷水。他什么也没说，把自己关在屋子里，对大喷管的结构、使用的材料、焊接的程序进行了一一复验，最后他果断地提出："X 光下的裂纹是假象。"

副院长和总设计师亲自主持了技术分析会，要求一方面对焊缝做剖切分析，一方面让高凤林作专题汇报。经过全院上下反复周密的论证，最后总设计师宣布："高凤林的判断是正确的。"这一事实惊动了整个总师系统。

（作者 孙欣荣）

## 为"老病号"祛病强身

在发动机零部件生产车间工作的人都知道，活门生产技术要求比较高、难度大，安溢活门是其中具有代表性的一种。以往，安溢活门的合格率一直徘徊在 70% 左右，每批都有返修产品。在老师傅们的眼里，安溢活门是个不折不扣的"老病号"，"病因"主要是摩擦力大，虽然给它下过一些"药"，但收到的效果却不大。

面对前人的经验，活门装配工段工段长黄耀辉却不信这个邪，他下定决心，要用创新方法作为"灵丹妙药"，治好安溢活门的"病"，保证产品质量。他反复分解、装配活门，在若干次试验后，得出通过控制指挥阀拉杆与壳体孔的配合间隙，能有效地减小摩擦力，保证安溢活门的性能达到设计要求的结论。安溢活门的"病"被他治好了，但黄耀辉还不甘心，他又继续思考，自制了工装压紧主阀门，克服了压紧膜片时膜片向上产生的拉力，使主阀气密性达到标准，提高了安溢活门的装配质量。

（作者　付晋）

## 为"特殊影像"定标准

在对型号产品某铝合金铸件的一次 X 光射线检测中，质量处 X 光检测室人员发现，射线底片上出现了与以往缺陷不同的"特殊影像"，并且在后续的检测中频频出现。这种"特殊影像"属于铸件的哪类缺陷？这种缺陷是不是铸件内部的主流缺陷？对铸件产品质量有多大影响？如何对"特殊影像"准确定性及定量？检测人员的脑海里充满了疑问。

检测员们翻阅大量技术资料，查看射线标准样片，向有经验的老检测人员请教，只为解开这个谜。最后在查阅国外资料时，一张标准样片给他们的调查带来了突破性进展：样片中的影像形貌和"特殊影像"的形貌相似。通过与公司无损检测方面的老专家共同探讨、分析，最终，检测人员确定这种影像属于偏析缺陷影像。

"特殊影像"虽然定性了，但检验员们并没就此止步，他们开始着手制定偏析缺陷的判定标准。国内没有偏析缺陷的专用技术条件，也没有相关的射线标准样片，只能根据生产的实际情况来处理偏析缺陷问题。检测人员决定"打破砂锅问到底"，在开展大量试验、分析的同时，还多次与外单位的铸造专家进行讨论、研究，最终确定了每一类偏析缺陷的级别，制定了针对偏析缺陷的专用标准。

从发现问题，到弄清问题的真相，再到寻求解决问题的有效措施，国内第一个针对偏析缺陷的专用标准就这样诞生了。

（作者 陈飞）

点评

我们总是认为别人能做的，自己也能做得很好，事实上可能连自己该做的都没有完全做到位。试问一下自己，有多少问题，是因为我们对本岗技能一知半解而产生的？面临问题时，我们是糊里糊涂、不知所措，还是能够熟练、专业地予以解决？对本岗技能潜心钻研，是做好工作的基础，也是本分。

关键词四： 专心致志

把每一件简单的事做好就是不简单；把每一件平凡的事做好就是不平凡。"不简单"与"不平凡"，需要持之以恒的专心致志。

## 简单中的不简单

数零件，这个看似人人都能干的简单工作，要想做得不缺不漏，却不是一件简单的事。温锦万师傅每次数零件都格外认真，特别是在数直径为 8 毫米的小弹簧垫时，他总要戴上老花镜，先将垫片穿在一根铁丝上，拧紧铁丝两头，确保垫片在铁丝环内不会掉落，才开始数件数。

数的时候，他要将铁丝环使劲抖一抖，一边用手拨拉着垫片，一边嘴上念着数，很像和尚念经数佛珠的样子，这样的动作还要重复一遍后，他才将一串小弹簧垫放入出库盘中。他说："这些小垫片有时两个粘在一起，抖开了，就不容易数错；数两次也是为了数得更准确。"几十年来，经他清点的零件，在装配中没有发生过零件或多或少的情况。

（作者 吕君）

## 提前 1 小时准备

早上 7 点半左右，部段焊接车间高跨厂房现场还是一片寂静，除了清扫工在默默打扫通道卫生外，还出现了一位年轻焊工的身影，那就是部段焊接车间刘斌。他正在忙碌地准备工具、图纸及 X 光底片。

前一天，刘斌刚刚接到为某关键型号一级箱体排查补焊缺陷的任务，时间只有 1 天。为了减轻排查补焊过程中的时间压力，从容投入到任务中，他改变了以往上班的作息时间，提前 1 小时到单位，把准备工作做完，缺陷位置也了然于心。当天下午 4 点半左右，他顺利完成了 13 处排查补焊任务。经检验，13 处缺陷一次补焊全部合格，又一次实现了"补焊一次成"。

（作者　杨雅昆）

## 苦练内功实现质量突破

随着社会经济结构、组织形式以及思想观念多元化的发展变化，外部环境弥散着一种浮躁、急于求成的风气。有个平日不多言但踏实刻苦的大男孩——孙敏力引起了全国十大能工巧匠、特级技师高凤林的注意。

1999 年，孙敏力正式成为高凤林的徒弟。他不放过任何一次学习的机会，师傅加工正式产品，孙敏力就到其他车间找来同样的料，在业余时间练习。慢慢地，他入门了。发动机管束式喷管延伸段，一直只有师傅高凤林一个人能焊。学徒 7 年间，孙敏力利用切割下来的废料模拟产品状态，反复进行操作练习，并就练习中遇到的实际问题随时请教师傅，最终全部掌握了管束式喷管延伸段的焊接技巧。

多年的踏实苦练成就了孙敏力在工作质量上的一次次突破：在特种车起竖臂的批量生产中，他解决了焊接接头易出现气孔、裂纹、未焊透等焊接缺陷问题，他焊接的 1176 条约 1960 米焊缝，一次合格率达到 97% 以上，补焊一次合格率达到 100%。2007 年，孙敏力圆满完成了 4 台管束式喷管延伸段的焊接任务。

（作者　洪园）

## 相差 1 分贝

某型号批量生产中的伺服系统单元测试，工作量大、难度高。检验员宋立新早有准备，在开展检验工作之前就认真学习图纸，深入研究伺服机构的工作原理。

检验工作中，宋立新按照测试细则核对每一个测试数据和技术指标，发现测试细则上标注：当角频率为 100 赫时，幅值小于等于 3 分贝。但检验中，当角频率为 100 赫时，幅值却显示小于等于 2 分贝。测试细则与实际值相差 1 分贝，哪个是正确的？他回忆自己当时学习的伺服工作原理应该是 2 分贝。但他还是不放心，找出测试规范进行核实，发现当角频率为 100 赫时，幅值就是小于等于 2 分贝，自己的判断是正确的。于是，他立刻将此问题反映给设计部门，要求设计人员更改单元测试仪软件中的参数指标及相应文件。

宋立新用自己的专注，避免了一起因设计文件错误，导致的测试报告表述批次性错误的问题发生。

（作者　胡红）

点评

质量，体现在关键环节、大事要事上，也渗透在岗位职责和日常工作中。多数人所做的工作是一些具体的事、琐碎的事、单调的事，也许过于平淡，也许鸡毛蒜皮，但这是成就精品不可缺少的基础。当你能够把大家公认为容易的事、简单的事，集中精力、脚踏实地、一丝不苟、持之以恒地做好时，你已经生产出了精品。

## 关键词五： 坚持原则

原则，不是你适应我，也不是我适应你，而是大家一起适应共同的法则和标准。航天质量的原则就是：不接收不合格品，不制造不合格品，不转交不合格品。

## 用"坚持"履行职责

一次，中国新时代认证中心在对公司审核时提出了特殊过程确认存在的问题，对此公司下发了红头文件，提出了整改要求。

在公司质量体系内审中，审核员发现问题依旧存在，将问题上报公司。公司立即召开了专题整改会，布置主管部门要对各车间进行检查、指导。在随后的内审跟踪检查中，内审员发现相关部门仍然未对此项工作有足够的重视，没有组织落实专题整改会上的要求。对此，审核室再次将问题上报。1个月后，公司再次召开专题会议，并下发文件提出了进一步整改要求。相关单位意识到了问题的严重性，立即实施整改。

在 GB/19011—2003《质量和（或）环境管理体系审核指南》中，提出了 5 项与审核员有关的原则，其中第一个原则就是"道德行为"原则：公正、可靠、忠诚和谨慎，即不应屈服或无原则地迎合影响公正和客观审核的任何压力，不隐瞒自己的认识和观点，实事求是地开展审核工作。

内审员用自己的坚持，履行了公司和全体员工赋予他们的职责。

（作者 朱平苑）

## 不干没依据的活

"不做没依据的事,不干没依据的活",是火箭总装车间每名总装人的座右铭。

有一次,在火箭总装车间某型号产品总装现场,设计人员与装配工发生了争执。设计人员要求装配工先做工作,随后再补设计文件;装配工则坚持要在见到工艺人员把设计文件落实到质控卡上,才做工作。最后,设计人员见没有活动余地,只好先去把文件办齐,装配工看到质控卡后,才开始工作。

(作者 王东)

## 较真儿

每年,都有上百项不合格的材料经计量理化所化学分析后被剔除,退回进货厂家。某型号钢经化学分析,实际值与允许偏差只差0.01%,进货厂家希望能通融一下,得到的却是"不行"这个斩钉截铁的回答。某厂家生产的喷涂粉,经北京一家权威检测机构化学分析,含铝量为6.9%,视为合格;但计量理化所的检测员经反复分析,得出最终结果为5.8%,视为不合格。进货厂家好说歹说都行不通,他们不客气地扬言要拿到外面进行鉴定。检测员坚定地说:"就算打官司,我们也绝不会输。"最终,外面的鉴定结果与计量理化所最初的分析报告一致,不合格材料被退回了厂家。

时间长了，这种"较真儿"让计量理化所的分析报告成为权威性报告，当检测出材料不合格的时候，厂家也无怀疑、无怨言地答应退货了。

（作者　白婧）

点评　　工作中要经历无数干扰和诱惑，固执地坚持原则，可能一时举步维艰，但由于标准是唯一的，再复杂的事也变得简单；随意违背原则，结果只会是让自己困扰，甚至犯下无法弥补的错误。坚持原则，是对产品负责，是对别人负责，更是对自己负责。

## 关键词六： 精益求精

> 质量不是"所谓的优良"，而是"符合明确的要求"；质量工作标准不是"可接受的质量水平"，而是"零缺陷"。

### 0.1毫米的偏差

箭体结构件机加车间接到一项以往生产中从未见过的活门加工任务，首件加工合格后，车间加工了一组20件产品。然而，在第二组活门首件加工完成后，大家得到了一个意外的消息，首件产品超出第一组首件实测值0.1毫米。同样的设备、同样的刀具、同样的毛坯、同样的人加工，怎么会出现不同的结果？第一组首件合格，第二组首件却出现问题，那么中间加工的这20件产品质量是合格的还是不合格的……无数的疑问在员工脑海里盘旋。

第二天，大家不到8点就来到车间，他们决定将加工完的第20件活门拿去作剖切试验，看看究竟在哪个阶段出现了偏差。这一举措，使一筹莫展的工作突然有了转机：第20件产品与首件的测量值是一致的。这表明只有第二组产品有问题，但问题出在哪呢？加工只相隔了一夜时间，这一夜间难道发生了什么？当员工用百分表测量机床刀具的中心度时，答案水落石出：原来是设备发生了变化，刀具的角度因应力释放等多种原因出现了偏差，超出最初测量值0.1毫米。

"有时我们距离成功只有一步之遥，却需要以足够的勇气迈出这一步。"员工们用这句话鼓励自己。

（作者 洪园）

## 让客户无可挑剔

与公司军品在航天业内总装"老大哥"的地位不同,民品子公司——首航科学技术开发公司在石油管行业只是个"小弟弟",但无可挑剔的质量让业内企业为之折服。

在这里,每一根管子都要经历各类"体检":进厂时要经历原材料检验;生产中,在管体、管端探伤、车丝、水压机等关键工序中有检验人员时时监控;全线有检验员巡视检查,最后还有总检验员把住最终关口。其中,水压试验检查的是石油套管的密封性能,业内有些同行为赶进度不作这项试验,而首航科学技术开发公司则严格按照行业标准,坚持每一根石油套管都要作水压试验。去年,一名工人为求快,私自不作水压试验。为此,从车间主管到班组长再到当事者本人都受到了经济处罚,以儆效尤。

严格的质量管理很快见到了成效,客户看中了首航科学技术开发公司的产品质量无可挑剔,在 2009 年全世界经济危机不容乐观的情况下,一开年又主动签订了 4000 吨产品的订单。

(作者 吴思)

## 用精品服务"上帝"

工装生产车间在将产品交付给下道工序车间时,曾遇到过由于没有清理干净产品表面的铁屑,而被退回重新清理的事。这件事引起了车间领导的高度重视,他们发现,"上帝"对产品的要求已由产品的性能,扩展为产品的外观。

为满足新需求,工装生产车间将"三检制"的质量检查内容从产品的性能扩展到产品的外观。交付产品的人员严把质量关,产品不但要符合图纸要求,而且表面不能有手印、法兰油、毛刺等影响外观的问题。后来有一次,在给发动机零部件焊接车间焊接件的底座圆盘进行打孔时，铁屑进入了圆盘，员工们本着实现精品制造的目标，克服困难，钻进圆盘，用吸铁石将圆盘内的铁屑一点一点地吸出来。

员工们说："我们交给客户的产品应该是精品。"

（作者　赵昉）

## 提升产品外观的精美度

一直以来，表面处理车间喷漆工段在产品标识涂覆的色彩清晰度方面做得不够精美。原来，产品标识涂覆用的是钢制模具，遇到外形复杂的产品时，模具就不能完全靠实产品，这就使得标识容易出现变形，造成产品标识一致性、清晰度较差，边缘线周围有时会出现颜色过多、过虚等情况。

虽然只是外观问题，不影响产品使用，但却影响了公司在客户心里的形象。2009年，表面处理车间将不断追求精美的外观作为车间质量整改的内容之一。工艺人员发明了一种被称为"粘贴法"的新方法，可以提升产品外观的精美度。他们改进涂覆工艺，先用钢制模具定位划线，然后采用纸制模具喷涂，最后再用胶带粘贴边缘，使边缘线清晰。

（作者　王淇）

点评

　　站在客户的角度，用显微镜观察，我们才可以看到诸多细节。质量不需惊人之举，需要的是精益求精，就是用负责、务实的精神，做好每天中的每一件事；就是苛求细节的完美，并能主动地看透细节背后可能潜在的问题；就是要让自己一次比一次做得更好，比别人做得更好。

> **关键词七： 敢于创新**
>
> "不愿用新方法的人必见新灾，因为时间正是最伟大的改革者。"稳妥可靠只是相对而言，绝不会是一劳永逸的。

## 0.08 毫米上的创意

活门膜片的质量如何提高，是近些年来公司高度关注的问题。一片厚度仅有 0.08 毫米、光可鉴人的膜片，却会因为装卡过程中，沾上空气中一个极微小的灰尘而成为废品。

2008 年，刚刚进入公司热处理车间的年轻工艺员叶茂，就接到了突破活门膜片质量瓶颈的任务。年轻的他经验不多，是劣势；但没有以往的经验束缚，思维有了更大的驰骋空间，这又是优势。他与真空组员工们优化工艺，改善了装卡膜片的每一环节：将原来装卡膜片时不戴手套，改为增加戴一次性医用橡胶手套；从以前用普通扳手装卡，到现在用力矩扳手，统一操作力度；从原来在空气中清洗、晾干膜片，到现在在自制隔离箱中操作，尽量隔绝一切污染源……

功夫不负有心人，付出有了回报：再次生产加工活门膜片中，10 片膜片中有 4 片完全符合质量要求，有 4 片可以用于作试验。

（作者 吴思）

## 向传统工艺宣战

YF-75 发动机喷嘴环从一开始生产，采用的就是电解加工的工艺方法，算起来已有近 20 年的历史了。这种加工方法虽然效率较高，但精度不高，稳定性差，不能很好地满足质量要求。

由于航天产品是高成本、高可靠性的特殊产品，改变原有的加工模式，技术上有风险，攻关上很辛苦，很多人都望而却步。但是，工艺研究所的干部员工认为，他们有责任让先进的工艺技术——电火花加工技术在航天产品上得到推广应用。他们从2005年生产04批喷嘴环的时候就向设计人员建议更改工艺方法，直至2008年下半年，在多方沟通与论证下，设计人员终于同意利用05批生产，试生产两件。

工艺研究所员工珍惜来之不易的试验机会，合理调配设备、人力、时间资源，满足生产和试验两不误的要求。为解决工装和电极的问题，工艺人员先利用三维仿真技术在电脑上明确工装与产品的位置关系，确定定位基准，设计工装后再转为二维图纸，指导工人生产；利用以前电解的试验件进行电火花加工，摸索工艺参数。采用电解加工的产品所有尺寸都由工装保证，只需要测量型面坐标和端口直径的尺寸就行了，为了以更充分的证据证明电火花加工的优势，大家还在此基础上又增加测量了20个数据。

第一件用电火花加工的YF-75发动机喷嘴环，不是一件普通的产品，而是挑战传统思维定式和行为模式的硕果。公司获得的不仅仅是新的工艺方法，而是保持竞争力的砝码。

（作者　刘颖）

## 动画演示操作规范

在公司高技能人员交流会上，产品研究开发部孙治制作的一组组合夹具安装过程的三维演示动画，吸引了大家的注意。动画真实再现了安装过程，令在场的高技能人员连连称赞。

组合夹具在公司使用已有40多年的历史，随着军品型号的增多，其使用范围不断扩大，从一般机床到数控机床，组合夹具均得到了广泛使用，取得了明显的经济效益和社会效益。在操作过程中，一直没有统一的操作规范，在上万个元件中怎样选出最合理有效的组装方案，只能凭借组装人员多年的经验积累。以前用照片存档的资料，无法看到夹具的内在结构和装配顺序。

组合夹具组成员对组合夹具的元件一个一个进行测量，并将数据输入电脑形成元件库；孙治自学了 Pro/E 软件，将过去连图纸都没有的几百个元件在电脑中形成了三维模型，并完成数套夹具模拟组装，同时制作了首个组合夹具的三维动画演示，将产品的生产过程、改进特点、创新内容等信息全部保存下来。

之后，组合夹具组相继开展了 Pro/E 和 BACS 组合夹具快速设计系统的培训，组员利用三维元件快速模拟组装，可提前发现装配干涉问题，确定最佳组装方案，保证了操作过程的准确性。

（作者 付晋）

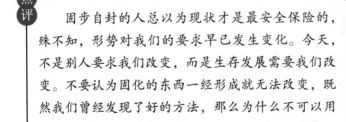

点评　　固步自封的人总以为现状才是最安全保险的，殊不知，形势对我们的要求早已发生变化。今天，不是别人要求我们改变，而是生存发展需要我们改变。不要认为固化的东西一经形成就无法改变，既然我们曾经发现了好的方法，那么为什么不可以用另外一种更优秀的方法将之取代呢，重要的是我们有没有勇气不断超越自己。

## 关键词八： 按章操作

规章制度，就是告诉员工该做什么，怎样去做。按章操作，不分年龄大小，不分资历深浅，不分职位高低。它是你与企业之间的契约，体现的是为人的诚信。

### 水杯引发的"蝴蝶效应"

长征三号乙遥十二火箭在发射基地出现了膜片腐蚀问题，主要是因为火箭总装过程中，火箭总装车间个别人员违反管理规定，将水杯带入现场喝水，使水沾染在膜片上，导致了膜片形成腐蚀和漏点。听起来像是一次偶然的事件，却在公司上下引发了广泛和深层次的思考。

车间早有不许带水杯进入生产现场的规定，但仍然发生这样的问题，其直接原因就是制度执行不严。看似一个与质量并无大关系的现场文明生产的管理规定，看似一个简单的未按规定操作的行为，却引发了"蝴蝶效应"。

有了这样的认识，车间开始着手细化员工在总装现场的行为标准，从现行的144份车间级管理文件中，提炼了和总装测试现场人员行为有关的内容，制定了《总装测试现场人员行为规范》，从着装到携带物品，再到行为举止都进行了规定，并明确了各级人员的职责和处罚条款。该行为规范的出台让员工的行为有据可查，有法可依。

（作者 刘颖）

### 按章操作不讲条件

调试是特种车出厂前最后一道工序，多道工序的累计超差要在调试工作中消除。地面设备车间生产试验组直接面对客户，质量问题无条件可讲，无退路可言。

每道生产工序对应的调试参数有七八个，一辆车就有上百个参数需要进行调试，每个参数调试都要经过若干次试验才能达到稳定状态。无论高温试验，还是低温试验，人随车走，严格执行工艺规程，交检合格率达到100％。组员们从未因为周期短而放松对质量的要求。任务急时，设计、工艺人员提出一些口头要求，组员们坚持做到无相关文字依据绝不动手；对于更改和增加的工作，必须先吃透文件内容，才会开工。

调试过程中，每辆车需要记录的参数很多，开始都是由调试和检验人员随机记录在本上。组员们提出制作正式表格，由检验人员填写，并随调试质控卡一同保管。这项制度加强了生产质量过程控制，让操作行为有依据，更有可追溯性，获得了公司合理化建议奖。

（作者　洪园）

点评　什么是规则？规则就是规定出来供大家遵守的制度或章程，或者说是规定出来让大家遵守的工作规范和行为准则。所有的规章制度，都来源于实践，都对实践起着某种决定作用。按章操作，是权利，是义务，更是责任，每个人在用规则约束自己行为的同时，也从中获得了最大的自由和安全。

## 关键词九： 勇于担当

工作中，有些事情事关质量，事关全局，我们可以不去做，但责任要求我们去做，甚至要求我们完成一些力所不能及的事情。如果你做到了，得到的不仅仅是别人的认可，更是自己心理上的坦荡和安然。

### 主任自扣奖金

铸造车间曾发生过这样一件事，车间生产的舵支架合格率一直提高不上去，在讨论中，大家认为利用长效变质剂可以提高合格率。车间主任认为可行，在没有经过论证试验的情况下，便进行了生产，结果 X 光检验合格率虽然提升了，但机械性能大大降低，导致产品批量报废。当月，主任扣除自己 800 元奖金，理由是：指挥不当，决策失误。

领导的勇于承担对员工触动很大。有一位员工在生产配料过程中，由于计算错误，导致其中一个配料超标，当时没有及时发现。事后，他在复查时发现了这一错误，便主动找到主任，要求承担责任。

现在车间形成了良好的工作风气，员工责任心明显提高了。集体操作中，大家都负责好各自的责任区，认真做好修型、扎气孔、放置芯子、埋箱等每一道工序，绝不因为一个人的大意导致整个铸件报废。

（作者 洪园）

### 让误操作无可乘之机

在生产某型号助推尾翼的连接孔时，部段铆接车间连续出现孔径钻大、产品超差的现象，问题的症结竟是一个小小的钻套用错了位置。虽然是生产操作的问题，但检验员看着已完工的产品将要报废，心里除了深深的惋惜，更感觉到确保产品质量责无旁贷。

钻套为什么会用错了位置？难道就没有办法避免这类问题的发生吗？检验员仔细观察，发现问题的主要原因是两个钻套的外径是相同的，在工装上面的位置可以互换，这就使操作人员在加工时极易把 A 放到 B 的位置。如果把钻套的外径改成不一样的尺寸，使 A 和 B 的位置不可互换，不就可以避免发生放错位置的问题了吗？想到解决问题的办法后，检验员把详细的改进方案提交给了车间工艺人员。很快，车间采纳了建议，从技术上减少了对人的依赖，让误操作没有可乘之机。

（作者　耿新亮）

# 为了大局

某重点型号产品有一处气密接管嘴密封部位发生了变形，由于产品正待出厂，事关重大，刻不容缓。公司将抢修任务交给了箭体结构件机加车间。

箭体结构件机加车间派人到火箭总装车间现场检查故障部位，现场研究解决方案。得出的检查结果使抢修形势更加严峻：以往出现类似问题只是密封槽产生轻微变形，这次不仅密封槽出现了可视性变形，密封槽前端螺纹也出现了较大变形，管嘴螺母无法拧入。

为避免报废带来的严重经济损失，必须确保一次修复成功。关键时刻，车间想到了具有 30 多年钳工工龄的部级劳模共产党员李殿和，希望他能承担这次紧急修复任务。李师傅闻讯后，二话没说就接下了任务。次日一早，他便来到了火箭总装车间现场开始工作。攻丝、测量，再攻丝、再测量，他一点一点往前深入，在外人看来无异于一次完美的加工艺术表演，但从李师傅白色工作帽边渗出的汗水，可以看出他承受了非常大的压力和异乎寻常的辛劳。修复工作完成，当大家对他表示感谢时，他说："为了大局，承担重大责任，再苦再累也值得。"

（作者 一箭）

> **点评**
>
> 很多情况下，人们会对那些容易解决的事情负责，而把那些有难度的事情推给别人，正是这种思维和行为，导致了工作上出现盲区，出现隐患。只要事关质量，我们就不能置身事外，袖手旁观。因为一旦没有了质量，影响的就是全局，"分内分外"也根本没有任何意义了。

## 关键词十： 正视问题

解决问题是能力问题，正视问题是态度问题。勇敢地正视问题，才是正确的做法和聪明的选择。

## 30 倍显微镜下"做手术"

"毛刺"问题一直是老大难问题，2004 年全面整顿期间，"517"低温活门气密试验发现漏量超标后，公司又对库存的 60 多套活门产品逐一清查，对百余项库存零部件进行多余物排查。

2007 年，"513"活门低温试验没有合格，有人怀疑是发动机零部件生产车间在生产活门时，侧面导向面的金属微粒和浮尘产生了多余物。面对这一"苛刻"的质疑，车间领导没有作任何辩解，而是给出了承诺："只要没有 100% 发射成功的把握，就没有什么理由和借口可讲，万分之一影响质量的可能性我们也要杜绝。"

多余物已不再是肉眼能看到的毛刺，而是需要用 30 倍显微镜才能发现的微观颗粒。"形势发生变化，不允许我们再用 5 年前的观念认识新的形势。"干部员工将"受伤"的活门取回，在显微镜下"做手术"。由于静电原因，微粒黏附性很强，用绸布已经不能去除干净。装配工人们就用针一点一点拨除微粒，用蘸有酒精的绸布擦拭，然后立即装配。

不仅如此，他们还提出对低温活门批量生产多余物的控制三步法：一是引进洁净度检测设备，利用快捷的检测手段，在装配前控制多余物；二是提高装配厂房的空气洁净度，并对装配工的着装作了规定，确保装配中不产生多余物；三是采用重金属检测方法，检测螺纹旋紧等操作环节中出现的多余物。虽然车间目前还面临着一些没有吃透和攻克的技术难点，但干部员工以超凡的勇气迎接挑战。

（作者 洪园）

## 破损产品墙上钉

2004 年 1 月，部段焊接车间总装组发生了一起严重的质量事故。在焊接长征二号丙火箭过程中，因保护气体中的氦气浓度突然增大，操作者始料未及，致使局部箱体被焊弧烧穿，造成车间出现十几年未遇的质量事故。事故发生后，车间领导、员工痛定思痛，经全组的艰苦努力，一次补焊成功，没有造成更大损失。

虽然如期交付了产品，但留给大家的是强烈的心灵震动。事情发生的第二天，一角破损产品被钉在了总装组休息室的墙上，员工每天面对它，时刻反思着对质量的承诺。

（作者 孙欣荣）

## 请人"找茬儿"

某型号定型阶段前与定型后，质量控制水平有所提高，但是箭体结构件机加车间认为，质量控制仍然存在问题，便邀请公司总质量师、军代表和设计部门等相关人员一起为车间质量"挑刺"、"会诊"。

车间结合对近期生产状况、超差情况和典型案例的分析，认为自身存在着 4 个薄弱环节：一是工艺方法还不能适应批量生产对质量和效率的要求；二是车间级培训方面还比较薄弱，员工操作技能有待提高；三是没有解决好质量与进度之间的矛盾；四是质量教育还不到位，员工质量意识还有待进一步提高。

车间在拿出自己的解决措施的同时，还积极征求公司总质量师、军代表和设计部门等相关人员对车间质量工作的意见和建议。正是由于抓质量问题眼睛向内、举一反三的做法，车间才将可能出现的质量问题消灭在萌芽状态，从而保证了产品质量。

（作者　刘争）

点评　　问题不会一成不变，也不会自动消失，无视或者回避问题不等于没有问题，而掩饰问题只能使问题越积越多。如果视而不见，小问题就会变成大问题，个别问题就会变成普遍问题，原本容易解决的问题就会变成棘手问题。问题积压成堆，后果不堪设想。

## 视成本控管为己任

每一位员工都负有成本管理的职责，也是成本管理的对象。时刻保持成本意识，能够珍惜和利用一事一物价值的员工，往往也懂得惜人，在与他人相处中更能尊重人、理解人，并赢得他人的信赖。

---

**关键词一：　打好基础**

算经济账不能只算"短账"，要算"长账"。到了最后时刻才想到在客户那里讨价还价，提高利润的决定权已在别人手里；打好基础，却是自己可以掌控的提高利润的长期规划。

---

### 计划随身带

刚开始拿到近 4 万个零件加工任务的月计划时，箭体结构件机加车间二工段的罗丽萍工长蒙了。她振作精神，开始细化像小说一样厚的月计划。

只要在车间，这本月计划就没离开过罗工长。清晨，她来到加工现场的第一件事就是分别处理零件周转台和成品台上的零件。6 米长的工作台经常被零件堆放得满满的，她依次开出定制单、组卡单、外协单，验收一项，就在计划表里随时进行标注；标注一项，就在脑海中形成一个加工网络图；形成一项，就继续在计划表里标注什么时间、谁来完成。晚上下班前，她的最后一件事就是梳理计划、查看标记，将第二天要进行的工作拉条挂账。

罗工长算过这样一笔账：工段多干四五项任务，只能提高车间月生产计划完成率的 1 个百分点。但是，为了提高这 1 个百分点，就要坚持做到腿勤、眼勤、嘴勤、手勤。

（作者　洪园）

## 主任的材料数据库

头部零部件车间主任有个材料数据库，记录了车间民品生产中需要的各种材料生产厂家的信息。材料市场价格一天一变，数据库里的数据也随时在变。凭着这本活账目，车间总是能从市场中找到最便宜、最适合的材料。

车间曾为某厂生产过汽水罐装机里的压力容器。该厂产品改进后，新的容器直径为 2 米、高度为 6 米。车间从未接触过这么大体积的产品，除设计、生产需要不断摸索外，原材料的进货渠道也成了难题。车间主任拿出材料数据库，照着数据库中资料进行市场调研。调研发现，一个厂家材料相对便宜，但尺寸大，会造成太多废料；另一个厂家材料 1 斤贵 2 元，但可裁开卖。为了 1 斤 2 元的差价，主任和员工共同研究进什么规格材料，怎么拼材料才能更省钱，做到耳听八方、心细如针。

（作者　洪园）

## 库存量化摆放

发动机总装车间的库房不仅整齐干净，各种零件的保管和码放还有一套自己的规则，即"五五摆放"。车间将库存物资按五或五的倍数，成行、成堆、成捆、成串、成箱、成盒地摆放整齐，不仅产品一目了然，易于清点，还便于及时掌握库存情况，通知相关单位按需提供零件。

配套间零件产品按台份进行码放，每个货架上都挂有该台份的标识，架子上的零件按配套表的工序严格配套，每道工序都有相对应的工序号，保证准确无误。

量化摆放，让发动机总装车间的库房管理更科学有效，取用零件的效率提高了，产品也不会再混淆和受损了。

（作者　魏娴）

## 100 毫米抠出的效益

导管弯曲过程中需要一定的工艺夹持余量，以往工艺人员在工艺施工中常常取最大值，但实际生产时，由于不同弯曲半径、不同弯管设备、不同工装等原因，实际所需要的夹持工艺余量并不相同，造成了管材的浪费。经过深入的分析，导管车间号召广大员工先从材料定额入手，控制管材成本。

在生产某型号导管时，车间一线操作人员发现工艺规程规定的下料尺寸比实际生产所需要的长 100 多毫米，便立即向车间反映了情况。工艺人员与一线操作人员沟通后，对工艺规程中的管材长度进行了更改。按照每根管材至少节省 100 毫米计算，生产一项导管就可以节省近 2 米的管材，每年节省下来的管材基本满足了车间 3 个月任务量的材料需求。

（作者　李延民）

点评　从接受任务到产品交付，之间任何一个最基本的环节都会带来成本的增加，但也同时拥有降低成本的机会。"差之毫厘，谬以千里"，解决好基础问题，相当于排除了一个个内部阻力，最终将获得竞争优势和长远的发展实力。

## 关键词二： 精打细算

"泰山不让土壤，故能成其大；海河不择细流，故能就其深。"精打细算抠出每一分钱，与企业发展壮大的关系正是如此。

### 变经营为"精营"

过去，走进铸造车间，你经常能从一尺厚的沙子中挖出毛刷、过滤网，大小螺钉随处可见，用了半桶的涂料敞着口堆放在一起。因为那些辅助工具、材料，在员工眼里几乎不值一提，随用随扔，再用再领。

自从公司提出节能降耗的要求后，车间算起了细账。一支毛刷7元钱，一桶涂料上百元，这些辅助材料和工具到底占用了多少成本？车间开始对各班组的辅料消耗进行统计，并实施了《车间工量具及辅助材料领用管理办法》。凡领用新的辅助工具，需以旧换新，以班组为单位进行登记，作为考核依据。现在，工作现场再也找不到乱丢的毛刷、过滤网了，涂料用完后都被封了口，领用砂纸从"一领就两张"变成了"只领半张"。

一个季度下来，各班组的工具、辅料消耗统计结果吓了大家一跳：所有班组的消耗都大大降低，辅助材料消耗最多的从3456.3元下降到916.5元，工具消耗从121.5元降到15.5元。

（作者　洪园）

### 从换一套到换几块

量块是车间经常使用的精密量具，一套量块由若干不同数值的量块组成。在长期使用后，一套中的几块量块会因为经常使用磨损而变得尺寸不准。由于是整套进货，以往部分量块报废，都是整套进行更换，而这对于那些并没有磨损超差的量块来说，无疑是一种浪费。

工装生产车间考虑到这种整套更换的方式会增加成本，主动向业务部门提出了建议：是否能只更换其中报废的量块。业务部门非常支持车间控制成本的建议，迅速与供货商就更换量块事宜进行协商。经供货商同意，以后没有磨损的量块就节省了下来。

（作者　洪园）

## 远郊厂区的"成本经"

一进入夏季，远郊厂区扩建工程主体建筑材料价格飞涨，成本也随之加大，如钢结构安装工程价格每吨上涨了近 500 元，混凝土价格每立方米上涨了 300 多元，材料运输费用增加了五六倍。

对此，远郊厂区扩建工程项目办让各施工单位做好应急预案，提前购置建筑材料，尽早签订合同，最大程度地控制成本。随后问题又出现了，由于施工现场比较拥挤，有些物料堆放影响作业。"不能让他们随便将料搬走，因为只要一搬运，公司就得给他们二次倒运费用，一次就得两三万元"。项目办合理布局，开辟了一处存储物料的场地，让各施工方有序地堆放物料，既保证了施工所需，又不增加成本。

（作者　刘颖）

精打细算的人很"抠门儿"。但，算得精才能走得稳，抠出的都是利润。"抠门儿"是赚自己的钱，如果自己的钱都赚不回来，又怎么有能力去赚别人的钱呢？

> **关键词三： 小处着眼**
>
> 　　滴水汇成河，粒米攒成筐。企业经营活动是由许多小事组合而成的，成本也是由很多小事情聚积而来的。降低成本在于点滴之间，细微之处见利润。

## 洗澡要公示

　　供暖车间公示栏里贴着一个月来每个员工洗澡的用时情况，没有一个超时的。仅此一项，供暖车间每天节约用水 5 吨。

　　车间规定，夏天男员工洗澡每次不准超过 15 分钟，女员工每次不准超过 20 分钟；冬天一线男员工每周洗澡控制在 60 分钟内，女员工每周洗澡控制在 75 分钟内。这项规定在进行员工决议时，意见分歧很大，车间领导动员说，一来我国水资源匮乏；二来公司发展资金紧张，节省资源、节约成本势在必行。

　　员工们说："第一次洗澡公示有超时的，全用红颜色标出来，予以警告；现在我们已经养成了良好的习惯，在用电、用煤、用纸张等方面也是如此，节能降耗已经成了一种意识、一种习惯。"

（作者　王文鹍）

## 少开一炉少用电

　　热处理电炉要消耗热处理车间大量的电力能源，"少开一炉少用电"是植入车间员工心灵的节能理念。

　　将一摞不锈钢棒平铺放在炉里，是工人多年以来的操作方法，也是工艺的要求。可就是这样一直以来的工作方式，在大家眼里也觉着"太浪费了"。工人们一起收集了一些不锈钢零件，焊成一个 4

层的不锈钢框，将不锈钢棒平铺放在这个 4 层"小洋楼"里时，一次出炉的产品增加了 4 倍，耗电量轻松地降低了。

（作者 思轩）

## 墨盒变外挂

在热处理车间工艺组、经管组、分工会的办公室里，每一台打印机外边都整齐划一地挂着一个小盒子，有些打印机外挂的小盒子还是不同的颜色。仔细一看，才发现是外挂墨盒。员工们解释说："现在，我们的打印机都换成这种外挂墨盒了，用完了墨，可以购买散装墨往里面灌，反复使用，既实惠又环保。"

这个小改进是车间青年员工王可新想出来的。一次他看到许多打印机内置墨盒在使用后被扔掉时，就琢磨着怎么能节省一些。车间非常支持他的想法，拿出一台打印机让他进行试验。王可新试着用 4 条输墨线将 4 个外挂墨盒与打印机的原装墨盒连接起来，然后直接在外挂墨盒里灌墨，就将墨输送到原装墨盒了。以前车间 1 个月更换墨盒需要花费三四百元，现在 3 个月只需花费 40 元钱。

（作者 吴思）

点评

　　一次小改进的成效是有限的，无数次改进组合起来，将给企业发展带来源源的动力；一次小浪费的破坏力是有限的，无数次浪费组合起来，终将带给企业发展致命的一击。不要忽视你身边任何一个细小的环节，因为每一种资源都是成本，每一项举措也都是为了增加利润。

## 关键词四： 高质低耗

产品出现质量问题是最大的浪费，它可能使我们失去市场。不惜成本地保证质量，不是因为价格过高而丢掉客户，就是因为利润过低而损失自己。要想具备竞争力，就要同时做到：质量高一分，成本低一分。

## 10 毫米间距丝毫不差

铸造车间生产的某型号部段必须采用新型优质铝合金材料，工艺要求严格，需要在树脂砂中间摆放上百块冷铁，要求冷铁与冷铁间距不能超过 10 毫米。由于完全是手工操作，保证精度就需要"有手感"，工人师傅们摘下手套，赤手加工，操作精力高度集中。树脂砂是酸性材料，腐蚀皮肤，大家的手被酸烧黑了，形成厚厚的茧子，却没有一个人叫苦。大家以高度的责任心和全神贯注的工作确保了 10 毫米的距离丝毫不差。

员工们算过这样一笔账：民品活儿，一次成功赚钱，返工一次持平，返工第二遍肯定会赔本。由此，他们得出这样的结论：民品可以用钱来衡量，可军品是企业和员工的生命，生命无法用钱来衡量。再苦再累也要保证质量，高质量的产品才能产生高效益，返工就是浪费成本。

（作者 洪园）

## 反复也是成本

在热处理车间对某零件的一次热处理中，由于该零件组织结构的特殊性造成回火温度和时间难以把握，生产班组前后回火了多次才交付。

虽然最终的产品质量是合格的，但车间考虑到因为保质量造成了间接损失，出于成本控管的考虑处罚了该班组。事后，班组成员共同研究，主动与工艺人员沟通交流，提出了新的解决方案，规范了同类型号零件的热处理流程，使工作更趋于科学。针对生产班组的这次自发研究工作，车间专门给予了奖励。

（作者　王淇）

## 挽救质量的一次争议

工装生产车间在一次模具加工中，车间钳工进行划线时将左右件画反了，下道工序铣工没有发现，生产出的模具虽然不符合图纸要求，但反过来还能用，没有报废。

在劳动竞赛的月末评比中，大家对"挽救的质量应不应该扣分"的问题有了争议。"工装不是正式产品，返修了也能用，弥补了不就行了"，"产出决定投入，弥补的过程也是有产出的"……经过一番争论大家达成共识："挽救"也是质量问题。理由是，挽救过程中发生了人力、物力、财力的损耗，增加了加工成本。虽然这个工段没能赢得代表工作圆满的小红点，但"出现质量问题就是浪费，一次就把事情做对、做好，不增加生产成本"的理念在车间上上下下传播开来。

（作者　洪园）

## 将隐患消灭在萌芽中

部段焊接车间的每件产品都价值百万元以上，生产过程中，员工们已经能够做到时刻绷紧"质量"这根弦。但是，在生产环节之外存在着质量隐患：车间171辆运输产品架车因长期没有专人管理，有些车已经生锈仍然在使用。

车间对这一环节给予了特别关注，对这些架车进行清查。不查不知道，一查吓一跳！第一生产组在清查时发现，有一辆架车的轮子已经损坏，连忙送到地面设备车间修理。如果不是这次清查及时发现隐患，一旦运输过程出现问题，就有可能导致价值百万元的产品损坏，其后果将不堪设想。

（作者　吴思）

**点评**　等待和拖延，浪费的是宝贵的时间；没有目标地工作，结果是增加了库存；野蛮操作，不解决问题反而制造了问题，进行的是负效劳动；低效工作，质量可以达到标准，但占用了大量资源，入不敷出。这些现象，带来的是补救成本、客户服务成本、信誉损失成本……真正意义上的高质量是：少投入，多产出。

> **关键词五： 精业增效**
>
> 　　员工最基本的责任就是：为企业带来利润。精通专业技能，以最少的资源创造最大的利润，可以让你成为企业的资本，而不只是成本。

## 分寸把握在一瞬之间

　　导管车间公布了一季度质量奖：杨金生、贺建伟和黄彦勇成为为数不多的获奖员工，因为他们在 37 件氢氧摇摆软管装配焊接过程中，实现了焊缝 X 光检测、抽真空检漏一次合格，既缩短了生产周期，也节省了大量成本。

　　氢氧摇摆软管是长征三号甲系列运载火箭中的关键件，体积不大，却容纳了 209 个零件，像一个复杂而精巧的工艺品。由于结构复杂，受热时容易形成气泡，焊接难度很大。针对这种情况，他们大胆创新，并凭借丰富经验，有效控制气泡的形成，使焊接出的产品不仅质量合格，而且焊缝均匀美观，与整个产品融为一体。

　　杨金生师傅说："我喜欢焊接，一戴上面罩，我就会全身心投入。分寸的把握全在一瞬之间，有时多焊一秒钟，产品就废了。这么贵重的产品，只有一次合格，才能为公司多节约一些成本。"

（作者　王文鹃）

## 女工创下最高纪录

　　钣金车间的零件大多是手工加工成型，劳动强度大，成型复杂，一般一名熟练的钣金工一个月最多能够完成 30 项左右的生产任务。

一工段二组的女员工田庆美一个月完成了军品任务 63 项、近 500 多个零件，完成工时 700 多小时，创造了车间单月完成生产任务项目的最高纪录。

一个女同志怎样在一个月内完成 60 多项的军品任务？作为车间钣金比赛青年组第一名的她，在平时工作中注意积累生产经验，合理分配工作，做到难易结合、大小结合。面对繁重的科研生产任务，她向自己的技术要时间。手工成型的零件，敲一下可能不够，第二下正好，第三下可能就多了，敲多了就要花费时间和精力修正。田庆美根据平时工作中积累的经验，制作实用的工装卡具，克服钣金零件形状复杂、大小不等、不规则的型面造成不好装卡和加工的难点，从而大大降低了劳动强度，提高了生产效率。

（作者　李刚）

## 马拉松最后的"百米冲刺"

对于箭体结构件机加车间三工段的白彦津师傅来说，某型号关键件金属壳体的加工任务并不陌生，从 2005 年开始，此项任务马拉松似地陆续下达到车间。到了任务收尾阶段，规定在 1 个月内要全部完成 20 多架份产品的加工。白师傅为自己排了个项目计划，开始了他的"百米冲刺"。

每天从早上 8 点到晚上 9 点半，白彦津师傅连续加工，他时刻盯在数控机床前，协调各种尺寸。在加工传动支架的槽和两侧时，他发现有两个程序的走刀路线有些重复，便从改进走刀路线入手，将支架端面的走刀路线两圈变为一圈，余量在铣侧面时去掉，使加工传动支架的时间缩短了三分之一。原来加工小端 4 个窗口，一直保守沿用先加工下陷再加工窗口的程序，加工时间长。白师傅调换了两个程序的顺序，使加工窗口的时间缩短了三分之二。

不积小流无以成江河。时间被一点点节约出来，白师傅加工金属壳体的周期从 4 天 1 个缩短到 1 天 1 个，合格率达到了 100%。

（作者　洪园）

> **点评**　工作成效是以创造价值的多少来判定的。别人一天能完成的任务，你半天就能完成；资源匮乏时，你依然能有办法完成；出现问题时，你能比别人更迅速地解决；提前预知变化，你赢得先机或避免损失。精通技能，你能为企业创造更高价值，同时也实现了自我增值。

## 关键词六： 创新增效

创新能够让我们不断超越过去、超越自我，从而持续保持实力。它是降低成本、增加效益的根本驱动力。

## 工休巧安排

近年来，受长征系列运载火箭高密度发射的牵引，公司贮箱生产逐步由研制变为批量生产。为使员工劳逸结合、张弛有度地作业，部段焊接车间结合自身特点，采取了特殊的管理办法。

一是实施特殊加班办法，不同季度奖励不同。一、四季度，春节、国庆等假日多，车间给予加班人员物质奖励；二、三季度湿度大，不易焊接，车间将加班时间兑换为换休条，鼓励大家休息，为一、四季度的苦干养精蓄锐。二是实施换休假奖励制度，对换休假全部休完的班组给予物质奖励。

巧安排，从源头节省了加班费，据估算，车间每年节省加班管理费达 15 万元；同时，员工根据生产情况适时调整自己，确保了质量和安全。

（作者 洪园）

## 余料不剩余

板材是地面设备车间焊工组日常生产中消耗最多的原材料。焊工组将不剩余材料作为目标，从加工方法上想办法，减少板材消耗，从源头上降低余料的产出。

两套铁路运输托架车任务必须在 20 天内完成。该任务是需要各生产两个外直径为 2.1 米和 2 米、内直径为 2 米和 1.9 米的圆环，所用原材料是长度 2.2 米、宽度 1.05 米、厚度 45 毫米的长方形材料板。按照原来的工艺流程，需要将两块长方形材料板焊接在一起，然后从中间切出一个整体圆环。这种加工方法要用 8 块板材，切割后剩余的材料较多，而且生产时前后需要 8 道工序，生产周期长。

大量的余料，让组员心疼，紧迫的节点，让组员心急，他们在原材料的使用上打起了主意。他们尝试在一块材料板上切出 4 个扇形，然后进行拼接，形成了一个圆环。全过程下来仅需要 5 道工序，节省人工工时 320 小时；整个任务节省原材料板 3 块，节约材料费 2 万余元。

（作者　付晋）

## 6 份进煤单的背后

2002 年，供暖车间进行生产能力调整，面对资产、人员、责任的巨大压力，车间决定从节煤入手，实施成本管控，向节能降耗要效益。说到做到：2003 年，进煤量 5.8 万吨；2004 年，5.7 万吨；2005 年，4.8 万吨；2006 年，4.7 万吨；2007 年，4.2 万吨；2008 年，3.8 万吨。

6 份进煤单，清楚看到供暖车间节能降耗的实效。在这个过程中，车间采取了一套卓有成效的办法。首先，把住进煤关，严格控制数量与质量。车间成立了验煤小组，每次进煤，火车不直接将煤卸在煤场，先由验煤小组根据车体装载情况测准煤量，杜绝了缺斤短两的问题。以前不经过检验的煤，含有大量煤矸石，不能充分燃烧影响加热温度，现在验煤小组要检验煤矸石的含量，将其控制在标准范围内。其次，把住耗煤关，减少浪费。在煤的用量上，工艺人员进行了认真分析计算，对锅炉工进行操作规程的培训，同时将加煤斗改成了节能型，控制加煤量。供暖车间每年还将节约的煤存起来，夏天用苫布盖好，留作冬季供暖使用。在煤价上涨的形势下，这些攒下来的煤节省了大量资金。

6 年间，供暖车间年进煤量减少了 2 万吨，但供热面积、供气量没有变，实现了把温暖送到千家万户、为生产保驾护航的承诺，同时做到了节能增效。

（**作者** 付晋）

> **点评**
>
> 当别人都跑步时我们原地踏步，不但没有增值反而还贬值了。今天，创新，已不再是为了提高效率设立的高标准，而是完成任务的一项基本标准。只有利用一切可能的机会，不断地挖掘和改进，才能越来越有价值。

## 关键词七： 一专多能

要使产品更具竞争力，物有所值还不够，要物超所值！人也一样，员工一专多能，对企业意味着效率、价值和榜样；对自己，意味着成长、实力和机会。

### 队伍不比庞大比精干

在工艺研究所特种加工中心员工的心里，人员必须精干。他们，不比队伍庞大，而比人员精干。

2003 年，特种加工中心实行"一人多岗、多岗一人"的工作模式。为了最大限度地挖掘技术潜力，提高工艺快速响应能力，工艺人员轮流到一线实习半年以上，直接参与一线生产，掌握多种设备操作技能，从安装找正、数控编程到规程编写全部由一人独自完成，在任务最忙的时候，工艺人员也直接参与到一线设备的操作和产品的加工中。工艺方面的研究也不仅仅限于掌握一个型号、一个产品，而是了解一个专业、一个学科。每位一线操作人员既是师傅，又是徒弟，互相学习设备操作技能，除了熟练掌握本职技能外，还要掌握其他工种的技能。

特种加工中心员工有不同于他人的自豪：这里的每位一线操作人员都能操作 3 台以上的不同设备，最多的一人可以操作 6 种不同的设备；这里的每位工艺人员至少会操作 3 台不同机床，且取得了机床的操作许可证，最多的一人会操作 5 台设备。

（作者 洪园）

### 职业化团队所向披靡

产品研究开发部自主开发的钣金自动化生产线出口至墨西哥、

越南等国家。是什么让产品名扬海内外？是一支拥有核心技术、专业服务和职业素质的人才队伍。2008 年，产品研发部项目组 14 个人创造了 1000 多万元的产值，人均达 100 多万元。

项目组最开始只有五六人，近两年因项目快速发展增至 14 人。为了培养年轻设计人员快速成长，满足厂家对产品外观和性能等多方面越来越苛刻的要求，他们对自己提出了严格要求。第一次参与项目设计时，老设计员讲得细致，年轻设计员学得认真，对着原始图纸，反复练习。从一个工位到上料、冲切、翻转、辊轧多个工位培养独立设计的能力，每个人对自己的设计负责到底，在安装中遇到问题，自己去现场协调解决。他们抓住一切学习的机会，参加技术培训会，学习先进的设计理念；采购也是学习的机会，只要有新产品出来，他们都会想办法与厂家沟通。社会上组织的展览、订货会、产品发布会，他们同样不会放过，如果有国外先进的设备，他们经常能一饱眼福，深刻领会。在参与项目的过程中，他们是设计员、工艺员、装配工、售后服务人员，也是"讨债者"，不同的角色，不同的体验，多样的收获。现在，项目组的成员已基本具备独立设计能力，就连刚来不到两年的年轻设计员也不例外。

（作者　易涵）

## 转型打造复合班组

在高密度发射的形势下，发动机总装车间发动机总装工作量逐年递增，装配试验人员不足成为亟待解决的问题。"是招人，还是另觅他法……"在车间领导的不断思考、不断论证中，转型的观念被提上了议事日程。"社会要转型，公司在转型，我们车间的人员结构也需跟进，将原来的辅助工段转型为既能胜任发动机零件加工、试验，又能进行整机装配的复合型生产班组。"

半年的时间，通过对班组的重新组合和对成员的重新培训取证，大部分员工达到了上岗要求。车间员工体会到了转型的好处：不仅提升了班组成员的技术水平，而且提高了车间工作安排的灵活性，更重要的是培养、激发了员工积极向上的意识。

（作者　吴思）

> **点评**　　"一个萝卜一个坑"的时代已经过去，竞争环境要求企业灵活应变。如果你能够一专多能，就意味着你可以一人多岗、事半功倍，可以及时补位、减少等待。一专多能，才能让你成为企业时刻都需要的人。

## 关键词八： 自身做起

"大河有水小河满，大河无水小河干。"员工的收益完全来自于企业的收益，企业的利益就是员工利益的来源，帮助企业节约实际上就是在为自己谋福利。

## 闲置设备"复活"了

工装生产车间设备中有一台简易数控车床，自从安装之后，闲置了很多年，不能发挥应有的作用。四工段杨开合师傅看在眼里，疼在心里，"得把设备重新利用起来，不然就太浪费了。"

工作之余，杨师傅一直寻思这事儿，数控车床和普通车床可不一样，编程不是一般人说干就能干的。但杨师傅没退缩，他找来机床操作说明书，制订了一个月的学习计划，自己摸索，反复研究，逐渐掌握了数控编程的方法，让这台闲置已久的数控机床很快投入了生产，并发挥出省时、省力、精度高的优势。

（作者 洪园）

## 我的设备我主管

发动机零部件生产车间聂火清师傅使用的车床被车间称为"免检设备"。在他使用此车床的 15 年间，车床的内部组件没有因为操作不当、保养不当而更换或维修过，因此从没产生维修成本，也没有因停机导致的质量和进度问题而产生返修的生产成本。

聂师傅只是年复一年、日复一日地严格落实公司的制度和规定。15 年来，他每天上班前和下班后都为设备留下 10 分钟时间。清晨，先让设备低速运转，检查各部位运转情况，再给设备加油，防止生锈；加工余闲，及时用油刷和棉纱清理轨道上的碎屑，以免碎屑划伤轨道；晚上，清扫整个设备，清洗脚踏板和周围地面。为了防止冷却液四处飞溅,他还在刀架侧面和机床底部托盘处都安装了自制的挡板。聂师傅说:"工人爱护设备就要像军人爱护手中的枪一样。"

(作者　张要卫)

## 在改进中享受

贾金昌刚到热处理车间喷砂间时便皱起了眉头:废弃的砂子堆在墙角,破旧的手推车随便摆放。这样的环境怎能让大家心情愉快地工作呢?他决心改造一下。

过了几天,一座用废弃的包装箱板搭建的封闭整洁的喷砂工作间展现在大家眼前,而且废弃的水箱通过管子与喷砂机器连接,变成了一架吸砂器,方便了喷砂操作。这一举措立刻赢得了组员们的赞赏,贾师傅也因此更热衷于小改小革。他还制作了变压器防护栏、更改了炉门限位装置、增加了电源线保护板……

"小改小革能给我带来了成就感。"贾金昌师傅在改进中享受着个人价值实现带来的快乐。

(作者　王淇)

点评

　　轻易将自己定义为一个"打工者",简单地认为办的是"公家事",没有必要为降低成本而费神,你将永远不会融入企业,也不会真正被企业所接受。视企业如家的员工,会小心地使用设备,高效率地利用时间,把浪费降低到最低限度。他从企业获得的不仅仅是收入,也能得到像在家一样的坦然和快乐。

> ### 关键词九： 艰苦奋斗
>
> 艰苦奋斗，体现的是勤劳、朴素和严谨的生活态度；艰苦奋斗，还是摒弃惰性的最有效方法，它能让我们变得冷静、理智和富有智慧。

## "1 秒钟 5 分钱"

在研制新型号涡轮转子的进程中，被派到培训技校现场负责操作的工艺研究所白淳和沈岩两位员工就一直没有回过家。"1 小时近 200 元，相当于 1 秒钟 5 分钱，这活儿真耽误不起。"一听说租用设备费用如此昂贵，两人二话没说就留在了现场。

为了节约时间和成本，他们就在学校里找了一间每人每天 10 元钱租金的 4 人混住宿舍。生产计划要求"五一"前必须完成任务，每天工作 8 小时是远远不够的。本应两人轮班，但此时加工的是正式产品的第一件，容不得返工，他们决定一起上，实行主副岗制，重复核对，互相监督。界面参数随时在调整，显示屏前一刻都不能没有人，于是试验台前不到 3 平方米的空间成为他们一天的活动区。合同签订了每天租用设备 18 小时，为充分利用时间，早晨 8 点准时开工；中午守在机床前，一边吃盒饭，一边盯参数；晚上 10 点钟，学校宿舍熄灯，喧闹的校园沉寂下来，他们的"夜生活"也开始了。夜里两点，是 18 小时的终结点，但他们总是尽可能再多干一会儿，因为多干 1 小时，就能节省下 200 元。

（作者 洪园）

## 困难面前昂起头

"维护跟着困难走"已经成为部段焊接车间维护组成员工作的一

种习惯。

一次，一台电器设备出了问题，如果厂家过来修，将直接换掉模块，很省事，但动辄就是成千上万的支出。可当员工询问厂家问题何在、想自己解决问题时，厂家往往是一问三不知，对他们进行技术封锁。维护组员工一不做二不休，自己动手学习设备技术资料。车间里的设备大部分都是电器设备，技术资料很复杂，起初大家都看不懂，但功夫不负有心人，凭借大家的合力钻研和多年从事电工工作的经验，"难啃的骨头"拿下来了。他们后来发现只需更换电容即可解决问题，几十块钱排除了故障，大大节约了维修成本。

车间里有一台从国外定制的进口点焊机，气缸密封圈密封不良，而进口设备请外人来更换密封圈，成本非常高。他们干脆自己动手干，没有设备结构图纸，他们想了个十全十美的"笨"法子：用相机把拆卸过程一一照下来，装的时候记不清的地方根据照片干。就是这样，他们愣是给这台进口设备换上了崭新的密封圈！

（作者　林志峰）

## 变废为宝　一举三得

锻造车间接到某重点型号 6 项工装、共 480 件生产任务。按常规生产，完成这些任务需要用 250 毫米到 300 毫米的硬铝合金近 6 吨。物流中心此种材料的库存不多，而且准备用于重点型号的主体生产。车间想到了以前生产中剩余的大量锻铝合金饼料也许可以用于此项工装，在得到设计部门的许可后，立即行动，变废为宝，一举三得：

一"得"，节省了大量原材料和经费。初步估算，这 6 吨硬铝合金需要近 18 万元，将其用于重点型号主体的生产，直接带来可观的经济收入。

二"得"，解决了车间大量生产剩料。以往生产中剩余的大量材料，尤其是厚度在 70 毫米左右的材料，由于很多型号产品不能使用，堆积如山，而此次工装任务正好用到这些材料，减少了库存积压，腾出了空间，为以后的生产提供了便利。

三"得"，减少了加工环节。车间省去了领料、扩孔的工序，使加工环节紧凑了，节省了生产时间。

（作者　王恒强）

**点评**

　　在艰苦条件下依然能创造价值的人，绝不会忽视一分钱的价值，也不会为没有一分钱而退缩。他们能够发挥主观能动性，用一分的投入，赢得两分甚至更多的利润产出。他们是可爱、可敬的人，是企业可贵的资本。

**关键词十： 优化资源**

命运之神给每个人的资源都是公平的，包括人、机、料、法、环和时间；但成功女神却是挑剔的，她只让那些能够将资源变成资本的人接近她。

## 最过硬的人留下

据统计，新增 1 名员工，公司每年就要增加约 5 万元的人工成本。"每名员工都占有企业的资源，企业必须不断自我挖潜，以精干的队伍创造更大效益"，在子公司——首航科学技术开发公司（简称首航公司）的会议上常常能听到这样的话语。

控制人工成本不是口号，首航公司正真刀实枪地干着：每个部门要担负多种职能，综合管理办公室既要负责员工培训，也要负责人事管理；技术质量部既要负责工艺文件编写，也要负责检验人员的培训、考核。对于人员的录用十分严格：一线工人，首航公司要进行严格评估，才能转为正式员工。每名工人试用期结束时，其所在班组要根据他的出勤率、工作态度、接受能力、好学程度、服从管理等情况，向生产计划部提交班组意见，生产计划部再形成文字报告交领导审阅，最终决定是否将这名工人转正。

大浪淘沙，严格的人员评估机制将吃苦耐劳、能力过硬的人员留了下来。

（作者　吴思）

## 破解时间方程式

2007 年以前，部段焊接车间铆接组一直是车间的短板，他们总是跟在任务的后面,日复一日地加班。每每到了下班的时候,大家路过铆接组的生产现场时,总要说一句:"你们又加班了。"然而,这种状况在 2008 年后有了巨大的转变,他们加班的时间少了,完成的任务却是原来的好几倍。

巨大的转变,缘于铆接组推行了人员流动作业的方法,破解了时间方程式,将 8 小时工作时间充分利用起来。每道工序所需要的人员数量不确定,一旦在某道工序上人员富余,组长会立即将富余人员调配到其他的工序上,配合完成任务。遇到多项任务交叉作业时,组里便采用"重点突击,全面推进"的策略,避免停工现象。有一次,铆接组接到长征三号甲火箭三级后短壳的紧急生产任务,而该项任务与某型号两个助推器的生产任务相冲突。为提高生产效率,他们组织骨干人员集中完成后短壳的生产,其余人员进行两个助推器的生产。这样,本来需要 24 天完成的任务,铆接组仅用了 13 天就全部完成了。

(作者 赵昉)

## 余料变主料

即使是剩下来的余料,在地面设备车间员工心里也不是多余的,他们发掘余料的价值,将余料变成了主料。

车间四工段焊工组使用导轨切割小车、电脑数控切割小车等先进设备,采用先下大尺寸料,再从余料中下小尺寸料的套料方法进行下料,充分利用了板材。与此同时,焊工组还将每次下料后的余料进行编号,并记录余料的尺寸大小,然后放入仓库周转区,以后加工薄片、螺母等小件时,只需查询余料库,领取合适尺寸的余料就可以了,不需要再到物流中心领取新的材料。

过去,员工在工作时,把焊条头全部扔在工作现场,等工作完毕后,无论长、短头全部扔入垃圾箱。现在,车间自制了焊条头回收盒，每次工作时都把焊条及焊条头放入盒里，并定期将焊条头进行分类处理，将稍长的焊条头留下，用于焊接短焊缝或定位。如此一来，不但充分利用了焊条头，还节省了大家清理工作台的时间。仅1个月，焊工组节约成本3万余元，节约工时400余小时。

（作者　付晋）

## 赢得客户就是赢得资本

"你们解决了我们的后顾之忧，体现出了大厂风范。"西北锆管有限公司经理在与工艺研究所签订批量加工合同时有感而发。

工艺研究所为西北锆管有限公司加工一批锆方盒，直线焊缝达1.2米，而且又是新材料，装配要求高，表面成型难。为了不让客户往返于两地之间，工艺研究所在合同规定项之外，无条件主动地承担了多种试验。几个月的攻关后，最终焊缝拉伸强度比机体本身强度还高出了近15%，性能数据远远好于试验达标值。

客户深受感动，不但签订了批量加工合同，还追加了试验费。

（作者　洪园）

点评　　资源优化的最终目标是提高资源使用效率，减少投入，增加产出。让资源为你所用，1天将不是24小时，而是48小时；余料将不会多余，而是可贵的原材料；客户也不再是苛刻的代名词，而是给你带来利润，且帮助你改进的资源。

# 班组文化管理案例

班组是企业的细胞，班组兴则企业兴；文化是班组的支撑，文化兴则班组兴。生产一线，活跃的是具有高度责任感和创造力的基层班组。他们的岗位只是火箭生产总装中的一个环节，但他们把工作当成事业，在完成任务、享受荣誉的同时，创造出灿烂夺目的企业文化。

## 崇拜技术　挑战极限
### ——高凤林班组管理理念

### ▎管理理念阐释

崇拜技术，以掌握技术为荣耀，以引领行业为愿景，做技术先锋。挑战极限，突破技术发展极限，突破自我成长极限，攀技术高峰。

几十年来，这个班组焊接技术一代代传承，没有断档、没有短板，始终保持着行业领先水平。

### 规划成长　个人发展与班组愿景和谐一致

"引领行业"是高凤林班组的愿景。班组把组织愿景分解到组员个人技术发展的目标中，为他们设定个人成长计划，为每一步成长提供保障条件。

每年年初，高凤林班组的组员先提出个人年度目标，包含理论知识、专业技术、承担实际任务等方面，具体到学历水平、职业资格评聘、独立承担关键工序等可考核的内容。组长结合组内承担任务的趋势，综合大家的目标，与组员协商调整，使目标上下贯通，融会成班组年度目标系统。目标确定后，班组依据每名组员的目标，提供专业技术资料、劳动竞赛、技能培训、师徒"一带一"、实践机会等保障条件；组员个人也时时不忘年度目标，自我加压学习。

初级工黄笑宇刚到班组，看到师傅们都利用工余时间抓紧学习，紧迫感油然而生。他也每天把技术书籍装在包里，坐班车回家路上阅读，再加上高级技师王通良担任他的师傅，现在，黄笑宇已能正确使用组里的所有焊机。按照一般培养模式，发动机关键工序——异性接头焊接，要学习5年才能独立操作，工作刚满3年的他，已经能够独立承担这项任务，实现了既定目标。每名组员每年都有成长，能够独当一面的关键项目每年都在增多。例如，发动机推力室是最后组装焊接工序，原来是经验丰富的老同志才能承担，如今，4名30岁左右的年轻组员都能进行独立操作。

目前，高凤林班组13名组员，平均年龄不到35岁，但已有特级技师2人、高级技师3人、助理技师2人、高级工2人，高级工以上人员占班组人员的70%，其中4名组员是破格晋升。组员都是技工学校毕业进企业，但现在都已成为"科班"，其中3人取得了大学文凭，6人在读大专。

## 创造机会　搭建学习和磨炼技术的舞台

在高凤林班组，技术竞技、课题攻关、先进评选等活动，只要和技术有关，机会平等，全员参与，在学习和磨炼技术的同时，也锻炼心志，激发斗志。

以赛代培，以赛促学。公司级以上的竞技比赛，都是快速提升技能的机会。班组全员参加比赛，初级工、技师、高级技师站在同一平台，以同一个标准竞技。准备参赛时，大家每天早晨5点多就到组里练习，夜里看理论书籍到2点多，工作时交流，工闲时切磋……有目标、大容量、短时间的学习和锻炼，让他们比同等级别的员工提前掌握了更多的技术。组员江东、孙敏力等在国家级技能比赛中脱颖而出，分别获得"全国技术能手"和"航天技能大奖"。"五小成果"评选，全员必须参与，每名组员都要对自身工作进行思考和创新，拿出自己过硬的技术成果。

技术攻关，挑战极限。发动机零部件焊接车间、首都航天机械公司、中国运载火箭技术研究院的技术攻关，高凤林班组都成为不倒的后墙，组员们将它作为突破技术极限、突破自身极限的机会。某型号发动机阀座组件，生产合格率仅为35%左右，两年攻关没有解决问题，公司领导提出让高凤林班组攻关。产品采用的是软钎焊加工，而高凤林班组的专业是熔焊。这是一次跨专业的攻关，要求是半年时间拿出合格产品。涉足新的技术领域，组员们首先达成共识：从理论层面认清机理，在技术层面把握质量。进图书馆，跑图书城，浏览相关技术网页，他们不辞辛苦、千方百计搜寻国内外关于铝与不锈钢软钎焊的相关资料。软硬件条件具备后，组员每天在20多平方米的砂轮间内进行技术操作试验。两个月里，他们试验了上百次，理清了两种材料在生产中如何从表面层、过渡层、结合膜到质点的连接与扩散等方面的成因机理，并有针对性地从环境、温度、操作控制等方面反复改进，最终使该产品的合格率达到86%，从此掌握了软钎焊这项新技术。

## 360度交流　营造知识技术共享氛围

技术不分你我，高凤林班组形成360度无边界、开放性技术交流，最大限度地促进团队内外的技术信息共享。

纵向交流以"师带徒"和"一带一"为主。"师带徒"，由经验丰富的组员带领一名年轻组员，完成主攻技术的传授；"一带一"，以生产项目为单位，干过此项工作的组员带领新手操作，增加新手实践机会，以此促进全员由"一专多能"向"多专多能"转变。

横向交流以"外出交流"、"结对子"为主。学习发动机大喷管自动焊接技术，班组把人员分成几个小组，轮流进行实践，共同进行技术储备。两年间所有组员都进行过工艺模拟件的操作，5名组员已进行了实际生产。除了系统学习外，班组还与机器手设备代理经销商取得联系，4人一组，分别进行培训学习，进一步掌握自动焊接技术。为开阔眼界，了解同行业或上下游单位的发展状况，高凤林班组与唐建平班组、许振超班组、中国运载火箭技术研究院十一所上面级发动机设计室等10多个班组结为互助班组，加强交流学习，先后解决了两类发动机焊接加工结构的研制等20多项重大科研课题。

在技术共享的氛围下，组员经常自发地进行经验交流、业务技能探讨，养成"比学赶帮超"的习惯。发动机大喷管管束组件的每条焊缝都是由两人合作从两边对着焊。他们相互切磋，摸索出偏心钨极焊、短弧焊等新方法，加工时间从15天缩减到12天。发动机管束式喷管延伸段，过去只有高凤林一个人能焊，每一次操作，组员都自发地在一边观察，交流操作技巧。久而久之，高凤林的徒弟孙敏力便可以独立操作了，许多组员也熟悉了这一操作，并提出尝试操作的愿望。

## 班组简介

首都航天机械公司发动机零部件焊接车间高凤林班组，主要承担运载火箭发动机部组件焊接任务。该班组被中华全国总工会授予

"工人先锋号"，被国资委树为中央企业学习型红旗班组标杆，从 2006 年连续荣获中国运载火箭技术研究院"神箭"金牌班组。

（作者　洪园）

　　事业为天，聚合个人之力成全组之力，裂变全组之力为技术发展之力。

　　技能是地，一次次突破发动机焊接技术极限，标记智能工人的时代坐标。

　　因崇敬而崇拜，因崇拜而崇高。高凤林班组，"航天制造"的明星！

## 理想是奋斗的力量　追求是成功的希望
### ——火箭总装车间装配二组管理理念

### 管理理念阐释

首都航天机械公司火箭总装车间装配二组，作为火箭总装生产线上的班组，岗位与火箭关系最紧，与成功距离最近，存在决定意识，责任需要境界。"理想是奋斗的力量、追求是成功的希望"顺应成为他们建塑团队的理念支撑。

理想是对未来的期望，也是信念和价值观。"用生命捍卫航天，用成功报效祖国"。理想为他们指明了奋斗的方向，提供了不竭的动力。讲理想，他们着重建树4种境界：忠诚事业的志向、拼搏奉献的精神、创新进取的锐气、严谨不苟的作风。

追求是用积极的行动争取达到目的，也是方法与过程。"确保成功，永保成功，用实际行动履行承诺"、"不辱神圣使命，筑起不倒后墙"。追求使他们充满信心，扎扎实实做好每项工作。重追求，他们着力培养5种能力：提升素质的学习力、完成任务的执行力、攻关克难的创造力、自我约束的控制力、团结凝聚的向心力。

"理想是奋斗的力量"突出的是精神层面的管理建设，"追求是成功的希望"强调的是行为层面的管理建设。两者辩证统一，相融相交，相辅相成，提升员工综合素质，促进班组成长。

理念要落地生根、结出硕果，装配二组不断探索、实践、创新有效的管理思路和管理方法。

## 讲求"规矩" 做实管理基础

装配二组做事讲"规矩"。多年来他们按照科学化、制度化、规范化的要求，加强班组基础管理建设。制定了总装技术、生产任务、创新、协作、保密、TPM活动等14项管理制度，设立了14个记录本挂在班组园地，便于全组人员监督、改进。实行月工作考核制，从质量安全、劳动纪律、文明生产、工作态度、出勤率5个方面，分优、良、中、差4个等级，对每一位组员进行综合评定。考核透明，结果公开，起到激励效果。坚持每天召开晨会、每周一次班务会、每月一次培训，定期召开班组民主生活会、民主管理会，认真开展建家活动、党员责任区活动、工会小组活动等，形成了完善的制度体系和管理机制。

九尺楼台起于垒土，坚实的基础管理产生了强大的战斗力和生产力。2006年12月6日，长征三号甲遥十一火箭发射前加注燃料，加注活门未能正常关闭，出现了严重的险情。装配二组4位成员参加了抢险突击队，在其他队员的配合下，他们冒着生命危险先后6次进舱操作，历时两个多小时，最终排除了故障，保证了火箭发射成功，受到了试验大队的表彰。2007年，在总装长征三号甲遥十五和长征三号乙遥九火箭时，装配二组人员持续奋战两个多月，平均每天工作12小时以上，确保了火箭按时出厂。2007年他们圆满完成了14枚火箭总装和7次发射任务；2008年又圆满完成了16枚火箭总装和9次发射任务，全年加班时间却由6828小时下降到4586小时，同比减少了32.8%；连续两年实现开箱合格率100%、交检合格率100%、各项操作准确率100%，不断创造火箭总装和测试的新纪录。

## 注重"自律" 实行管理自主

火箭总装车间领导讲，交代装配二组的事，不用你管，保证干好。装配二组组员非常敬业，自觉认真，纪律性强，平时不拘小事，关键时冲得上……这种特质是长期自主管理培养出来的。

调动大家的积极性，人人参与管理，人人关心管理。生产组织上，设立了岗长和主、副岗；事务管理上设立了质量、安全、6S、文体宣传、考勤、QC攻关、学习培训、保卫保密8大员，每人都承担一份责任。这样不仅锻炼大家的工作能力，而且促进大家自律自省。实行组务公开，利用班务会、生活会、民主管理会等形式，让大家了解班组各方面情况，讨论班组重大问题，倾听呼声意见，切实改进落实。2008年，装配二组TPM活动制作单点教程22份、改善提案18份，参与率达100%，岗位技能升级率达85%以上；提出合理化建议和技术创新33项，其中19项已在生产中得到应用。

重视习惯养成，从生产操作到其他工作，他们都按照精细化管理要求，认真执行，落实到位。装配二组人员装配操作全神贯注、细致入微、精益求精，严格执行工艺规范，曾多次发现、排除重大质量隐患。装配二组生产现场的产品、物品摆放规整，标识清晰，井井有条，成为车间的6S示范区。他们多年做到每天提前到岗，列队进入现场，准时召开晨会，精神饱满投入工作。质量安全等工作评点，组员都要发言，而且点事点名，认真批评，不搞虚招。自觉自律已经成为全员的习惯。

装配二组是"模范职工小家"，在这个"家庭"里处处体现人文关怀。建立了学习培训室，自行添置计算机、投影机、DVD、图书，并制作了传承班组文化的录像片，为大家提高思想业务素质创造了条件。休息室布置得像家一样，给大家提供了舒适的休息和娱乐环境。班组坚持谈心交流、慰问看望等制度，开展丰富多彩的业余文化活动，缓解大家的精神压力，人人都能快乐工作、快乐生活。和谐向上的氛围使员工更加热爱这个集体。

## 当好"兵头" 发挥管理作用

俗话说，班组长是"兵头将尾"，但对班组的建设起着关键作用。作为一班之长的马利，从大处着眼，从小处抓起，尽心尽力履行自己的职责。

在管理职能发挥上，他坚持"三严"，即指挥、协调、控制、激励、沟通，做到严密、严谨、严格。每天的晨会，他都事先结合型号任务做好充分准备，对任务进度、操作关键点、质量安全注意事项一一讲解清楚，要求具体，使组员心中有数，工作有条不紊，提高了效率。在总装现场，在发射阵地，他可以旁若无人，指挥若定。他十分关心组员技能的提升，坚持培训制度，自己讲课，自己出题，自己判卷，并把考试成绩同奖罚挂钩。他讲课的内容有的甚至超出了工艺要求范围，是多年成功经验的积累，实用有效，使大家受益匪浅。

在管理角色认知上，他做到工作带头吃苦，是干得最多、干得时间最长、付出最多的人；技术带头攻关，是组里公认的技术"权威"；危险时刻带头冲锋，长征三号甲遥十一火箭抢险，他第一个进舱，带领抢险队员圆满完成活门更换任务；对同事倾心相待、用心用情，他为组员搭建了温馨家园，就连退休多年的老师傅他也不会忘记，每年春节都带着组员登门看望。

## 班组简介

火箭总装车间装配二组，主要承担运载火箭总装、发射试验任务。2007年以来，该组连年荣获中国运载火箭技术研究院"神箭"金牌班组。

（**作者** 王有彬）

点评

用热血谱奏理想，日复一日，点滴不舍追索，让平凡神圣。

用忠诚坚守成功，年复一年，细微不弃雕琢，让追求庄严。

理想源于高远，追求力行平常。"金牌"团队，"航天制造"的脊梁！

## 胜在团结　赢在执行

### ——部段焊接车间箱体装配组管理理念

## 管理理念阐释

团结，是理想目标的凝聚，是战友情愫的凝聚，是事业责任的凝聚……这种种凝聚成为团结协作的精神、战胜困难的力量、攻克难关的智慧，成为无往而不胜的基石。

执行，不因为分歧而纠缠，不因为困难而停步。态度坚定，目标明确，流程清晰，操作严谨，标准严格……强有力的落实把想法变成行动，把行动变成结果，把不可能变成可能。

团结是高效执行的基础，执行是团结奋进的过程。一个用情，一个寓理，而保质保量保成功，则是情理交融的甜美之果。

组长、副组长、岗长，这样的组织结构，清晰界定了各个岗位的管理责任；连责法、节点工作制则把成员紧密团结成为一个责任、利益密切联系的整体。这个整体同心协力，奋战共赢。

## 一体奋战　实现共赢

因为箱体装配班组的主要工作均要依赖焊接型架开展，岗长制成为班组管理的一项措施。针对 3 个型架设定的岗长，是地地道道的基层管理人才，同时又是真真实实的懂技术人才，全面负责起型架上产品生产的进度、质量和安全的所有事项。岗长制既锻炼了岗长的管理能力，又把一个型架上的组员团结成为一个整体，增强了大家的大局意识，使管理更直接有效，组织链条更为严密。

在岗长制基础上，箱体装配班组又推行了连责法、节点工作制。连责法就是由几个人共同完成一项生产任务，彼此之间互相帮助、监督，"多几双眼睛看，多几个脑袋想"，如果有质量问题不仅追究本工序操作者的责任，其余参与者都要承担连带责任。连责法把组员的责任连接在一起，也把组员的利益连接在一起，把组员的认识连接到一起。

节点工作制是指根据生产进度要求，将任务分解到每天乃至每小时，明确节点的工作量要求，不允许出现拖延，让每个操作者心中都有一个明确的工作计划，不断要求自己、提醒自己，从而有效保证生产质量和周期要求。

共创辉煌，共享荣誉。2004 年，箱体装配班组首次打破夏季焊接禁忌，在七八月份湿度极大的环境条件下进行了箱体的不间断焊接，实现了"全天候"的突破。2008 年，箱体装配班组创造了 58 个箱体连续"一次补焊成、一次液压试验成"的纪录。岗长费红强独立带班完成某重点型号的装配工作，被车间称为"专家"；28 岁的褚晓宾快速成长，独当一面，实现助推箱体焊接"一次成"，高质、高效交付产品；手工焊工郝志斌在神舟五号飞船发射中获得中国运载火箭技术研究院载人航天质量三等奖，并连续两年被评为首都航天机械公司特殊人才。

## 传承价值　提高技能

传承航天精神，将培育班组成员正确的思想方法和价值观念，与采取有效方法激发员工学习技能、提高技能相结合，箱体装配班组的文化建设和技能训练相得益彰。

"一个人带着石头爬山，常常觉得这是一种负担，但若开动脑筋，换一个角度思考，石头也可以变为自己攀高的垫脚石，转变一个人的思维模式就足以改变他遇事、做事时的态度和心情。"这是组长李劲松在班组例会上给大家讲的故事。像这样，李劲松平日有心收集各类启示性的小故事，有意识地在例会上讲给组员听，让大家从中有所启发，有所熏陶，有所收益。

解决近年来年轻人增多、人员技能结构不平衡的问题，箱体装配班组制订了"1＋1"培养计划，帮助年轻员工钻研技术，提高能力。"1＋1"就是在完成一定技术难度的工作时，年轻员工担任主岗，经验丰富的师傅则担任辅助岗，帮助年轻员工一同完成任务，让年轻员工在实战中提高技能，磨炼"看家本领"。班组坚信，把有难度的任务交给年轻人，首先就是对他们的一种肯定和信任，当他们有信心工作时，潜力就自然而然被挖掘出来，技术提高的速度必然会加快。这种培养方式，激发了年轻人开拓、学习的热情，空闲时间，他们捧着书本学习技术；师傅们工作时，他们留心观察，细心琢磨焊接技术。

## 享受工作　快乐生活

有情绪温情处理，有状况合理解决。组长与员工、员工与员工之间秉承尊重、理解、宽容、沟通、共赢的10字箴言，享受着工作，快乐地生活。

组长时刻关注员工工作状态的变化。有一次，两位员工闹矛盾，到组长面前评理。组长李劲松只是请他们站在班组考核看板前，说了一句话："你们好好看看这上面的10个字。"这10个字就是尊重、理解、宽容、沟通、共赢。一会儿工夫，两人一起回到生产现场，又一起忙起了工作。10个字成了处理矛盾的良药。

箱体装配班组成员乔森20岁，参加工作仅两年，家住远郊区，平时住公司单身宿舍。因为从小没有离开过父母，生活经验少，不十分懂得照顾自己。这年年初，乔森咳嗽不停，自己并未放在心上，但被褚晓宾看在眼里，记在心里。第二天一早，他就买来了止咳糖浆等药品送给乔森，并提醒他这个季节的咳嗽不能忽视，应该尽早治疗。这种来自班组同事间的关怀，不光是让乔森，也让所有的班组成员都感到家的温暖。

## 班组简介

首都航天机械公司部段焊接车间箱体装配组，主要承担各运载火箭铝合金燃料贮箱的焊接装配工作。2006 年至 2009 年，该组荣获中国运载火箭技术研究院"神箭"铜牌班组，2010 年荣获"神箭"银牌班组。

（作者　王洪）

> **点评**
>
> 星多夜空亮，人多智慧广，感人聚人用心用情。
>
> 执行是艺术，工作是享受，谋事做事以法以理。
>
> 情理交融、方圆相济，结出的是保质保量完成任务的香甜果实。

## 加固木桶　打造九九团队

### ——基建行政处技术室管理理念

### ▌管理理念阐释

　　首都航天机械公司基建行政处技术室的班组管理先后导入木桶理论和九级管理理论。木桶理论的要点是一只木桶能够装多少水不仅取决于最短的一块木板，而且还在于木板间的结合是否紧密。九级管理理论是将对班组成员生产、生活的关心分为九级，坐标上两个维度均达到九级为最佳。

**理念模型——木桶理论**

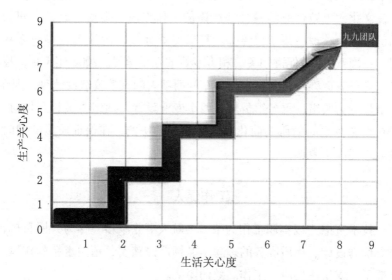

**理念模型——九级管理理论**

班组好比是木桶，成员好比是木板，技术室将学习育人、工作促人、制度聚人、建家暖人作为木桶的 4 道"桶箍"，将每块木板紧密地结合在一起，形成班组强大合力。通过这 4 个方面，达到关心班组成员生产和生活最佳的两个维度，将班组建设成为九九团队。

## 学习育人

多种措施创造知识管理的条件和氛围，激发员工的学习意识，建设学习型班组，提高个人创新价值的能力，提升班组绩效和核心竞争力。

营造优良学习环境。2008 年，技术室购进各类图书百余册，2009 年，又增订了 10 种学术期刊。发挥"同伴影响力"，鼓励组员自学、勤学。主动学习已经成为技术室的习惯，在职研究生学习从原来 1 人增加到现在 3 人，还有一名已经 45 岁的女同志完成了"专升本"学习。开展"师带徒"活动，视老同志为宝，由其传承航天优良文化、忠诚企业的精神和严谨的工作作风，推动了成员之间的知识挖掘、整理、共享与传播。打破专业界限，设计人员"一人双岗、一岗双人"，促进相关、相近专业的互相学习。2008 年 4 月，技术室进行表面处理车间、密封件车间两项大的调整改造设计时，把 6 名组员分为两组，每名组员从事两个专业设计，两组人员相互校对，把 6 个专业之间的协调简化为 3 人之间的协调，在保证质量的同时极大地提高了效率。

## 工作促人

技术室把"以本职工作为荣、为航天事业添彩"作为共同目标，树立优秀设计、优质服务的理念，弘扬严谨踏实、精益求精的作风，打造了一支快速反应、工作高效的团队。

强化执行力，采用 PDCA 管理模式，并实行项目责任人制，主动配合施工管理室、预算审核室工作，确保设计服务保质按时完成。加强驱动力，开展图纸设计质量评比活动，坚持"三级审签"制度，不断改善设计质量，从未发生设计事故。2008 年，技术室完成设计任务 34 项，改造厂房、办公室建筑面积 2.1 万平方米，设计了 72 台各类大型复杂机床的设备基础；完成了东高地危改一期工程 2.6 万平方米高层住宅项目的户型方案设计。2009 年 6 月，技术室接到发动机零部件生产车间洁净室选址及工艺布置的紧急任务后，迅速联系车间，勘察现场，加班设计，提前 3 周完成 2 份专业齐全的初步设计方案，为车间决策提供了科学依据，受到了好评。

## 制度聚人

用制度规范管理，规范流程，规范行为，提高素养，制度建设强化了技术室的主人翁责任感和团队观念。

以前，技术室只有《岗位职责》一项制度，近几年陆续制定完善了 13 项制度，实现了规章制度系列化，覆盖了班组管理的方方面面，使组员明确该"做什么"、"怎么做"、"做到什么程度"。例如《计算机制图标准》规范了图纸设计的标准，确保了各专业设计图纸高质量；《图纸校对制度》明确了图纸校对流程和内容，避免了人为遗漏；《安全制度》规定了深入施工现场的着装要求及注意事项，防止了事故的发生；《活动开展和举办制度》调动了每位组员的参与积极性，提高了组织活动能力，等等。

## 建家暖人

以人为本建设模范职工小家，增强班组亲和力，营造浓郁的和谐氛围，激发组员的热情和潜能，搭建组员施展才华、实现价值的舞台。

实施民主管理，每周五召开民主班组会，每季度召开室务公开会，讨论班组工作计划、设计方案、管理工作等，大家畅所欲言，在民主集中的基础上决策。设置质量、保密、宣传等 7 大员和 TPM 活动 5 个督导员，每人承担一份职责。注重人文关怀、心理疏导，坚持生日送温馨、生病送关怀、结婚送祝福。设置班组园地《设计港湾》，为大家交流沟通提供平台。举办丰富多彩的活动，定期开展班组共建、文体娱乐、参观展览、演讲朗诵等活动。2007 年、2008 年班组十大新闻事件、新闻人物等民主评选活动，培养了班组成员关心班组、建设班组的责任感。连续 3 年参加捐助西北缺水地区的"大地之爱、母亲水窖"公益活动，每年捐资 1000 元，捐助贫苦母亲、贫苦地区失学儿童，慰问社区孤寡老人，培育了班组成员关注公益事业、回报社会的爱心。

## 班组简介

首都航天机械公司基建行政处技术室，主要负责公司基建工程项目图纸设计、施工建设和后期保障的技术工作。该室荣获中国运载火箭技术研究院2007年度"神箭"银牌班组、2008年度至2010年度"神箭"金牌班组。

（作者 付晋）

点评

两维坐标，衡量班组对员工爱的深度，员工对工作爱的高度。

四道桶箍，彰显班组对员工爱的力度，员工对工作爱的纯度。

经纬纵横，九九归一，满是爱在交织、爱在唱响、爱在升华。因为爱，才会诞生这般优秀的设计、优质的服务、优等的员工。

## 创新 创优 创效
### ——箭体结构件机加车间工艺组管理理念

### ▍管理理念阐释

作为首都航天机械公司规模最大、技术能力突出的箭体结构件机加车间的工艺组，承担着公司大部分产品大、中、小型零部组件机械加工的工艺工作。面对机加技术的高速发展、设备更新换代的日新月异，打造核心竞争力，就要在技术上创新、质量上创优、工作中创效。

技术上创新，就是领先吸收数控加工领域新理念，挖掘设备潜能，开发促进生产的新技术；质量上创优，就是不断提高工艺稳定性，增强工艺适应性；工作中创效，就是通过技术上创新、质量上创优，保证工艺工作质量，提高工艺工作效率。

### 培育技能 建设组织学习体系

知识是创新的根基，学习力是重要的竞争力。工艺组建立起有意识学习的方法体系，建立起珍视学习价值的文化，树立和强化"三个观念"，即"终身学习"、"工作学习化、学习工作化"、"团队学习"，把个人学习与班组成长联系到一起。从个人学习到组织学习，班组提高的不只是学习力，更是创新、创优、创效的能力。

按需施教。岁末年初，班组征求、分析组员们的培训需求，根据需求确定培训内容和授课人员，制订年度培训计划。按照计划，坚持每周五进行全员培训。2005 年至今，工艺组已经组织开展了数控工艺优化、典型零件加工、零件造型、数控仿真等多方面的培训。班组集体培训与员工自学相结合，组内开辟了图书角。几年中，工艺组连续添置机械加工专业学习书籍、资料 100 多本。朝着共享知识方向发展，把组员的经验、技能制作成表格进行专长管理，当有人接到从未接触过的任务时，便从表格中寻找提供支持的人员，从而确保以最短的时间、尽可能合理的加工方案完成任务。

因材施教。委派任务，是班组促进员工学习理论、钻研业务较为普遍的方式。员工在完成任务中主动学习，有目标地学习。委派的任务根据员工的工作资历、岗位内容而确定。"一带一"、"多带一"，则是为新员工设计的学习方式，让师傅带徒弟这种传统方式，在新时期工艺制造技术的学习中发挥作用。对于技术水平处于中游的组员，采取的是指派研究课题、分派新型号任务这种压担子的方式，使其在课题研究、新型号工作的探索中提升能力。对技术骨干，则创造条件使之能够走出去学习前瞻性技术，培训组员传递知识、传授技能，使他们吸收新技术、新知识的时间最短，传授知识、辐射知识的效应最大。近几年，班组先后有 30 余人次参加学术交流会，走访兄弟单位，与具有先进技术的企业座谈。

案例施教。剖析典型质量问题、共同反思质量问题发生的原因、讨论改进措施、提高工艺稳定性，成为班组总结经验教训、积累知识的有效方法。2007 年，车间曾有一批产品的上接头在荧光检查后发现生锈问题。班组以此为案例，讨论"是热处理问题还是材料问题"、"荧光检查后为何会生锈"、"何种工艺能代替荧光检查"等一系列问题，并学习防锈知识。像这样典型案例教育，延伸、拓展了组员在机加相关领域的知识，为创造优质产品奠定了基础。

## 钻研技术　砥砺求精创新的组织行为

意识决定行为，行为决定成败。精益求精、追求完美、追求创新是班组的工作作风，更是工作习惯，它使班组在创新、创优、创效中突破现状无止境，战胜自我不服输，百折不挠不放弃，在实践中把求精创新培养成班组的性格、行为。

突破现状无止境。没有最好，只有更好，班组成员不断突破现状，无止境地探索技术的真谛。从单件加工到批量生产，班组为了更好地满足新的形势要求，主动为批产零件编制数控加工工艺规程，提高生产效率。一段时间后，大家觉得利用数控机床加工单个小零件的生产效率虽有提高，但仍可改进，便尝试着将原来一个三维模型变为多个三维模型，实现了一个程序能够生产出多个小零件。该方法推行后，大家发现此方法有程序量大、不易更改的弊端。班组成员集思广益，反复试验，最后锁定了利用宏程序编程的方式，减少程序段，增强灵活性。但是宏程序编制的难度大，不易于推广，大家深入思考，编制了后置处理程序，降低了编程的难度。为了提供优质的工艺规程，班组又推广了程序仿真，以验证程序的准确性。

战胜自我不服输。困难虽然阻碍前行的脚步，但同时也带来攻坚克难的勇气。耳环锁座采用手工铰孔的方式进行加工，对人的依赖特别大，产品质量十分不稳定。在某重点型号的生产中，耳环锁座批次性报废。承担该项产品工艺工作的年轻工艺员何莉没有被吓倒，反而激发了啃下这块"硬骨头"的斗志。班组成立了以她为核心的 QC 小组，大家通过对以往加工工艺的分析，查阅相关资料，提出将手工铰孔改为数控镗孔的新工艺方法，使产品合格率达到了 100%。

百折不挠不放弃。潜心于技术，带给人不断攀登高峰的力量。壳体网格在五轴联动机床上加工，却无法实现联动，而且存在对刀难度大、易产生误差等弊端，影响质量和效率。如何实现联动？班组成立了以副组长刘争为核心的攻关小组，多次与国内外专家座谈，咨询设备生产厂家和软件供应商，但得到的结论都是直角铣头无法实现五轴联动。不服输的刘争没有放弃，他查阅了大量国内外有关资料，细致研究控制系统说明书、机床参数手册，进行了大量试验。在他的不懈努力下，最终掌握了直角铣头五轴联动加工这项国内领先的技术。此项技术的应用大大提高了生产精度，而且提高效率 4~5 倍。

## 荣誉鞭策　凝聚不断进步的组织力量

荣誉是对成绩的肯定，更是凝聚团队的动力，它与责任同在。班组的每一个人都用荣誉鞭策自己，为班组的创新、创优、创效贡献更多的力量。

最近两年，班组在数控加工技术方面获得的各种奖项有 100 多项，班组成员也取得了喜人的成绩。荣天爱获得中国运载火箭技术研究院技术成果一等奖；郑骥获得中国运载火箭技术研究院技术成果二等奖；田英杰、徐阳荣获得中国运载火箭技术研究院技术成果三等奖；付海涛和夏磊均在航天制造技术杂志上发表了学术论文。

班组还在质量管理、人才育成等方面做出突出成绩，受到表彰，荣获 2007 年北京市第 51 次 QC 小组成果发表会优秀奖和 2008 年全国 QC 小组成果发表一等奖，组员王玥获公司 QC 小组成果二等奖，先后有 1 人荣获北京市优秀青年工程师、2 人荣获院先进工作者、2 人荣获院巾帼建功标兵、4 人荣获公司先进科技工作者、1 人荣获公司创先争优活动优秀党员。

## 班组简介

首都航天机械公司箭体结构件机加车间工艺组，主要承担公司大部分型号产品大、中、小型零部组件机械加工的工艺工作。该组荣获中国运载火箭技术研究院 2008 年度"神箭"铜牌班组、2009年度和 2010 年度"神箭"银牌班组，中国航天科技集团公司"青年文明号"。

（作者 赵昉）

> **点评**
>
> 树立，坚持理念不易；砥砺，养成行为更难，而他们做到了。
>
> 促进员工与技术融合，再将技术从工作中剥离。他们让技术成为了具有集体属性的知识体系，沉淀在了企业之中。

# 文化基因与文化故事

价值元素是企业文化的最小单元，它的继承与发展、选择与组合，影响和制约着企业的发展。风雨百年，首都航天机械公司积淀了丰富而独特的文化基因。这些文化基因，植根企业，执著生长，薪火相传，成为公司矢志铸箭的坚定信念，奋发进取的不竭动力，未来发展的坚实根基。

## 与责任相关的文化基因

### 报效祖国，服务社会

### 我国本土最早制造飞机的人

——南苑飞机修造厂创始人刘佐成、李宝焌

1910 年，留学日本研习航空的刘佐成、李宝焌应召回国，成为南苑飞机修造厂的创始人。刘佐成、李宝焌均是福建永安人，1906 年秋，他们以优异的成绩取得了官费留学日本的资格，在日本留学期间，心忧天下，寻求救国之路，几度易学，最后选择攻读航空专业，研究飞机和飞艇的制造。

1910 年 11 月 12 日，李宝焌、刘佐成分别在《帝国日报》、《大公报》发表了《航空研究会发起及简章》，意在组织专业协会，提醒国人：世界航空事业刚刚起步，中国要抓住机遇，推动航空事业的发展。在李宝焌、刘佐成的积极奔走和努力下，南苑飞机修造厂先后制造出"飞机1号"和"飞机2号",虽然因故没有飞行成功,但这是中国第一次在本土制造飞机。刘佐成驾驶"飞机2号",因发动机曲拐轴损坏,飞机坠落,身受重伤。然而,经过两三个月的治疗和休养,他继续奋斗在研制飞机的第一线。

1911年,李宝焌由于日夜奔忙,积劳成疾,患了恶性痢疾,不幸于8月26日在南京病逝,年仅26岁。刘佐成仍一直为中国航空事业不断努力和奔走,1943年不幸病逝,享年59岁。

(作者 刘颖 王有彬)

## 最早用自制飞机成功飞行的飞行家
### ——南苑飞机修理厂厂长潘世忠

1913年北洋政府建立了南苑飞机,学成归国的潘世忠受聘担任机械教官,1914年5月兼任南苑飞机修理厂厂长。

潘世忠幼年受良好的家庭教育,立志科学救国。中学毕业后,他勤工俭学赴法国深造,探求强国之道。先后入里尔机械专门学校和兰斯特伯多生飞行学校学习,达8年之久。1911年(宣统三年),因飞行技术优秀获得法兰西国际航空联合会证书。

这位中国第一个航空工程师不仅有着卓越的才能,而且见识远大。他知道要实现中国航空事业的发展,绝不是单靠向外国购买飞机就行,而是要自己储备技术人员,自己能制造飞机。潘世忠在南苑飞机修理厂工作期间,潜心研制各种类型的飞机,除发动机以外,所有螺旋桨、机身、机翼,以及各种零件都依次仿造成功。

1913年10月20日,由潘世忠设计、南苑飞机修理厂制造的飞机,在潘世忠本人的驾驶下试飞成功。这架飞机除发动机进口以外,其他零件均由工厂制造,这是中国本土自制飞机的第一次成功飞行。报章载文称潘世忠为我国"第一飞行家"。1914年,潘世忠又驾驶自己设计制造的第一架装备武器的飞机,在南苑机场试飞成功,飞机头部装有一挺机关枪，机身标有"1"，被称为"枪车"或"枪车1号"。1920年，南苑航空学校改组为航空教练所，南苑飞机修理厂直属北京政府航空事务处；1921年，航空事务处扩充为航空署，将工厂迁至清河，改为清河航空工厂，潘世忠继续任厂长。

（**作者** 刘颖 王有彬）

点评 刘佐成、李宝焌、潘世忠等先驱，在没有雄厚国力的支持下，胸怀航空救国的壮志，凭着真才实学，发愤图强，开创了中国航空事业的先河。这种报效祖国、百折不挠的爱国精神，不计个人得失的奉献精神、牺牲精神，深深植根企业，成为企业宝贵的精神财富。

## 与作风相关的文化基因

### 艰苦奋斗，百折不挠，大力协同，严慎细实

## "1059"仿制从头学起

"1059"（东风一号）仿制生产以焊接为主，工厂既缺少各种焊接设备，也缺少生产大型钣金零件、大型模具、装配夹具所需的设备。为了满足生产需要，工厂不讲任何条件，将铆接车间改为焊接车间，240名铆工从此放弃了原来的技术，从头学习焊接知识。

为了学习这些新技术，工厂掀起了学习热潮。在车间里，工人常常夜以继日地试验、工作；技术人员消化"1059"的资料、图纸，经常是夜深了还在学习，撵也撵不走。技术改造和设备更新期间，厂党委始终坚持"自力更生为主，力争外援为辅"的方针。需要配备苏制1600吨油压机，对方迟迟不接受订货，大家不等不靠，与兄弟单位协作，把一台复动式水压机安装在厂房里。焊接推进剂箱的关键设备迟迟不到货，技术人员就和工人师傅一起，根据苏联的不成套的简单原理图，突击进行反设计和试制。由于新产品尺寸增大，工装铸件的尺寸也相应增大，可当时工厂只有0.5吨的冲天炉。工艺人员和工人师傅就找窍门，想办法，硬是用0.5吨的冲天炉，采取多次熔化贮存、一次浇铸的办法，铸成了1.5吨及更大的铸件。"1059"仿制进入决战阶段，中苏关系发生变化。此后，苏联单方撕毁协定，撤走了所有苏联专家。在聂荣臻元帅"逼上梁山，自己办吧"的鼓励下，广大干部员工以强烈的爱国热情和忘我的工作精神，发愤图强，战胜了一个又一个因技术援助中断带来的困难。

1960 年 11 月 5 日，工厂生产总装的仿制导弹"1059"试验成功，中国拥有了自己的第一发导弹。这标志着工厂的成功转型。

（作者　冬春）

## 破解氢氧发动机喷管延伸段焊接难题

中国航天技术要登上新的台阶，确立航天大国的地位，就必须攻克火箭氢氧发动机喷管技术难关。作为全国最大的运载火箭生产总装企业，首都航天机械公司义不容辞地担负起攻关重任！

模胎设计是第一步，万事开头难！朱广勇（1992 年起享受国务院政府特殊津贴的研究员级高工）把最难最重的第一副担子挑了起来。虽然经过了很多次的试验失败，老朱和他的战友没有气馁，他们坚信：失败和成功是孪生兄弟，失败之后降生的必然是成功！在这种信念的支撑下，经过不懈努力，第一个模胎诞生了。它开辟了一条技术新路，一条自力更生的路。

模胎有了，下一步是装配，就是用数百根异形管组成一个高精度要求的火箭喷管。当历尽千辛万苦组成圆环之后，却是一个"无言的结局"，数百根长长的细管子，像数百根纠缠在一起的弹簧，理不出眉目，梳不出头绪。艰难的排列组合再度开始，所有人一起动手，装了拆，拆了装，10 遍不行就 20 遍，20 遍不行就 30 遍，最后，究竟拆装了多少遍，连他们自己也记不清了。就这样，他们用了 90 个白天和夜晚，一举攻克了装配上的技术难题。

装配完成了，焊接的难题又来了。将数百根管子焊在一起，每根管子的壁厚看上去比一张纸还薄，随时都有把管子烧漏、烧穿的危险。不仅如此，管子尺寸本身、弯制成型、装配都有误差，焊接之后还要出现误差。面对难题，他们没有屈服。百次试验，千遍观察，焊枪的火焰二三十天不曾熄灭。终于，攻关小组掌握了焊接变形的分布规律，克服了管子变形翘起等一连串的焊接问题，一举攻下焊接难关。

　　成功永远属于在困难面前百折不挠的人们，管束式喷管延伸段研制成功了。

（**作者　刘占文**）

> **点评**
>
> 　　艰苦奋斗，百折不挠，大力协同，严慎细实，首都航天机械公司干部员工攻破了一个个制造工艺、制造技术难关，在祖国国防现代化建设和航天科技的舞台上唱出了一曲曲报效祖国的天籁之音。首都航天机械公司百年的发展史，就是一部自力更生、艰苦奋斗的创业史，百折不挠、努力攀登的奉献史，严慎细实、团结协作的攻关史。

**与市场和客户相关的文化基因**

完成任务、产品优质，诚实守信、依法经营，有效竞争、互利共赢，客户至上、超值服务

## 100 天抢出"长二捆"

1992 年 3 月 22 日夜，因当晚 18 时 40 分发射"澳星"的"长二捆"火箭失利，上级下达命令：加速"长二捆"遥三火箭的生产进度，6 月底出厂，8 月发射。从 3 月 23 日起到 6 月 3 日火箭出厂，整整 100 天。100 天内完成捆绑火箭的生产在世界航天史上并无先例。首都航天机械公司的口号是：后墙不倒！

公司党委提出了"齐奋战、抢遥三、再发射、保上天"的口号。100 天里，员工取消全部的节假日，五一节成了名副其实的劳动节。最紧张的时候，部段焊接车间和部段铆接车间的工人们每天 24 小时连轴转。为了早日完成火箭贮箱壁板的化铣，表面处理车间的工人们日夜奋战。年轻工长黄绍林甚至连续工作了三天三夜。青工何庭轩为化铣贮箱零件连续两天两夜没休息，最后竟疲劳地虚脱在生产岗位上。患有腱鞘炎的蒲金玲手肿得很厉害，握榔头感到非常吃力。然而，当知道有个技术性很强的零件需要他来完成时，他毫不犹豫地接受了任务。

经过 100 天异乎寻常的努力与拼搏，公司按时完成了"长二捆"遥三火箭的生产总装任务。8 月 14 日 7 时整，"长二捆"火箭托举着"澳星"，以雷霆万钧之势拔地而起，直冲云天，撞开了国际卫星

商务发射市场的大门，庄严地向世界宣告：中国火箭正在阔步走向世界。

（作者　孙欣荣）

## 享受荣誉赢得信赖

1989 年，首都航天机械公司为北京雪花电器集团开发了国内第一条冰箱侧板自动化生产线。

20 世纪 80 年代末，公司利用仅有的一点资料，夜以继日地测绘，一点点地攻克难关，硬是完成了在别人看来不可能完成的冰箱侧板生产线技术开发任务。1988 年，公司制造的冰箱侧板生产线在北京雪花电器公司对外招标中一炮打响，闯入市场。自此，公司不论合同多还是少、合同额大还是小，始终坚持加强技术储备，提高设计能力。公司从为用户创造最大价值的理念出发，不和其他厂家比价格，而是比高、中、低档设备设计体系，比结构可靠性及自动化程度，技术优势达到了国内先进水平。

摸爬滚打了 20 余年，公司一直与雪花、海尔、美的等国内多家知名的家电集团保持密切合作关系，产品还出口至墨西哥、越南等国家。

（作者　易涵）

## 信誉是"金字招牌"

首都航天机械公司铸造车间加工的煤矿排放瓦斯扇叶，得到了甲方的高度认可，不仅仅是因为按时、保质、保量，还是因为车间通过技术创新为他们省了 20 多万元。为甲方省钱，这可能会让很多人不理解，而车间领导自有他们的道理："我们要打造自己的品牌，就要做到信誉至上。"

燕京煤矿机械厂是公司铸造车间的老客户，要求生产的这批扇叶在车间也生产过几次。以前车间采用砂型重力铸造的方式生产，易产生缩松等缺陷，铸件补焊率达到70%至80%。此次出口的扇叶应外方要求需要用锻造、机加工相结合的生产工艺，生产周期长、成本高。当燕京煤矿机械厂再次找到铸造车间时，车间为客户着想，主动提出更换生产工艺，生产出无须锻造和机加工的精铸产品，为客户节省了大量费用。

（作者　刘颖）

点评　首都航天机械公司航天技术应用产业发展历史悠久，从20世纪60年代起，就自行设计制造了北京牌大轿车，开发设计制造了国内第一台真空钎焊炉、第一条瓦楞纸板自动化生产线、第一条冰箱和洗衣机侧板自动化生产线等非标装备，填补了国内空白，并出口国外。今天的首都航天机械公司，依然坚持互利合作、永续发展的经营理念，研发具有自主知识产权的航天技术应用产品，广泛为国民经济建设服务。

## 与员工相关的文化基因

敢想敢为、献身使命，忠诚自律、踏实敬业，
全面发展、快乐工作

### 他的丰碑在太空

提起魏文举，人们亲切地称他"大魏"。他是运载火箭总装车间老装配工、国家级技师、共产党员。他用行动诠释出航天人献身使命的伟大精神。

1992 年，那是一次重大的火箭发射试验。在点火按钮按下的关键时刻，火箭突然发生了故障。人们震惊了。随后在发射基地、试验队统一组织领导下，进行了排故抢险的战斗。橘红色和杏黄色的烟雾随时可能使人窒息，每吸一口气就增加一分对生命的威胁。他们双膝跪倒、顽强而艰难地抢修着……3 分钟，他们抢修着……5 分钟，他们还在抢修着……这时，一个人中毒昏迷，被人抬出阵地送往医院。忽然，他吃力地睁开眼睛，断断续续说："别管我，快叫阿宏出来……"发射基地马上派出一架直升飞机，直送成都医院。可惜，由于伤情太重，没等飞机降落，我们的航天战士已经停止了呼吸。

他就是魏文举同志。大魏，用 54 岁的生命，填写了"为共产主义奋斗终生"的最后答卷。在这次重大的发射中，他早把生死置之度外。他不是负责检修的人员，完全有理由推掉这份工作；他也不是突击队的第一队队员，完全可以等待第一队撤出之后再上去。可是，他既没有推辞、后退，也没有等待、观望，更没有分分内分外。

在危险和死亡面前，不但没有恐惧，没有杂念，而且争先恐后，竟然两次第一个冲上去。

他的辉煌业绩，在中国航天的史册里，在人们的心坎上，永远是耸入云霄的高峰。

（作者　刘占文）

## 一生执著开发铸铁冷焊技术

1978 年 3 月，陈钟盛开发的铸铁冷焊技术荣获了国家重大科技成果奖，填补了国内空白。陈钟盛光荣出席了全国科学大会。

机床上的很多部件是用铸铁制成的，铸铁件的质量约占机床总质量的 80% 以上。多年来，铸铁件损坏后无法修复，要么更换备件，要么自制一个新的。而制造一个新的铸铁件又要经过繁杂的工序，不仅周期长、成本高、浪费大，而且还影响了型号的生产进度。

陈钟盛，昆明工学院机械制造专业毕业。当得知冷焊法可以修复铸铁后，他决心攻克铸铁冷焊这个难关，结束铸铁件不能修复的痛苦历史。在焊接技术面前，他是个地地道道的"门外汉"。为了使自己尽快由外行变为内行，他经常跑新华书店，跑图书馆。1966 年，经过无数次试验，陈钟盛终于成功试制出了一种奥氏体铁铜焊条，并摸索出了一套有效的工艺方法，突破了铸铁冷焊的技术难关，填补了我国在这个领域的空白。铸铁冷焊技术成功后，为了便于工作，陈钟盛又在一线虚心向老师傅学习焊工技术。这时的陈钟盛，身着帆布服，头戴防护罩，脚踏绝缘鞋，手持电焊钳，已经活脱脱是一个焊工师傅。从 20 世纪 60 年代末开始，陈钟盛的铸铁冷焊技术在全国声誉鹊起。

几十年来，陈钟盛为公司和其他厂矿企业焊接修复铸铁件 4400
多件，其中大型、关键设备 660 多台，为国家节省了巨额资金。

（作者　孙欣荣）

## 我们一定行

2002 年的春天，杜岩峰正式成为首都航天机械公司的一名焊接
工艺技术员。初出茅庐的他在对"老航天"的敬佩、感动中，日益
坚定了献身航天事业的决心。他常说："只要国际上有适合我们的先
进焊接技术，我们就要攻克下来。别人能研制出来，我们也一定
能行。"

在焊接厂房内，杜岩峰看到工人师傅们趴在闷热的火箭壳段内，
汗流浃背地进行手工焊接。为了安全，即使是在三伏天，他们也要
捂着厚厚的长袖工作服。为了确保火箭无多余物，工人师傅还要保
证一滴汗珠也不能掉落在产品中。杜岩峰心生敬意的同时，也暗下
决心：一定要找到一种工艺方法，让工人师傅省时省力，制造出更
完美的火箭。

杜岩峰接到了攻克国际先进的搅拌摩擦焊技术在运载火箭上工
程化应用的难题。这项先进的焊接技术，当时只有一些欧美发达国
家掌握，杜岩峰所能找到的只有一点英文报道。"越是有难度的任
务，就越能激发斗志。"攻关的两三个月中，他周末、节假日加班是
常事，失败受挫更是常事。在失败了成百上千次后，2004 年夏，搅
拌摩擦焊工程应用的第一个试验贮箱诞生了。

现在，杜岩峰担任了部段焊接车间的技术副主任，每天的工作
让他忙得像陀螺一样，转个不停，可他的信心如磐石一般："只要国

际上有人研制出适合我们国家的航天新技术，我们就要努力学习，拼了命也要攻下来。"

（作者　吴思）

点评　无论是面对死亡一瞬间献身使命的神圣选择，还是胸怀大志的敢想敢为，抑或是日复一日、年复一年默默无闻地踏实敬业，都折射出首都航天机械公司员工忠诚自律的崇高品质。他们对工作高度负责，约束自己，服从需要。他们是最平凡的，却又是最不平凡的。

## 与创新相关的文化基因
### 自强不息、开拓创新，引领超越、敢为人先

### 勇攀火箭制造技术 5 米平台

新一代运载火箭箭体芯级直径为 5 米，是我国迄今为止最大直径的火箭部件。大直径，不单纯意味着贮箱从 3 米或 3.35 米增加到 5 米，还意味着运载火箭制造技术迈上了一个崭新的平台。在这个平台上，一切都是新的，新结构、新材料，还有新的制造技术。攀登运载火箭制造技术 5 米平台，首都航天机械公司书写下 4 个大字：中国创造。

早在 2006 年，5 米直径贮箱箱底进入方案设计阶段，公司工艺人员就主动参与到设计方案的论证中，确定了球形底、长瓜瓣、小顶盖的结构方案。设计方案与工艺方案紧密结合，既满足了设计方案的可行性，又保证了产品制造的工艺性。5 米贮箱球形箱底是由 8 块铝合金瓜瓣拼焊组成，与 3.35 米贮箱的瓜瓣相比弧度变大，如果沿用过去贮箱焊接"固定焊枪、移动瓜瓣"的方法，翻转瓜瓣非常困难。工艺人员在翻阅了大量的国内外资料后，决定采用"爬坡悬空焊接"的方法，就是将瓜瓣固定，顺着弧度移动焊枪焊接。

叉形环是连接 5 米贮箱箱体与箱底的过渡件，因为尺寸过大，加工难度之大在国内也是首屈一指，被大家称为"国内第一环"。以往叉型环都是使用锁底焊结构，但为了减小产品质量，5 米叉型环使用一种新型结构。公司几位技术副总师反复论证、修订方案，使加工工艺不断优化。由于生产场地和运输条件受限，常规的放置方法以及传统的热处理方法很难满足生产需要，公司首次采用振动时效

方法，释放零件内部应力。加工第一件试验件时，热处理车间员工连续奋战了 16 小时，试验、调整，再试验、再调整，摸索出加工参数。叉型环采用整体锻造，但在实际加工时又遇到新的问题：因为环壁很薄，刚性太弱，不好控制圆度。箭体结构件机加车间工艺技术人员泡在现场，反复试验，在过渡环上设置若干压板，每个压板打表测量，为控制圆度提供参考数据。

在新一代运载火箭贮箱方案设计阶段，公司圆满完成焊接制造、箭体阀门制造等 8 项工艺攻关项目；转入初样阶段后，工艺攻关项目达到 29 项。

（作者　吴思　付晋）

## 挑战任务洪峰

2010 年，发动机零部件生产车间迎来了又一个"任务洪峰"年，机加任务、装配任务需求均是 2009 年实际完成任务的 2 倍，多型号批生产和新一代运载火箭等产品研制同时进入高峰期。如何应对？车间确立了"装配做强、机加做精、外延做深"的管理思路。

车间认真分析了现有生产能力，梳理出了 6 个方面的问题：生产能力不足、检测能力工程化不足、活门试验数据动态实时采集能力不足、微观多余物控制能力不足、原材料供应不及时及质量问题影响生产周期、研制型号产品技术状态变化频繁影响研制周期。针对不足，车间对症下药。

在生产组织方面，发动机零部件生产车间持续推进拉动式管理模式，采用"一次投产，分组交付"的组织模式，以满足发动机试车节点需要；对机械零件将充分借助社会资源，延伸管理。在质量控制方面，车间精细管理，采取了一系列措施，如实现质量控制由定性向定量转化；引进试验数据实时采集系统；引进尘埃粒子计数器；投入使用 10 万级洁净间，进一步提高关键产品微观多余物的控制能力等。在技术和人才培养方面，车间建立技术和技能人才梯队，打造更多技术领军人才和高技能的生产团队。

有了对策，让车间面临"任务高峰"时少了慌乱，多了信心。

（作者　林文亮）

## 向传统宣战

保证产品质量的万无一失，有时候需要超凡的勇气去改变一个成熟的方案。打破惯性思维，挑战传统，确保产品质量，铸造车间工艺组员工做到了。

2009年年初，铸造车间承接了某大型铝合金工装铸件的生产任务。铝合金材料铸件的浇铸成型是车间的强项，但此次铸件轮廓尺寸之大、浇铸质量之大、工艺施工难度之大却让车间有些望而却步。此次任务共有4项，最大的一件浇铸质量达到了8.8吨，采用立式还是卧式浇铸方案成为攻关小组讨论的焦点。

立式浇铸方案已经过多年的生产验证，产品质量稳定，是相对比较成熟的方案，但由于产品尺寸巨大，要实现该产品的浇铸将对车间现有的吊车、地坑、压铁等一系列工艺装备生产能力带来巨大挑战。卧式浇铸方案虽然容易实现操作，且生产周期短、成本低，但易造成铸件缺陷超差甚至产品报废，工艺成熟度较低。成熟的是不是最佳选择？工艺组经过集体讨论，认为此次铸件尺寸太大，受厂房、设备、人员限制，操作起来难度非常大，更重要的是生产安全无法保障，他们坚持卧式施工方案——车间历史上从未采用过的成型方案！

施工方案的确定是铸件浇铸的关键，必须慎重。为了确定最佳方案，工艺组员工先后展开了4次大讨论，车间组织了3次评审会，经过半个多月的激烈讨论、论证，最终采用了卧式施工方案。为了控制可能出现的质量缺陷，工艺组成员一起讨论优化施工方案的每一个细节，把可能出现的问题想在前面……事实证明，他们的选择是正确的，出炉的产品质量得到了客户的认可。

（作者　易涵）

点评

不服气，不服输，勇于创新，善于创新，是祖国航天事业发展所必须的可贵精神。作为中国成立最早、规模最大的运载火箭生产总装企业，首都航天机械公司不但拥有敢为人先的勇气，更拥有善为人先的能力。正是这种勇于挑战、不断超越的精神，为企业提升核心竞争力、引领航天制造业提供了源源不断的活力。

## 与质量相关的文化基因

**严肃认真、周到细致，精益求精、尽善尽美，**

**稳妥可靠、万无一失**

### 不畏挫折树起质量标杆

1996 年是中国航天史上黑暗的一年，"2·15"、"8·18"两起飞行试验的失败使中国航天的信誉严重受挫。为适应未来航天的发展趋势，首都航天机械公司启动 ISO9000 系列标准的推行工作。

公司对照 ISO9000 系列标准，选择了 GJB/Z9002 标准为依据，总结了 40 多年来的管理经验，构建了符合 ISO9000 系列标准要求的质量管理体系；编制完成了公司质量管理体系文件；确定了"我们永远坚持质量第一、我们持续进行质量改进、我们不断满足顾客需求"的质量方针。

公司于 1996 年 6 月，在航天系统京区单位中率先顺利通过了中国新时代质量体系认证中心认证。《人民日报》、中央电视台等 31 家媒体，对此做了专题报道。

（作者　陈金存　冯京平）

## 交付百分百放心产品

在火箭总装车间现场，常常会看到检验组的员工背着照相机在产品前不停地拍摄着，这是为了确保产品质量进行的多媒体记录。

多媒体记录的工作内容十分烦琐，需要操作人员超乎寻常的细心才能完成好。产品总装中，检验人员在检验产品质量的同时，要对装配的结果和部分过程，特别是关键点、重点内容进行拍摄。批产产品的总装状态几乎一模一样，检验人员在进行多媒体记录时，要清楚地记录哪张照片是哪个产品的哪个部位上的。拍摄完成后，检验人员要准确地将照片录入到相应的质控卡中，并确认和填写项目、部位、拍摄内容（检验要素）、形式、记录人、记录日期、确认结果、确认人等内容。最多时，检验人员一天拍摄100多张照片，录入、填写要花费半天的时间。

面对如此烦琐的工作，检验组的员工们没有抱怨，他们将每一次拍摄、录入、回录，都视为确保产品质量的"生命线"，一丝不苟地进行记录，为的是"交付百分百放心的产品"。

（作者　赵昉）

## 产品有了"身份证"

首都航天机械公司工艺研究所拥有特种焊接、特种加工等先进技术和设备，严格的质量管理更是他们维系客户的重要因素。

质量管理的加强始于2005年发生的一起发动机试车故障。"事故发生后，复查、质量归零……原始记录不完整成了我们的软肋，过程细节及记录不清晰，心里忐忑不安。"所长谈起当时的情形仍心有余悸。最后的结果是这批产品几乎全部报废，给客户造成了很大的损失。这件事让员工更加明白了"欲速则不达"的道理，促使他们开始采取措施加强批产质量管理。

"现在，每一批产品都有一份质量证明书，对产品质量、运输、贮存、使用、维护等主要情况都有详细的记录。"检验人员吴国光介绍说。以前，随着产品交付给客户的，只是简单的一张合格证，而现在，变成了厚厚的一摞数据资料，有的仅证明书就有近50页。2007年，工艺研究所进一步规范了产品质量证明书的填写格式，对于填什么、如何填都有详细的说明。他们承诺：如果不按产品证明书要求填写，接收单位可拒收产品。

产品质量证明书成为产品名副其实的"身份证"。产品有了"身份证"，不但资料归档时详细齐全，产品质量也具有了可追溯性，稳住的不仅仅是客户，更是公司的声誉和形象。

（作者 易涵）

## "苛求"产品质量

长期以来，质量标准都是依照产品性能而制定的，而2008年的一件事却改变了这个惯例。某型号产品交付时，客户对产品上的划痕提出了质疑，由于没有充分的佐证，划痕被视为质量问题反馈给公司。火箭总装车间检验人员的心很不安。虽说有很多委屈，但大家还是下定决心：类似的问题决不再发生。

此后，检验组在产品接收时、交付前的检查近乎"苛刻"。仪器、电缆入库时，检验人员仔细检查其表面是否有划痕、麻点、掉漆等表面缺陷，并将缺陷的数量、状态、划痕的深度等数据一一记录。对于有明显缺陷的产品，检验人员坚决不放行。产品交付前，他们拿着手电筒，趴在产品上，以平方厘米为单位，进行全面检查，确保出厂的产品质量百分百。

正是这种以"客户标准为标准"的"苛刻"要求，让火箭总装车间检验组连续 3 年没有发生质量事故。

（作者　赵昉）

> **点评**　"我们永远坚持质量第一，我们持续进行质量改进，我们不断满足顾客需求。"首都航天机械公司始终坚持并践行这样的承诺。严慎细实，体现着他们对工作兢兢业业、一丝不苟的态度；万无一失，是他们对航天产品的信念，更是对党和国家的承诺；精益求精，"苛求"质量，他们不断追求卓越、追求完美，向着更高的目标攀登。正是因为这样的信念和承诺，首都航天机械公司把骄傲的碑文刻在了宇宙太空，让"中国"的名字响彻天宇。

## 与管理相关的文化基因

科学管理、精细管理，适应变化、主动变革，
执行高效、持续学习

### 做改革的主力军

作为中国航天科技集团公司骨干企业，首都航天机械公司不断引进先进的管理理念，以创新的思维和胆识，实践企业理念以及管理、人才、技术、质量的全面变革。

早在1957年召开的首届一次职工代表大会，拉开了民主管理的序幕。2004年，公司在航天系统率先建立了集体合同制度，进一步从法律上维护员工和企业的合法权益，有效地调整了劳动关系。

1994年，公司在航天工业总公司率先实施三项制度改革。推行全员劳动合同制，到1995年年底完成全员劳动合同签订，员工和企业劳动关系由固定制、终身制变为契约制，企业劳动管理由行政管理转入法制管理轨道，形成了利益共享、风险共担、双向选择的竞争机制；实行领导干部聘任制，人事制度由终身制、任免制变为竞争上岗制，1999年首次面向全员公开招聘领导干部和岗位技能人员；逐步推进薪酬制度改革，实行岗位系数工资，工资分配逐步与劳动力市场接轨。

（作者 刘颖）

## 让经验主义无机可乘

首都航天机械公司某型号发动机在试车时，阀门动作异常，无法关闭。分解发动机后发现，导向套与套筒在装配中没有完全贴合是导致这次问题发生的根本原因。不是新型号产品，也不是第一次操作，应该是发动机零件生产车间装配人员工作不到位造成的。看似无可厚非的原因，却被总经理张为民给予了否定意见："环境、心理、情绪等各种客观因素的变化，都会对人的工作质量产生影响。不能将这件事的责任简单地归结到操作者身上。"

发动机零件生产车间寻根溯源，细化装配工艺规程，将操作步骤明确分为 4 步，对压入过程进行量化控制，并设置了检测点，增加了图示，令操作者一目了然。车间还计划将 200 多本工艺文件一本本进行梳理，将工人师傅宝贵的实践经验融入到新工艺规程中。

之后，公司启动工艺精细化工作。本着"能量化即量化，不能量化则细化"的原则，针对主要依靠工人操作保证的项目和环节，细化和完善工艺规程，切实做到从技术上减少对人的依赖，为产品质量提供基础保障。

（作者　吴思）

## 向测试"禁区"冲刺

一直以来，火箭总装车间的测试人员担任的是出厂前的测试工作，发射基地测试是个从未尝试过的"禁区"。2009 年，中国运载火箭技术研究院型号"两总"提出要求，公司通过两次发射基地"岗对岗、一对一"的学习指派，使测试人员逐步适应角色的转换，且能够胜任长征三号甲系列火箭发射基地测试二岗的工作。火箭总装车间作出了"两能"承诺：能承担下来，能做得出色。

为了更好地完成任务，学习成为火箭总装车间测试人员的主要任务。他们明确了学习的方式：有的放矢地学，发射基地互动中学，举一反三地学。他们向设计部门借来设计图纸，吃透发射基地测试技术，明确岗位要求，细化了二岗的操作文件，把关键工序表格化，提高可操作性。同样是测试火箭状态，在工厂和在发射基地工作却大不相同，测试人员在学习中总结出"三跟"，即跟设计、跟一岗、跟责任。两次发射基地学习结束后，火箭总装车间测试人员没有喘息，趁热打铁对两次发射基地学习进行了全面总结，瞄准了2010年正式担任发射基地测试二岗的新目标。

火箭总装车间分析了担当测试二岗的可行性以及在能力上存在的不足，并对2010年提升发射基地测试能力进行了整体策划；编制了长征三号甲系列火箭发射基地测试工作手册，制定了8项管理制度，梳理出6项操作表格和2个管理流程，作为正式担任发射基地测试二岗的工作标准。

2010年6月2日23时57分，长征三号丙遥四火箭发射成功，这是对公司测试队伍首次成功承担发射基地测试任务的一个印证。测试人员独立承担发射基地二岗测试任务，是对设计师队伍的"解放"，更是公司运载火箭总装测试能力的全面提升。

（**作者** 付晋）

## 做企业文化建设的先行者

2000年，首都航天机械公司在航天系统率先导入文化管理理念，开发企业形象识别系统，建立企业形象墙，建设企业文化物化载体。2001年4月，公司率先启动以"规范现场、挑战自我、提升素养、塑造形象"为主题的6S活动，成为航天系统内6S推行工作的示范单位。2007 年，公司推行航天 TPM，通过设备保全、改善提案、综合改善、6S 创新、人才育成五大支柱活动，促进企业管理由粗放向精细转变。

（作者 王有彬）

点评

完成庞大的航天系统工程，务必遵从科学发展规律，一切从实际出发，求真务实，依靠科学的管理，狠抓规章制度落实，这是中国航天不断取得成功的经验。推动航天事业持续发展，务必以开放的胸怀，"科学管理、精细管理，适应变化、主动变革，执行高效、持续学习"。这是首都航天机械公司创造一个个奇迹的基础。

# 后记

《大道远行》的编写工作启动于 2009 年年底，从策划到付梓，一年有余。

编写组由首都航天机械公司企业文化和档案资料部门的人员组成，多是不满 30 岁的年轻人。编写《大道远行》的同时，他们都还承担着繁重的宣传与研究工作。《大道远行》能够与广大朋友见面，是缘于编写组人员对航天事业的热爱，对首都航天机械公司的责任。以《大道远行》的出版纪念首都航天机械创建百年，并为研究中国军工企业成功发展提供一个典型的案例，是编写组人员共同的心愿。编写组感谢有编写《大道远行》的机会。编写《大道远行》的过程，是我们"探索足迹、追问大道"的过程，也是我们全面学习航天历史与文化的机会。

由于时间跨度长达 100 年，编写组查阅了浩繁的资料，并得到了国家历史档案馆、空军档案馆、地方档案馆以及相关大学图书馆等大力支持。在编写过程中得到了中国航天科技集团公司和中国运载火箭技术研究院两级领导的关注与指导。中国航天科技集团公司总经理马兴瑞百忙中阅读书稿，为本书做序。首都航天机械公司的领导参加本书的编写。公司办公室、保密处等部门通力协作。在此，表示真诚的感谢！

本书分足迹篇、传奇篇、记忆篇、品格篇4个部分，力求从不同角度，用不同文体，通过不同方面，完成对首都航天机械公司这个大型军工企业百年发展历程与企业文化的认知。足迹篇历史资料的查证工作，是本书能够完成的关键，依托于公司档案资料处的努力工作。其他3个部分的资料来源于公司对外对内印发的书籍、报刊，对相关人员的访谈，以及公司企业文化部门的研究成果。由于时间所限，也由于编写组人员认识水平与写作能力有限，《大道远行》难免有疏漏，敬请批评指正。

《大道远行》编写组

2011 年 3 月